मेरे साक्षात्कार

श्रीलाल शुक्ल

किताबघर प्रकाशन
नयी दिल्ली

मेरे साक्षात्कार सीरीज़

मेरे साक्षात्कार

श्रीलाल शुक्ल

ISBN—978-81-7016-545-3

प्रकाशक
किताबघर प्रकाशन
4855-56/24, अंसारी रोड, दरियागंज
नयी दिल्ली-110002

संस्करण
2015

आवरण
रवि शर्मा

मूल्य
एक सौ नब्बे रुपये

मुद्रक
बी०के० ऑफसेट
नवीन शाहदरा, दिल्ली-110032

MERE SAAKSHAATKAAR (Interviews in Hindi)
by Shrilal Shukla
Price : Rs. 190.00

प्राक्कथन

'मेरे साक्षात्कार' जैसे संकलन में, जिसमें सर्वत्र कथन ही कथन हैं, सामान्यतः प्राक्कथन की ज़रूरत नहीं होनी चाहिए। पर इतने कथनों के बावजूद कुछ बातें शायद अनकही रह गई हैं। इसलिए कुछ स्पष्टीकरण ज़रूरी जान पड़ता है। उन बातों का संबंध वस्तुतः मेरी अपनी ही सीमाओं से है।

लेखकीय साक्षात्कार का मंतव्य लेखक के वैचारिक व्यक्तित्व की तलाश और उसकी पड़ताल भी है—सूचना प्राप्त करना उसका आनुषंगिक पक्ष—बाई प्रॉडक्ट—भर है। इस दृष्टि से दार्शनिकों और चिंतकों के साक्षात्कार जितना उनके विचारों को स्पष्टतर बनाने और उन पर लोगों की चिंतन-प्रक्रिया को उत्तेजित करने में समर्थ हो सकते हैं, उतना—अतिशय सजग और चिंतनप्रवण लेखकों के अपवाद को छोड़कर—सामान्य सर्जनात्मक रचनाकारों के नहीं। मैं अपने को इसी सामान्य कोटि में गिनता हूँ। साहित्य, कला, समाज और उनसे जुड़े हुए विविध प्रश्नों पर निश्चयात्मक रूप से, आशु चिंतन की क्षमता के साथ, वक्तव्य देने में मुझे कठिनाई का अनुभव होता रहता है। तभी साक्षात्कार देना मुझे कभी विशेष प्रीतिकर नहीं लगा। ये साक्षात्कार एक तरह से मैत्री-प्रेरित साहित्यिक घेरेबंदी का परिणाम हैं।

साक्षात्कारों में मैंने जो कहा है, वह अधिकतर तात्कालिक प्रतिक्रिया भर है। इसी कारण हो सकता है कि इनमें पाठक को किसी सुव्यवस्थित दीर्घकालीन वैचारिक शृंखला की जगह कहीं-कहीं अंतर्विरोध या विरोधाभास भी मिले। वास्तव में आज भी अपने रचना-कर्म को लेकर मेरे मन में कई ऐसे अनुत्तरित प्रश्न हैं जिनका समाधान मैं नहीं कर पाया हूँ। अब, उम्र के इस पड़ाव पर, उधार की वैचारिकता लेकर उनका समाधान खोजना भी विशेष आकर्षक नहीं जान पड़ता।

फिर भी 'मेरे साक्षात्कार' सीरीज़ में भाग लेने के मेरे निर्णय को इस धारणा से औचित्य मिलता है कि विभिन्न साहित्यिक सामाजिक प्रश्नों पर

एक लेखक की तात्कालिक प्रतिक्रिया भी उसके—और दूसरों के भी—लेखन के आस्वाद और आकलन में सहायक होती है। इस आधार पर पाठकों को यदि इस संकलन में कोई सार्थकता दिखाई दे तो यही इसकी उपयोगिता और मेरे लिए संतोष का विषय होगा।

—श्रीलाल शुक्ल

क्रम

अपने बारे में...

प्रो० रजनीश अवस्थी से बातचीत

आपका जन्म कब और कहाँ हुआ तथा प्रारंभिक शिक्षा किस प्रकार हुई ?

लखनऊ से करीब 25 कि०मी० दूरी पर मेरा गाँव है। वर्ष 1925 के अंतिम दिन पैदा हुआ। प्रारंभिक शिक्षा प्राइमरी स्कूल में हुई, मिडिल स्कूल तक की शिक्षा गाँव में हुई। लखनऊ और कानपुर से हाईस्कूल तथा इंटर पास किया तथा इलाहाबाद वि०वि० से बी०ए०। पारिवारिक कठिनाइयों के कारण एम०ए० नहीं किया। इस बीच पिताजी का देहांत हो गया था। मैं इलाहाबाद छोड़कर लखनऊ आ गया। लखनऊ विश्वविद्यालय से एम०ए० तथा एल०एल०बी० का दोहरा कोर्स शुरू किया। छह-सात माह बाद दोनों कोर्स छोड़ दिए और एक वर्ष के भीतर उ०प्र० सिविल सर्विस में आ गया।

क्या आपने इस कैरियर के बारे में पहले से ही निश्चय किया था ?

पहले सिविल सर्विस कैरियर के बारे में नहीं सोचा था। बाद में जब स्पष्ट हो गया कि बी०ए० के बाद पढ़ना कठिन है तो बी०ए० की डिग्री लेकर सबसे अच्छा यही कैरियर था।

आपके जीवन में किन बातों का सर्वाधिक प्रभाव पड़ा ?

परिवार आर्थिक दृष्टि से गरीब था, पर परिवार में साहित्यिक वातावरण था। परिवार की दूसरी शाखा अपेक्षाकृत संपन्न थी। मेरे पिताजी के चचेरे भाई पं० चन्द्रमौलि सुकुल अपने समय के हिंदी के अच्छे लेखकों में थे। उन्होंने कई पुस्तकें लिखी थीं। उनके निजी पुस्तकालय में सभी साहित्यिक पत्रिकाएँ आती थीं । प्रसाद और प्रेमचंद की पुस्तकें भी थीं। इनके बीच मेरी बाल्यावस्था बीती और साहित्यिक संस्कार पनपे। इसी आधार पर छात्र जीवन में कविताएँ लिखना शुरू किया और कवि-सम्मेलनों में भाग लिया। प्रशंसा भी होती थी, हालाँकि यह एक फाल्स स्टार्ट था। प्रायः हर लेखक प्रारंभ में कवि होता है, पर बी०ए० में आते-आते मेरी कविता सूख गई, क्योंकि मेरे लिए उसकी भूमि जरखेज नहीं दिख रही थी। इलाहाबाद वि०वि० में पढ़ने का यह लाभ हुआ कि बहुत-से प्रतिष्ठित साहित्यकार व्यक्ति मित्र हुए, जैसे—

धर्मवीर भारती, केशवचंद्र वर्मा, विजयदेवनारायण साही, लक्ष्मीकांत वर्मा तथा सर्वेश्वरदयाल सक्सेना। ये लोग अगले 10 वर्षों में हिंदी के क्षेत्र में विशिष्ट रूप से शुमार किए जाने वाले थे।

आपका पहला प्यार या रोमांस तथा लेखन पर नारी का प्रभाव ?

यह एक 'मिथ' है; साहित्यिक या कलाकार के जीवन में नारी का कोई अनिवार्यतः प्रभाव है, यह कोरी परिकल्पना है। असल चीज़ है साहित्यकार की अपनी प्रतिभा, समझ और संवेदना। वैसे भी मैं पढ़ाई में लगा रहा तथा पढ़ाई खत्म होते-होते 1948 में एक परिचित परिवार में मेरा विवाह हो गया।

नियमित रूप से लेखन-कार्य कब शुरू किया ? आपने अन्य कौन-से साहित्यों का अध्ययन किया ?

संस्कृत, बाँग्ला एवं उर्दू साहित्य के साथ-साथ अंग्रेज़ी में समकालीन साहित्य का भी अध्ययन किया। इनके अध्ययन से मुझे समीक्षात्मक दृष्टि मिली। नियमित लेखन 1956 में शुरू किया। 1956-58 के बीच कलकत्ता के मासिक 'ज्ञानोदय' में मेरी बहुत-सी रचनाएँ छप चुकी थीं। वे व्यंग्यपरक थीं। 'धर्मयुग' में भी उन दिनों कई रचनाएँ छपीं—कहानियाँ और व्यंग्य।

विषयवस्तु की दृष्टि से मेरा व्यंग्य-लेखन नया था, इस प्रकार के लेखन से लोगों को आकर्षण हुआ।

आपका सबसे पहला उपन्यास कब लिखा गया और कब छपा ?

सन् 1955-56 में पहला उपन्यास 'सूनी घाटी का सूरज' लिखा जो 1957 में 'किताब महल' इलाहाबाद में छपा। 'ज्ञानोदय' में छपी हास्य-व्यंग्य की रचनाएँ तथा अन्य जगह छपी रचनाओं का संग्रह 1958 में भारतीय ज्ञानपीठ से प्रकाशित हुआ—'अंगद का पाँव'।

नौकरी और लेखन-कार्य में आपने कैसे सामंजस्य स्थापित किया ?

नौकरी से मुझे स्पष्ट हुआ कि जीवनयापन की दृष्टि से यह सुविधाजनक अवश्य है, किंतु इससे किसी प्रकार का आंतरिक संतोष मिलेगा, ऐसा नहीं लगता है। मैं 'ब्यूरोक्रेसी' के दलदल में पूरी तरह से धँस न जाऊँ, इसलिए व्यक्तित्व के पक्ष को पूरी तरह से अलग रखा। 1954 के बाद से लेखन के प्रति आकृष्ट हुआ था। मुझे लगता था कि लेखन के बिना मेरा व्यक्तित्व नहीं रह जाएगा।

नौकरशाही ने आपके लेखन-कार्य में कौन-से व्यवधान उपस्थित किए ?

वास्तविक व्यवधान केवल एक बार 1967-68 में उपस्थित हुआ। तब मैं उत्तर प्रदेश

सचिवालय में उपसचिव था। 'राग दरबारी' पूरा कर चुका था। इसे छपाने के लिए मैं स्वतंत्र था पर इससे संबंधित रॉयल्टी ऐग्रीमेंट पर हस्ताक्षर करने के लिए शासकीय स्वीकृति ज़रूरी थी। इस संबंध में मेरे आवेदन-पत्र पर मुझसे पुस्तक की पांडुलिपि माँगी गई। मैं उसे प्रस्तुत करने के लिए नियमतः बाध्य नहीं था। पर उसकी अंतर्वस्तु को देखते हुए भय था कि कोई बखेड़ा बाद में खड़ा हो सकता है। अतः मैंने उपन्यास की पांडुलिपि सरकार के संबंधित विभाग को भेज दी। उस पर बाबू-समुदाय ने परिश्रमपूर्वक ध्वंसात्मक कार्रवाई की। एक वर्ष तक उसे छपाने के विषय में मुझे अपने ही सहकर्मियों का 'देख रहे हैं', 'जल्दी देखेंगे' झेलना पड़ा। उस समय अज्ञेय जी 'दिनमान' के संपादक थे और उसे कुछ महीनों में छोड़ने वाले थे। मेरी खीझ को समझकर और सर्वेश्वर के माध्यम से मेरी सहमति लेकर उन्होंने व्यवस्था की कि मैं दिनमान का न्यूज़ एडिटर बन जाऊँ और उनसे प्रशिक्षित होकर उनके जाने के बाद दिनमान का संपादक बनूँ। इस व्यवस्था के सहारे कुछ नाटकीयता दिखाते हुए मैंने एक पत्र मुख्य सचिव को लिखा जिसमें सरकारी तंत्र की कूपमंडूकता की खुली भर्त्सना थी। आश्चर्य ! झगड़ा होने के बजाय उपन्यास के प्रकाशन की अनुमति पंद्रह-बीस दिन में आ गई। मैं भी सरकारी नौकरी की जगह सेठ की नौकरी के लिए बहुत आतुर नहीं था। निष्कृति की साँस लेकर जैसा था वही बना रहा।

क्या आपने डायरेक्ट आई०ए०एस० तथा पदोन्नत आई०ए०एस० के बीच कोई विशेष अन्तर महसूस किया ?

उन दिनों इस सेवा के इन वर्गों में आज का-सा द्वंद्व नहीं था।

आपके प्रिय लेखक कौन रहे हैं ?

टाल्सटाय, डासटव्स्की, डिकेंस, स्विफ्ट, टॉमसमान, सालबेलो, फाकनर, मार्कट्वेन, स्टीफन लीकॉक, चेखोव आदि। आधुनिक हिंदी लेखकों में रेणु, प्रेमचंद, अज्ञेय, निर्मल वर्मा, विनोदकुमार शुक्ल आदि। प्रेमचंद उपन्यासकार की अपेक्षा कहानीकार अधिक प्रभावशाली लगे।

क्या आपके लेखन को किसी प्रचलित वाद ने प्रभावित किया ?

मेरी सैद्धांतिक प्रतिबद्धता नहीं रही, यानी प्रगतिशील लेखक संघ या जनवादी लेखक संघ का मैं सदस्य नहीं रहा, किंतु ऐसा नहीं कि साहित्य के मूल उद्देश्यों में उनकी मान्यता से मेरा कोई मूलभूत विरोध हो। बहुत हद तक, कुछ और व्यापक दृष्टि की माँग के साथ, उसमें मेरी भी आस्था है। आज के भारतीय परिवेश में जो लेखक लिख रहा है, वह यदि यहाँ की सामाजिक विसंगतियों, वर्ग-संघर्षों, सामाजिक, आर्थिक, राजनीतिक परिस्थितियों में अलग-अलग या अछूता रहता है तो उसके लेखन की

सार्थकता पर प्रश्नचिह्न लगना स्वाभाविक है। आधुनिक भारत का संपूर्ण परिवेश बड़ा ही संकटपूर्ण, बहुत ही विचलित करने वाला है। संपन्नों और विपन्नों के बीच की खाई बढ़ रही है और आम आदमी हर तरह प्रताड़ित और पीड़ित है। इस परिवेश को भूलकर जो आज तथाकथित शाश्वत भावों की बात करते हैं मैं समझता हूँ कि वे लेखक अपने समाज के प्रति न्याय नहीं कर रहे हैं। कहीं न कहीं उनकी संवेदना में कुछ खोट है।

हिंदी साहित्य में आलोचनात्मक लेखन की कमी के बारे में आप क्या सोचते हैं ?

हिंदी में दो प्रकार के आलोचनात्मक लेखन हैं—एक तो वि०वि० के अध्यापकों द्वारा, पं० हजारीप्रसाद द्विवेदी या पं० रामचन्द्र शुक्ल जैसे अपवादों के बावजूद वह प्रायः छात्रोपयोगी भर है।

दूसरा पत्र-पत्रिकाओं में छपा समीक्षात्मक लेखन, जिसकी सृजनात्मक साहित्य की प्रवृत्तियों पर कोई उल्लेखनीय छाप अभी नहीं पड़ पाई है। हिंदी में आलोचनात्मक लेखन की कमज़ोरी से साहित्य पर कुछ विपरीत प्रभाव अवश्य पड़ा है।

आपकी प्रमुख कृतियों में से सबसे प्रिय कौन-सी है ?

रचना छपने के बाद ही उसकी त्रुटियों पर ध्यान जाता है। तब लगता है कि मैं अपनी अपेक्षाओं के अनुरूप नहीं लिख सका। सभी में कोई न कोई कमी नज़र आती है, फिर भी 'पहला पड़ाव', 'राग दरबारी' और 'मकान' को अपेक्षाकृत अधिक अंक दे सकता हूँ।

वर्तमान में आप क्या लिख रहे हैं ?

दो-ढाई वर्ष से एक उपन्यास पर काम कर रहा हूँ जिसका नामकरण अभी नहीं हुआ है। (यह उपन्यास बाद में 'बिस्रामपुर का संत' नाम से छपा।)

क्या आपके किसी उपन्यास का अन्य भाषाओं में अनुवाद हुआ ?

'राग दरबारी' का अनुवाद अंग्रेज़ी में जिलियन राइट द्वारा किया गया है, जोकि पेंगुइन इंडिया से छप चुका है। इसका अन्य भारतीय भाषाओं में भी अनुवाद हुआ है। 'पहला पड़ाव' का अनुवाद भी अंग्रेज़ी में डेविड रूबिन ने किया है। इन्होंने प्रेमचंद और निराला की कुछ रचनाओं का भी अनुवाद किया है। कहानियों के भी कई भारतीय भाषाओं में छिटपुट अनुवाद हुए हैं।

क्या आप अपने लेखन-जीवन में किसी विशेष परिवर्तन का अनुभव कर रहे हैं ?

एक स्टेज पर आयु के बढ़ने के साथ मोड़ तो आता ही है। लंबे अर्से तक लिखने से,

और अपने में आलोचनात्मक दृष्टि है तो, हज़ारों सवाल पैदा होते हैं : जो मैंने लिखा है उसकी सार्थकता क्या है ? क्या चाहता था और वास्तव में क्या लिख गया ? कहीं न कहीं कई प्रकार के मानसिक परिवर्तन होते हैं, परंतु साहित्य में वे किस प्रकार प्रतिफलित हुए, इसका विश्लेषण उनका काम है जो उसे गंभीरता से पढ़ते हैं। एक अच्छा आलोचक ही कोई मत दे सकता है।

'राग दरबारी' के कथानक में वर्णित वातावरण और परिस्थितियों से आप स्वयं रूबरू हुए या उसमें कल्पना अधिक है ?

हवाई कल्पना नहीं है, ज़मीनी सामाजिक स्थितियों के आसपास चरित्रों का ताना-बाना बुना गया है।

आपकी राय में 'राग दरबारी' का सबसे प्रिय प्रमुख पात्र कौन है ?

'राग दरबारी' के ग्रामीण माहौल में अनेक जीवंत पात्रों का चित्रण है, किन्तु ऐसा पात्र जिसके साथ मैं महीनों जीता रहना चाहूँगा, राग दरबारी में नहीं है।

वर्तमान हिंदी उपन्यास के बारे में आप क्या सोचते हैं ?

1960-70 के बाद उपन्यासों में रेणु, राही मासूम रज़ा, निर्मल वर्मा के उपन्यासों के बाद लघु कहानियों और कविताओं का दौर आया, परन्तु उपन्यास जैसा वृंदावनलाल वर्मा, प्रेमचंद व जैनेन्द्र के समय बना था, वैसा अब नहीं दिखता है। मैं मानकर चलता हूँ कि यदि कोई गंभीरतापूर्वक उपन्यास लिखे तो उसके लिए हिंदी जगत् में अभी भी काफी बड़ा मैदान पड़ा हुआ है।

दुर्भाग्य ऐसा है कि अनेक कारणों से प्रतिभाओं को उभरने का मौका नहीं मिलता। सबसे बड़ा कारण जीवनयापन की समस्या व आर्थिक परिस्थितियाँ हैं। उपन्यास इतना अधिक समय लेने वाली विधा है कि कोई अपना काम छोड़कर डेढ़-दो साल का समय उसे दे सके, ऐसा कठिन लगता है। नागर जी ने 'बूँद और समुद्र' के चिंतन में और फिर उसे लिखने में करीब सात साल (1947-1954) लगाए। लगभग एक दर्जन बड़े उपन्यास लिखे और दो दर्जन दूसरी पुस्तकें, फिर भी अंतिम समय तक नागर जी को लेखन से इतनी आमदनी नहीं हुई कि सुविधापूर्वक जीवन-यापन कर पाते। वे लिखते रहे, क्योंकि उनकी पारिवारिक स्थिति बेहतर थी और इसलिए भी कि निजी मकान, निजी सवारी आदि की इच्छा उन्होंने कभी नहीं की।

क्या आप अपनी आत्मकथा लिखना चाहेंगे ?

मैं नहीं समझता कि जिस तरह का सामान्य जीवन मैंने बिताया है, उसमें आत्मकथा के लिए कोई बड़ी या उल्लेखनीय बात निकल पाएगी। वैसे भी अपने बारे में कुछ लिखना मेरे लिए बहुत रुचिकर नहीं है।

हिंदी में ऐसे उपन्यास बहुत कम हैं जो एक संपूर्ण कलाकृति का आनंद दें

ममता कालिया से बातचीत

...लेकिन यह तो हुए बाहरी श्रीलाल शुक्ल; ड्राइंगरूम पार करते ही आपकी भेंट एक और श्रीलाल शुक्ल से होगी जो निहायत गंभीर पति और प्रफुल्ल पिता हैं। दो बेटियों का विवाह हो चुका है, अब घर में चार सदस्य हैं—श्रीलालजी, पत्नी गिरिजाजी और बच्चे आशुतोष और विनीता...चार हमउम्र दोस्त ! लेकिन जब श्रीलालजी किसी भी प्रसंग में अति करने लगते हैं, उनके बच्चे यकायक उनसे बड़े हो जाते हैं, उनके अभिभावक। दस से पाँच तक श्रीलालजी कार्यकुशल और चाक-चौकन्ने रहे आते हैं, पाँच बजे के बाद वे फिर शिशु-से सरल और निश्छल हो जाते हैं, श्रीलालजी में अबोध और प्रबोध का अद्‌भुत मिश्रण है; उन्हें भी शायद अपनी शख्सियत में बैठे इस विरोधाभास का आभास है, इसीलिए वे इंटरव्यू जैसी स्थिति में भरसक बचते हैं।

श्रीलालजी की सबसे बड़ी खासियत मेरे नज़दीक यह है कि वे अपनी रचनाओं की कथा-भूमि अपने कार्यालय के कुरुक्षेत्र में ही ढूँढ़ निकालते हैं। रोज़मर्रा के गैर-दिलचस्प कार्यकलापों के मध्य ही उनका साहित्य प्रसव व पोषण पाता है। 'राग दरबारी' व 'मकान' दफ्तर के दैनिक दुष्कर्मों से जनित नौकरशाही के दबंग दस्तावेज़ हैं।

ये सर्दियों के खुशनुमा धूप-भरे दिन थे; मैंने चाहा कि ऐसी ही किसी सुहावनी सुबह उनके लॉन या हमारे आँगन में यह सवाल-जवाब हो जाएँ। पर वे बोले, "हरगिज़ नहीं, सुबह का समय सिर्फ नाली-दर्शन के लिए है, साहित्य सात बजे सायं" एक नागरिक की हैसियत से जहाँ उनका प्रशासकीय दायित्वबोध अच्छा लगा, रचनाकार की हैसियत से ताज्जुब हुआ। अनायास मैं सोच गई कि नगर-प्रशासक के पद पर से, अपने दफ्तर की फाइलों में शहर के कूड़े का हिसाब लगाते समय क्या कभी श्रीलालजी के मन में धूमिल की तरह सवाल नहीं उठा :

"आपै जवाब दो
आखिर मैं क्या करूँ
क्या व्याकरण की नाक पर रूमाल लपेट
निष्ठा का तुक
विष्ठा से मिला दूँ ।"

बातचीत के दौरान श्रीलालजी कई बार उठकर खड़े हो गए, एकाध बार वॉकआउट भी कर गए, पर फिर गिलास भरकर वापस आ गए। अतः यह साक्षात्कार एक नहीं, कई बैठकों में संपन्न हुआ, बल्कि बीच में यह हुआ कि श्रीलालजी एकदम उदासीन हो गए। जब-जब मैंने फोन किया, पता चला, 'साहब बाथरूम में हैं' या 'साब लखनऊ गए हैं।'

आखिरकार जब आमने-सामने हुए, मैंने पूछा :

श्रीलालजी, साक्षात्कार से, सवाल-जवाब से आपको आखिर क्या ऐतराज़ है ?
बातचीत का यह एक निहायत बनावटी और बेकार ढंग है। अगर आप ही को मैं बाकायदा स्टेज पर बैठाकर पूछूँ कि आपने कौन-सी तारीख, कितने बजे रवींद्र कालिया से प्यार करना आरंभ किया, आप जवाब देंगी ?

श्रीलालजी, सवाल आपको मुझसे नहीं, मुझे आपसे पूछने हैं !
आप इतना वाहियात काम कब से करने लगीं··· *(श्रीलालजी उठकर अंदर चले गए। लौटे तो उनके हाथ में एक अंतर्देशीय था। उन्होंने एक साँस में नंदनजी को शिकायती पत्र लिखा, चिपकाया और डाक-पेटी में डालने भिजवा दिया। मैं आतंकित नहीं हुई क्योंकि सुनहरी लटों वाली विनीता ने बतलाया कि पापा पत्र हमेशा अकस्मात् लिखते हैं, कभी-कभी आधी रात कहीं से घूमकर आते हैं और खड़े ही खड़े कई पत्र लिख डालते हैं।*

दस फरवरी को सायं एक बार फिर मुलाकात हुई। उस दिन शहर में रोटरी क्लब के सौजन्य से 'तलत महमूद साँझ' मनाई जा रही थी, श्रीलालजी उसमें आमंत्रित थे। उन्हें जाना था, वे नहीं गए। कारण, जो फायदे पद से जुड़े हैं, वे उन्हें स्वीकार्य नहीं। आग्रह करने पर बोले, "आज इसी शहर में न जाने कितने अवकाश-प्राप्त कलक्टर, कमिश्नर अपने-अपने बँगलों में अपेक्षित पड़े हैं। क्लबों के निमंत्रण अब उन्हें नहीं मिलते।

यह व्यावहारिकता लगातार उनके काम आती है। इसके समानांतर चलती है उनकी संवेदनशीलता, जिसके रहते वे अपनी स्थिति के बारे में कोई भ्रम नहीं रखते, यहीं से सवाल शुरू हुए)

श्रीलालजी, वास्तविक जीवन में आप इतने व्यस्त, व्यावहारिक, विवेकशील अधिकारी हैं जबकि अपनी रचनाओं में आप हमेशा अपने को अधीनस्थ कर्मचारी की शक्ल में प्रस्तुत करते हैं। क्या ऐसा करना आप ज़्यादातर सुविधाजनक पाते हैं ?
इसका क्या जवाब हो सकता है ?

देखिए, अब आप हमें 'टालू मिक्सचर' मत पिलाइए !
ऐसा केवल 'मकान' में है या कुछेक कहानियों में, यह एक अप्रासंगिक-सी चीज़ है। मेरे संपूर्ण लेखन में यह महत्त्वपूर्ण है ही नहीं।

मेरा खयाल है, आपके उपन्यासों में नौकरशाही का चित्रण सबसे मुखर व प्रखर है।
मैं ज़रा ज़्यादा तारीफ कर रहा था अपनी कि मेरी रचनाओं का संसार ज़्यादा फैला हुआ है। हो सकता है, मेरी कलम से नौकरशाही का विश्लेषण ज़्यादा अच्छा लगता हो क्योंकि मैं भी उससे जुड़ा हूँ।

आपका रचना-संसार व्यंग्य व विरोध से निर्मित हुआ लगता है जबकि आपके निजी जीवन में मुझे ऐसी कोई तल्खी, तनहाई या तौबा नज़र नहीं आती, क्या आपने साहित्य के लिए यह स्वर सायास चुना है ?
क्या आपको लगता है कि ऐसा मेरे निजी जीवन में भी है ? आक्रोश की एक बँधी-बँधाई तस्वीर आपके दिमाग में बनी हुई है। जो भी बाहर से देखने पर वैल एडजस्टेड दीखता है, उस पर आपको आश्चर्य होता है। लेकिन एडजस्टमेंट का मतलब जड़ता नहीं होता। उस आदमी को भी सही बातें सही और गलत बातें गलत लगती हैं। जिन चीज़ों को मैंने स्वेच्छा से स्वीकार किया है, जैसे शादी, नौकरी—ये सब मेरी सोशल रिसपोन्सिब्लिटी हैं। इनके निर्वाह में तकलीफ नहीं होती, ऐसा नहीं है। लेकिन इसके लिए न तो तारीफ लेने की ज़रूरत है, न तनाव। साहित्यकारों के निजी जीवन में झमेले होते हैं—मैं उन्हें सार्वजनिक रूप से व्यक्त नहीं करना चाहता—मैं उन्हें रचनात्मक ऊर्जा के रूप में इस्तेमाल करना चाहता हूँ।

क्या आपने प्रेम विवाह किया था ?
मैंने तो इन्हें (गिरिजा शुक्ल) देखा भी नहीं था। इनके भाइयों की प्रतिभा-संपन्नता से मैं प्रभावित था। मैंने सोचा, जो लड़की ऐसे परिवार से है, बी०ए० की तैयारी कर रही है, संगीत में गहरी दिलचस्पी रखती है, ज़रूर मेरे योग्य होगी। मैंने गलत नहीं सोचा था।

आप सिविल सर्विस में कब आए ?

1949 में।

इससे पहले कोई नौकरी की ?

हाँ, बी०ए० के बाद, पी०सी०एस० की तैयारी के दौरान, मैंने कान्यकुब्ज वोकेशनल इंटर कॉलेज में नौकरी की थी। वेतन तय हुआ था अस्सी रुपए, पर मिले केवल अट्ठावन। चार माह बाद उस सर्विस से जवाब मिल गया।

कुछ दिन अधीनस्थ राजस्व सेवा में भी रहा। बहुत पहले—हाईस्कूल पास करते-करते कुछ महीने द्वितीय युद्ध के एक संगठन सी०ओ०डी० में काम किया था। तब मैं बालिग भी नहीं हुआ था।

आप लेखक कैसे हो गए ?

मेरे बाबा संस्कृत के विद्वान् थे। गरीबी के बावजूद परिवार के साहित्यिक संस्कार थे। मेरे चाचा पंडित चंद्रमौलि सुकुल के घर अनेक साहित्यिक पत्रिकाएँ आती थीं, पुस्तकें भी बहुत थीं उनके यहाँ। प्रेमचंद व प्रसाद ने उन्हें अपनी कई पुस्तकें भेंट की थीं। मैंने वहीं अपनी अभिरुचि पाई।

'राग दरबारी' आपने कब लिखा ? क्या एक ही बार में लिख गया या अनेक बार ?

सन् '62 से सन् '67 तक मैंने यह उपन्यास लिखा। इसके कई अंश मैंने सात-सात बार लिखे। लेकिन सबसे ज़्यादा रिवाइज़ किए गए 'मकान' और 'सीमाएँ टूटती हैं'।

'मकान' कब शुरू किया गया ?

1970 में जब मैं लखनऊ आया, मेरे पास मकान नहीं था। जनवरी सन् इकहत्तर में 'मकान' की शुरुआत मैंने कार्लटन होटल के लाउंज में, दोपहर में ब्रांडी पीते हुए होटल की स्टेशनरी पर की। पहले-पहले यह एक सीधा-सादा टू-डाइमेंशनल उपन्यास था। लेटर ऑन इट बिकेम ए रनअवे नॉवेल।

फिर इसकी रगड़ाई शुरू हुई। 1976 में यह खत्म हुआ।

आपको अपना कौन-सा उपन्यास प्रिय है ?

जहाँ तक लिखने का सवाल है, 'मकान' लिखने में अपने आपसे ज़्यादा संतोष हुआ। 'राग दरबारी' तो डॉकुमेंटरी नॉवेल है। उसके लिखने में सृजनात्मक कृति का पूरा संतोष हासिल नहीं हुआ। लेकिन मेरे साथ यह होता है कि रचना की प्रक्रिया से निकल चुकने के बाद मुझे वह किताब बड़ी खराब मालूम देती है, उसे पढ़ने की इच्छा नहीं होती।

न सही अपनी, दूसरों की रचनाएँ पढ़ते हैं ?
बहुत।

जैसे...
टाल्सटाय, टॉमसमान, सालबेलो...

हिंदी में ?
वृंदावनलाल वर्मा।

कोई जीवित कथाकार ?
सच पूछें तो मुझे आपके उपन्यास पसंद हैं।

यकीन नहीं होता। कोई और नाम ?
आपका सवाल गलत है। अगर आप पूछतीं, आपके प्रिय उपन्यास कौन-से हैं तो मैं आपको बता सकता था।

अच्छा, यों ही सही।
'गोदान', 'नारी', 'शेखर : एक जीवनी', 'त्याग-पत्र', 'टेढ़े-मेढ़े रास्ते', 'बूँद और समुद्र', 'बाणभट्ट की आत्मकथा', 'तमस', 'वे दिन' मेरे प्रिय उपन्यास हैं। 'आधा गाँव' मुझे अत्यंत प्रिय है। जगदंबाप्रसाद दीक्षित का 'मुर्दाघर' भी पढ़ा। लेकिन वह उतना प्रशंसनीय नहीं है जितना प्रशंसित। हिंदी में ऐसे उपन्यास बहुत कम हैं जो एक संपूर्ण कलाकृति का आंनद दें।

क्या वृंदावनलाल वर्मा के उपन्यासों से आपने यह आनंद प्राप्त किया ?
कुछ उपन्यासों को लेकर निश्चित रूप से।

आपको ऐतिहासिक उपन्यासकार वृंदावनलाल वर्मा ही क्यों प्रिय हैं ? आपने स्वयं जासूसी उपन्यास भी लिखा है। ऐतिहासिक व जासूसी—दोनों तरह के उपन्यासों में समकालीन यथार्थ से पलायन का भाव प्रमुख होता है। अपनी रचनाओं में आपकी वृत्ति पलायन की नहीं, भिड़ंत की है। आपके विचारों में यह कैसा विरोध है ?
वृंदावनलाल वर्मा के बारे में मेरा आग्रह दो कारणों से है। पहला, मैं यह मानता हूँ कि ही इज़ स्टिल अंडररेटेड। दूसरे, जो रचनाकार तीन-चार पठनीय उपन्यास दे सकता है वह थर्ड रेटर हो ही नहीं सकता। रेणु, राही मासूम रज़ा एक-एक अच्छे उपन्यास के बाद उखड़ गए। वृंदावनलाल वर्मा उनसे बेहतर हैं। उनका पुनर्मूल्यांकन होना चाहिए। रही यथार्थ से पलायन वाली बात, क्या 'दिव्या' में यथार्थ से पलायन है ?

बर्नार्ड शॉ ने कहा है कि व्यंग्य असमर्थ का अस्त्र है। हिंदी में व्यंग्य ने विधा के रूप में कभी भी शीर्ष स्थान नहीं प्राप्त किया। ऐसी निरुत्साही पृष्ठभूमि में आपने व्यंग्य को ही अपना कथा-माध्यम क्यों चुना ?
यह सवाल आपको नहीं पूछना चाहिए था। पता नहीं बर्नार्ड शॉ ने किस संदर्भ में ऐसा कहा था। आज प्रत्येक सार्थक लेखन में व्यंग्य एक सशक्त व मूलभूत स्वर है। आप अपना उपन्यास 'बेघर' लें। आपने सप्रयत्न व्यंग्य नहीं लिखा, लेकिन उपन्यास का मूल स्वर व्यंग्य है। व्यंग्य लिखकर मैं किसी विधा-विशेष का उद्धार नहीं कर रहा हूँ। व्यंग्य महत्त्वपूर्ण विधा है या नहीं, इस बहस में न पड़कर अपने कथ्य को अच्छी तरह व्यक्त करना ही ज़्यादा महत्त्वपूर्ण है।

लेखक के रूप में क्या आप कोई सामाजिक दायित्व महसूस करते हैं ?
यकीनन्। मगर मैं प्रोग्राम लिटरेचर को सृजनात्मक लेखन नहीं मानता।

लेकिन कहीं-न-कहीं प्रतिबद्धता तो होती ही है।
प्रतिबद्धता उस हद तक होती है कि मुझे पता है मेरी सहानुभूति किसके साथ है। जैसे, आप मुझसे पूछें मेरी सिंपैथी मोटर पर चढ़ने वाले के साथ है या पैदल राहगीर के साथ, तो मैं कहूँगा, पैदल राहगीर के साथ। लेकिन इसके अलावा पोलिटिकल प्रोग्राम को मैं लेखन में तरजीह देना पसंद नहीं करता। सृजनात्मक लेखन एक शुद्ध स्वच्छंदता की स्थिति होती है, इसमें राजनीतिक प्रतिबद्धता का बंधन मुझे स्वीकार नहीं। मेरे निकट लेखन ही ऐसा एक क्षेत्र है जहाँ आप अपनी स्वतंत्रता ढूँढ़ सकते हैं, जहाँ न आप अपने बॉस से डरते हैं, न बीवी से।

क्या आप नियमित रूप से लिखते हैं ?
नहीं।

अपना खाली समय कैसे बिताते हैं ?
मेरे पास कोई खाली समय नहीं होता। (तभी उनकी पुत्री विनीता कह उठती है, पापा पढ़ते बहुत हैं।)

आपके शौक ?
(हाथ में थमे गिलास से कुछ घूँट लेते हैं)

एक शौक तो आपके हाथ में है !
हाँ, एक तो यह, फिर शास्त्रीय संगीत सुनना, थ्रिलर्स पढ़ना।

क्या आप लिखना एन्जॉय करते हैं ?
कभी-कभी।

क्या आप नोटबुक, डायरी की सहायता लेते हैं ?
नहीं। लिखते समय कुछ स्लिपें बना लेता हूँ। पर पहले से नोट्स कतई नहीं। ऐसा करना, मुझे लगता है, लेखक को यांत्रिक बनाता है।

आपके लेखन पर किस लेखक का प्रभाव रहा है, विशेष रूप से 'राग दरबारी' लिखते समय ?
निराला मेरे आदर्श लेखक रहे हैं। 'कुल्ली भाट' और 'बिल्लेसुर बकरिहा' में 'राग दरबारी' के मूल तत्त्व ट्रेस किए जा सकते हैं।

आजकल आप क्या लिख रहे हैं ?
अपने चाचा पं० चंद्रमौलि सुकुल की संस्कृत नाटकों से संबंधित पुस्तक 'नाट्यकथाऽमृत' का मैं पुनर्लेखन कर रहा हूँ, तीन-चौथाई पूरी हो गई है। (पूरी आज तक नहीं हो पाई।)

इसका मतलब रंगमंच में आपकी रुचि है ?
हिंदी रंगमंच के विकास में मेरा एक वेस्टेड इंटरेस्ट है। समाज तक कला और साहित्य की स्पृहणीय चेतना को पहुँचाने के लिए सबसे सशक्त माध्यम रंगमंच है। संगीत और साहित्य बाद में आते हैं। हिंदी में सब कुछ है, रंगमंच नहीं है। अभी पिछले दिनों बातचीत के दौरान वी०वी० कारंत ने बताया कि उनके छात्रों को संस्कृत नाटकों का कोई आभास नहीं है, वे उन्हें पढ़ना भी नहीं चाहते। तब मैंने 1914 में प्रकाशित इस पुस्तक 'नाट्यकथाऽमृत' का ज़िक्र किया। उन्हीं के सुझाव पर मैंने इस किताब का अपने ढंग से पुनर्लेखन शुरू किया है।

क्या आपको अपने प्रकाशकों से रॉयल्टी संबंधी कोई शिकायत है ?
जब तक नौकरी में हूँ तब तक तो नहीं।

आप जानते हैं, यह शहर सवालों से भरा रहता है। नगर-प्रशासन के सवालों से नहीं, साहित्य व साहित्यकारों के अस्तित्व के जुड़े सवालों से। इनसे आप कितना सरोकार महसूस करते हैं ?
हर प्रकार के लेखकीय सवाल से तो नहीं, लेकिन महत्त्वपूर्ण केंद्रीय सवालों से ज़रूर जुड़ा महसूस करता हूँ, जैसे समाज में लेखक की भौतिक स्थिति, उसकी सार्थकता, रॉयल्टी, लेखक-प्रकाशक-संबंध···

अगर आप इतना सरोकार महसूस करते हैं तो पिछले दिनों शहर में एक युवा कहानीकार पर प्रकाशक द्वारा किए गए शारीरिक हमले को लेकर आप मौन कैसे रहे ?

नहीं, मैं मौन नहीं रहा। व्यक्तिगत रूप से मैंने अपनी प्रतिक्रिया व्यक्त की। लेकिन सार्वजनिक इशू बनाने लायक वह झगड़ा था ही नहीं।

फिर भी, मुझे लगता है, जैसे आप लेखकीय प्रश्नों से बहुत कम समय को जुड़ते हैं। शायद आप अपने को अपनी लेखक बिरादरी से अलग और ऊँचा मानते हैं ?

जो ज़्यादा समय को जुड़ते हैं उन्होंने क्या कर दिखाया ? पूर्णकालिक लेखकों ने कॉपीराइट ऐक्ट को बदलवाने के लिए कुछ किया? मुझे बहुत थोड़ा वक्त मिलता है, उसमें मुझे बहुत ध्यान से चुनना पड़ता है कि इस वक्त मैं बहस करूँ या लेखन ?

इसका मतलब आपका सरोकार अमूर्त है ?

मैं नहीं सोचता प्रबुद्ध लेखकों का ऐसा कोई वर्ग आया है जो योजनाबद्ध, मूर्त तरीके से लेखकीय हित को लेकर आगे बढ़ा हो।

सन् '71-'72 में लेखक-प्रकाशक-संबंधों पर इलाहाबाद में गोष्ठी हुई थी। उस समय पत्र-पत्रिकाओं में इसकी काफी चर्चा हुई। बहुत-से लेखकों ने पहले ज़ोर-शोर से वक्तव्य दिए लेकिन बाद में पूरी संगोष्ठी की तीव्र आलोचना की।

यह भी कहा कि वे सिर्फ तमाशा देखने की नीयत से यहाँ आए थे। मेरे पास इन कतरनों की फाइल है, जो जितने वोकल हैं, ज़रूरी नहीं कि वे उतने प्रतिबद्ध भी हों।

क्या आप सोचते हैं कि 'राग दरबारी' से श्रेष्ठतर कृति अभी लिख पाएँगे ?

'राग दरबारी' में जितनी खामियाँ मुझे नज़र आती हैं, उससे मुझे वैसे भी कोई कारण नज़र नहीं आता कि मैं इसे उतना श्रेष्ठ मानूँ।

जब आपने 'राग दरबारी' पर श्रीपतरायजी व नेमिचंद्रजी की समीक्षाएँ पढ़ीं तो आपको कैसा लगा था ?

मुझे मज़ा आ गया था। क्योंकि जिस दिन श्रीपतजी की समीक्षा पढ़ने को मिली उसी दिन अपनी प्रकाशक का पत्र भी मिला था कि 'राग दरबारी' का द्वितीय संस्करण निकल रहा है।

लेकिन हिंदी साहित्य में प्रचलित परंपरा के विपरीत मैंने इन समीक्षाओं को अपने खिलाफ गुटबंदी मानकर खारिज नहीं किया क्योंकि इन समीक्षकों से मेरा

रूबरू परिचय नहीं था। मैं किसी भी प्रतिकूल टिप्पणी को अपने विवेक से एक्सैप्ट या रिजेक्ट करता हूँ।

फिर भी यदि आज मैं दूसरी बार 'राग दरबारी' लिखने बैठूँ तो शायद इसे उन्हीं दोषों, उन्हीं कमियों के साथ लिखूँगा। हो सकता है श्रीपतराय या नेमिचंद्र जैन, या कोई अन्य लेखक इसे तीसरी या चौथी तरह से लिखें।

क्या 'राग दरबारी' के प्रकाशन के कारण आपकी सर्विस पर कोई आँच आने की आशंका पैदा हुई ?

प्रत्यक्ष रूप से नहीं। दरअसल आज समय बदल गया है। सन् 1920 से सन् 1947 तक हिंदी का लेखक प्रतिष्ठान से बाहर निकलकर ही सार्थक रचना कर सकता था।

लेकिन आज हमारी व्यवस्था इतनी ढीली और लचीली है कि जिस तरह उसमें अनेक लोगों की नाजायज़ कार्यवाइयाँ समा जाती हैं, उसी तरह कुछ जायज़ कार्यवाइयाँ भी।

आपकी पत्नी को आपकी कौन-सी कृति पसंद है ?

यह तो पत्नी से ही पूछिए।

गिरिजाजी, बताइए ?

(गिरिजाजी बोलीं कि इसका उत्तर काफी कठिन है। वैसे मुझे 'मकान' और 'अंगद का पाँव' पसंद हैं।)

(मार्च, 1979 की 'सारिका' में प्रकाशित,

व्यंग्य आज अधिक सार्थक

योगीन्द्र द्विवेदी, मोहन थपलियाल और सुशील सिद्धार्थ से बातचीत

सामाजिक-सांस्कृतिक-राजनीतिक विघटन के इस दौर में साहित्य अपनी पहचान कैसे बनाए रख पाएगा ?

इसके दो पक्ष हैं। माना आज अनेक माध्यम सामने हैं। मगर एक बहुत बड़ा समुदाय है जो शब्दों पर पूरा विश्वास करता है। साक्षरता अभियान के द्वारा यह समुदाय दिन पर दिन बढ़ता ही जा रहा है। मैं किसी ऐसी स्थिति की कल्पना नहीं कर पाता जब कोई सेन्सिटिव आदमी किसी स्थिति के विषय में केवल टीवी देखकर ही संतुष्ट हो जाएगा। शब्दों के माध्यम का प्रयोग होता रहेगा। दूसरे माध्यम इसका स्थान नहीं ले सकते।

दूसरा पक्ष यह है कि साहित्य रचना, पढ़ना व पढ़ाना तो अबाध गति से चल ही रहा है। सभ्य समाज में यह संस्थागत कार्य हो गया है। ढेर सारे लोगों को साहित्य पढ़ाने के लिए अच्छी-खासी तनखाहें मिलती हैं। वे इसी कार्य के लिए नियुक्त हैं। कॉलेजों और विश्वविद्यालयों में बाकायदा साहित्य के विभाग हैं। तो यहाँ साहित्य पढ़ा और पढ़ाया जाएगा ही। संभव है आप जिस रचनाकार को विस्मृति के गर्त में विलीन मान रहे हों, उस पर कहीं शोध-कार्य हो रहा हो। दो शताब्दी पूर्व जब ऐसी स्थिति की कल्पना भी नहीं थी, तब तो साहित्य बचा रहा। तो आज क्या कठिनाई है।

एक पक्ष यह भी है कि आज साहित्य बहुत महँगा हो गया है। जो पढ़ना चाहते हैं उनकी जेब गवारा नहीं करती। दूसरी ओर एक वर्ग है जो केवल ड्राइंगरूम में सजाने के लिए 'सूटेबल ब्वाय' जैसी महँगी किताबें खरीदता है।

इसकी एक उपयोगिता भी है। पुस्तकों को खरीदना इलीटिज़्म का लक्षण मान लिया जाए तो बहुत अच्छी स्थिति है। बंगाल में उत्तम पुस्तकों को खरीदना व उपहार में देना गौरव की बात मानते हैं। शादी-ब्याह में दो पुस्तकें उपहार में देना अधिक सम्मानजनक मानते हैं एक हीटर के मुकाबले। पुस्तकों की 'स्नाबरी वैल्यू' मान ली जाए तो अच्छा ही है। बहुत-सी कलाएँ तो 'स्नाबरी वैल्यू' पर ही जीवित है। पाश्चात्य जगत् में थियेटर इसी के बल पर चल रहा है।

फिर भी पुस्तकों के मूल्यों में बेतहाशा वृद्धि !

हाँ, यह चिंताजनक है। मगर इसमें सरकार ही कुछ सार्थक कर सकती है। जैसे कुकिंग गैस, खाद वगैरह में सरकार सब्सिडी देती है, वैसे ही साहित्यिक पुस्तकों के लिए कागज़ पर भी देनी चाहिए। अकेले प्रकाशक इस स्थिति पर नियंत्रण नहीं लगा सकता। प्रकाशकों ने पेपरबैक संस्करण भी निकाले । मगर उनके अनुसार यह प्रयोग भी उत्साहजनक नहीं है। प्रकाशन में जो पूँजी लगती है उसका रिटर्न बहुत देर से होता है। बहुत सारे ऐसे खर्चे हैं जिनका प्रकाशक को तुरंत भुगतान करना होता है। लेखक को मिलने वाला कमीशन तो बहुत छोटा हिस्सा है।

इसलिए चालीस रुपए रोज़ कमाने वाले से यह उम्मीद व्यर्थ है कि वह दो सौ रुपए की किताब यूँ ही खरीद डालेगा। निजी तौर पर नहीं, मगर सार्वजनिक पुस्तकालयों या संस्थाओं द्वारा भी इस समस्या को हल किया जा सकता है।

कंज़्यूमर सोसाइटी में गतानुगतिकता का सिद्धांत काम करता है। अंग्रेज़ी की अच्छी पुस्तकें देखा-देखी बहुत बिकती हैं।

मगर प्रकाशक पुस्तक का मूल्य लागत से कई गुना बढ़ाकर रखता है !

कंज़्यूमर कल्चर में यह स्वाभाविक है। आप आलू के चिप्स का जो पैकेट बारह रुपए में खरीदते हैं, उसकी लागत दो रुपए के आसपास आती है। फर्क यही है कि आप पेप्सी कोला में कई गुना दाम देने के आदी हो गए हैं और पुस्तकों में अभी अभ्यस्त नहीं हैं। मगर मैं फिर ज़ोर देकर कहूँगा कि जो सरकार खुद साक्षरता का प्रसार कर रही है, उसे बीच में आना चाहिए तभी समस्या हल होगी।

साहित्य में आजकल उत्तर आधुनिकतावाद की बड़ी चर्चा है।

मैंने सैद्धांतिक रूप से इसका अध्ययन नहीं किया है। मैं जानता हूँ कि दिल्ली में कुछ लोग इससे काफी आतंकित हैं। वैसे साहित्य में कई बार ऐसी प्रवृत्तियाँ उभरती हैं, जिनका कोई सीधा पूर्वापर संबंध समझ में नहीं आता। छायावाद और पाँचवें दशक के साहित्य को उदाहरणस्वरूप रखते हुए यह बात समझी जा सकती है। अनेक साहित्यिक पद्धतियाँ एक साथ पनप रही हैं। संभव है कि भविष्य में उत्तर आधुनिकता का कोई रचनात्मक प्रतिफल देखने में आए।

एक चर्चा यह भी है कि कविता और कहानी की भाषा अब बहुत करीब आ गई है !

केवल भाषा के स्तर पर नहीं, कविता के पूरे अस्तित्व में बदलाव है। कविता लगातार बदलती रही है। इस दौरान कविता कहानी के निकट आई है। 'बलदेव खटिक' कविता में कहानी ही तो है। वैसे अगर आप कविता के लिए बनावटी भाषा की

वकालत नहीं करते तो यह स्थिति अच्छी लगनी चाहिए। मैं इसे कोई खतरा नहीं मानता।

समकालीन व्यंग्य-लेखन के विषय में आपकी राय ?

व्यंग्य को लेकर विधा जैसी कोई तथाकथित धारणा हो तो उसे हटाकर मैं अपनी बात कहूँगा। जब शब्द अपना अर्थ खो रहे हैं, तब अभिधा में बात कहने की तुलना में व्यंग्य का प्रयोग ज़्यादा सार्थक व प्रभावी होगा। आप देखें, कथा-साहित्य, नाटक और कविता में व्यंग्य का बहुत अच्छा प्रयोग हुआ है। पूर्ववर्ती रचनाकारों में निराला को छोड़कर अन्य रचनाकारों ने व्यंग्य को इतना महत्त्वशील नहीं माना है। जबकि इधर बहुत-से रचनाकारों ने व्यंग्य के माध्यम से अपनी अभिव्यक्ति को प्रखर बनाया है। रघुवीर सहाय और धूमिल की कविताओं में आप मेरी बात के प्रमाण प्राप्त कर सकते हैं। नागार्जुन के पूरे साहित्य में व्यंग्य का स्वर प्रभावी है। ज्ञानरंजन, काशीनाथ सिंह, उदय प्रकाश, अखिलेश, हरिचरण प्रकाश वगैरह ने व्यंग्य का अत्यंत सार्थक उपयोग किया है। 'मुझे चाँद चाहिए' उपन्यास में सुरेन्द्र वर्मा ने व्यंग्य के पारंपरिक उपादानों का विलक्षण इस्तेमाल किया है। रवीन्द्र कालिया और ममता कालिया में आप देख सकते हैं। ममता का उपन्यास 'बेघर' एक ट्रैजिक कथा है, जिसे व्यंग्यात्मक भाषा-शैली द्वारा निरूपित किया गया है। यह कह सकते हैं कि समस्त आधुनिक साहित्य में व्यंग्य एक सामान्य प्रवृत्ति है। अन्तर्राष्ट्रीय स्तर पर सलमान रश्दी या सालबेलो को देख लीजिए। सबमें व्यंग्य के क्लासिकल उपादान पूरी प्रखरता के साथ व्यवहृत हुए हैं।

व्यंग्य का एक स्वरूप और है। संभवतः इसी की ओर आपने प्रश्न में संकेत किया है। पाँच-छह पन्ने का व्यंग्य छपता रहता है। इसका उद्देश्य मखौल, मज़ाक या कटाक्ष होता है। तो इस क्षेत्र में ढाई-तीन दर्जन नाम हैं जो बहुत छपते हैं। बहुत प्रसिद्ध हैं। अच्छा भी लिखा है, बहुत भी लिखा है। कुछ ने 20-30 पुस्तकें लिख डाली हैं। अखबारों में स्थायी रूप से व्यंग्य का स्तंभ रहता ही है।

मगर मैं देखता हूँ कि लेखक का अपना रवैया क्या है। व्यंग्य तो सामाजिक आलोचना है। आप कुछ कहने से पहले अपना स्टैण्ड तो साफ करेंगे। इस दृष्टि से मैं बहुत उत्साहजनक स्थिति नहीं पाता। अधिकांश व्यंग्य-लेखन अच्छा है, मगर उसमें 'प्राण' प्रायः गायब हैं।

आपकी कृति 'राग दरबारी' बहुपठित है। इस पर बना सीरियल दूरदर्शन पर दिखाया गया है। आपको उपन्यास का फिल्मांकन कैसा लगा ?

'राग दरबारी' का फिल्मांकन बड़ा कठिन है। इसका मुख्य मूल्य है भाषिक संरचना।

किसी भी तरह के ऑडियो विज़ुअल में यह खो जाएगी। इसके अलावा इसमें कुछ वैसा आकर्षण भी नहीं, जिसकी प्रायः सीरियल या फिल्म में अपेक्षा रहती है। इसमें कोई मुख्य स्त्री पात्र नहीं। गाँव को लेकर टी०वी० और फिल्म में जो रोमांटिक कारोबार होता है, वह भी इसमें संभव नहीं। इस उपन्यास में कोई जबरदस्त घटनाचक्र नहीं। इसलिए ज़रा मुश्किल काम है ।

शमा ज़ैदी और सथ्यू इस पर फिल्म बनाने को उत्सुक थे। मैंने उन्हें हतोत्साहित किया। फिर भी जैसा सीरियल बना था, उससे अच्छा बन सकता था।

'राग दरबारी' के देशी और विदेशी भाषाओं में अनुवाद हुए हैं। आप उनसे संतुष्ट हैं ?

'राग दरबारी' में जो माहौल है उसे विदेशी भाषा में रूपांतरित करना दुष्कर है। एक यूरोपियन पाठक के लिए सामंजस्य बिठाना कठिन है। फिर भी जिलियन राइट ने अंग्रेज़ी में बढ़िया अनुवाद किया है। भारतीय भाषाओं में भी अनुवाद अच्छा हुआ है।

इन अनुवादों को पढ़कर आप संतुष्ट हो पाते हैं ?

देखिए, हिंदी में पढ़ने पर जो अनुभूति होती है वह अंग्रेज़ी में तो संभव नहीं। मगर अनुवाद की दृष्टि से यह सराहनीय है। जिलियन स्वयं हिंदी-उर्दू जानती हैं। बी०बी०सी० में ओंकारनाथ श्रीवास्तव थे, उनसे भी जिलियन ने सहायता ली। मुझसे भी यथावसर संपर्क किया । कुल मिलाकर उन्होंने बहुत परिश्रम किया। डेविड रूबिन ने 'पहला पड़ाव' का अंग्रेज़ी में अच्छा अनुवाद किया है, मगर 'राग दरबारी' की तुलना में इसका अनुवाद थोड़ा आसान तो था ही।

आपका शास्त्रीय संगीत में भी दखल है। आज जबकि भाँति-भाँति का संगीत आपस में टकरा रहा है तो शास्त्रीय संगीत की शुद्धता को खतरा तो नहीं है ?

आज संगीत सबके लिए सुलभ है। भाँति-भाँति का सुलभ है। इसलिए संगीत की प्रत्येक विधा के अलग-अलग प्रशंसक भी हैं। संगीत की उपलब्धता जितनी आज है, उतनी 70 साल पहले नहीं थी। तब लोकसंगीत था और शास्त्रीय या उपशास्त्रीय संगीत था। उपलब्धता की स्थिति यह थी कि या तो आप किसी रईस से अपनी आमदरफ्त बढ़ाते या कोठों पर जाते। पहले संगीत सुनने के सार्वजनिक अवसर कम थे। घरानेदारी की परंपरा इसीलिए पनपी। कोई ग्वालियर का संगीतज्ञ सेनफ्रांसिको में तो जाने की सोचता नहीं। यह ज़रूर है कि कुछ खाटी किस्म के संगीतकार यह चिंता व्यक्त करते पाए जाते हैं कि शुद्धता खतरे में है। मगर मैं इसे कोई क्लेशदायक स्थिति नहीं मानता।

लखनऊ से जुड़े आपके वरिष्ठ रचनाकारों की रचनाओं में जगह-जगह लखनऊ दिखता है। आपकी रचनाओं में लखनऊ की अभिव्यक्ति किस प्रकार हुई है ?
अगर आपने मेरी रचनाएँ पढ़ी हैं तो आप बताइए कि मेरी रचनाओं में लखनऊ किस तरह आया है! खैर, आपका संकेत अमृतलाल नागर, यशपाल, भगवतीचरण वर्मा की ओर है। तो नागर जी को छोड़कर बाकी किसी में लखनऊ की विशेष उपस्थिति प्राप्त नहीं होती। यशपाल के दो उपन्यासों–'मेरी-तेरी उसकी बात' तथा 'झूठा सच' में कुछ स्थलों पर लखनऊ का ज़िक्र हुआ है। यही बात भगवती बाबू के साथ है। रही बात नागर जी की तो उनकी रचनाओं में लखनऊ पूरी शिद्दत के साथ मिलता है।

रचनात्मक संदर्भों की दृष्टि से मेरे लिए लखनऊ विशेष महत्त्व का नहीं रहा। सच तो यह है कि अवध का अठारहवीं-उन्नीसवीं शताब्दी का पूरा सांस्कृतिक परिदृश्य मुझे विशेष आकृष्ट नहीं करता।

अवध को लेकर मैंने दो रचनात्मक निबंध लिखे हैं। उनमें भी पुरानी संस्कृति का हवाला नहीं है।

1926-37 के बीच अवध क्षेत्र में किसानों की जो दुर्दशा थी और खेती कितनी अलाभकर हो गई थी–इसके विश्लेषण की कोशिश इन निबंधों में है। समाजशास्त्रीय दृष्टि से हो रहे परिवर्तनों को इनमें रेखांकित किया गया है।

हिंदी और उर्दू को लेकर जो विवाद चलते रहते हैं, उनके बारे में आपकी राय क्या है ?
कोई महत्त्वपूर्ण रचनाकार तो ऐसे विवादों में कभी उलझा नहीं। भाषा को लेकर राजनीति करने वालों के लिए यह विवाद महत्त्वपूर्ण हो सकता है।

श्रीनारायण चतुर्वेदी तो…।
चतुर्वेदी जी तो हिंदीकर्मी थे। जहाँ कहीं उनको लगता था कि हिंदी के प्रति अन्याय हो रहा है अथवा संविधान द्वारा निर्देशित हिंदी के स्वाभाविक विकासक्रम को बाधित किया जा रहा है–वहाँ वह आवाज़ उठाते थे। जहाँ तक मेरी जानकारी है यशपाल जी भी उर्दू को द्वितीय राजभाषा बनाए जाने के पक्ष में नहीं थे।

बहरहाल विवाद तो है…।
विवाद तो हज़ारों बातों को लेकर है। आप यह देखिए कि हिंदी-उर्दू का विवाद किन लोगों के बीच में है! किसी भी रचनाधर्मी के लिए इस विवाद का कभी कोई महत्त्व नहीं रहा। मेरे लिए भी नहीं है। ऐसे हज़ारों मुद्दे हैं, जिनको लेकर मेरे मन में कोई स्पष्ट धारणा नहीं है। जैसे आप मुझसे वैश्वीकरण, आर्थिक नीति, अमीरी-गरीबी वगैरह के बारे में पूछें तो मैं कोई निर्णयात्मक उत्तर नहीं दे पाऊँगा ।

एक कड़वा सच यह है कि मैं निर्णय तक पहुँच भी जाऊँ तो इसका कोई अर्थ नहीं। मेरे तर्कों और भाषानीति को निर्धारित करने वाले राजनेताओं के निर्णयों में कोई समीकरण ही नहीं बनेगा। उनके निर्णय मेरे सोचने के आधार पर नहीं होंगे। मुख्यमंत्री अपने राजनीतिक गणित के आधार पर सारी बातें तय करेंगे। इसलिए मेरे मत का कोई व्यावहारिक अर्थ नहीं है।

इसकी पृष्ठभूमि क्या है ?

वह एक विस्तृत चर्चा है। उससे सारी बातचीत दूसरी ओर मुड़ जाएगी। अवांतर चर्चा हो जाएगी। लेकिन इतना जानता हूँ कि कभी उन निश्चित किए गए नीति-निर्धारक तत्त्वों के आधार पर निर्णय नहीं लिए गए। आज शायद उन तत्त्वों की चर्चा भी असंगत हो क्योंकि नीति-निर्धारकों को भी चैलेन्ज किया जा सकता है। तो जब निर्णय राजनीतिक स्वार्थ से होने लगें, तब मेरा खामोश रहना ही बेहतर है।

फिर भी…।

फिलहाल जानना ही चाहते हैं तो मैं उर्दू को द्वितीय राजभाषा बनाए जाने के पक्ष में बिलकुल नहीं हूँ। मेरे पास अपने विश्वास के लिए ठोस आधार है। 1955-65 के बीच इसे लेकर बहुत विचार-विमर्श हुआ है। मैं शासकीय स्तर पर भी इससे जुड़ा रहा हूँ। राजभाषा के आधार निश्चित किए गए। मुख्यमंत्रियों के सम्मेलन हुए। कई नीति-निर्धारक सिद्धांत स्थापित किए गए। चूँकि मैं यह सारी पृष्ठभूमि भली भाँति जानता हूँ, इसलिए आपसे कह रहा हूँ।

अपने प्रिय रचनाकारों के बारे में कुछ बताएँ।

प्रिय इस दृष्टि से कि मैं जिनकी नई कृति पढ़ने के लिए उत्सुक रहता हूँ। निर्मल वर्मा, भीष्म साहनी, कृष्णा सोबती, उदय प्रकाश…।

कवियों को छोड़ दिया !

कुँवर नारायण, केदारनाथ सिंह, लीलाधर जगूड़ी। जगूड़ी के लेखन की संभावना अधिक आश्वस्त करती है। लगता है, अब भी विकसित हो रहे हैं।

पुराने रचनाकारों में ?

जिन्हें पाठ्य-पुस्तकों में पढ़ लिया, उन्हें आनंद के लिए पढ़ने का उत्साह नहीं जुटा पाया।

विदेशी ?

कई हैं। मगर दो ऐसे हैं जिनको पढ़ते हुए लगता था कि इन्हें नोबेल पुरस्कार मिलना

चाहिए। बाद में इनको मिले भी। ये हैं सालबेलो और गार्डीमर।

पुरस्कार प्रसंग आया तो हिंदी में मिलने वाले पुरस्कारों की क्या स्थिति है ?
ये पुरस्कार दो तरह के हैं। एक तो किसी विशेष रचना पर और दूसरा तथाकथित समग्र साहित्यिक योगदान पर। दोनों में वैसी वस्तुनिष्ठता संभव नहीं जैसी 'टी टेस्टिंग' में होती है। संपूर्ण योगदान पर पुरस्कार तो ज़्यादा उम्र वाले को ही प्रायः मिलता है। उसे एडवांटेज मिलता है।

जो व्यक्ति तीस-चालीस वर्ष से लिख रहा है, उसे स्वाभाविक रूप से वरीयता मिल जाती है। हिंदी में बुड्ढों का ज़माना है। ज्ञानपीठ जैसे पुरस्कार में तो एक खास उम्र से कम आयु के रचनाकार पर विचार ही नहीं होता। अब जहाँ आयु निर्णायक हो, वहाँ साहित्यिक श्रेष्ठता द्वितीय स्थान पर खिसक आती है। ज़्यादातर अधिक पैसे वाले पुरस्कार तथाकथित समग्र योगदान पर ही मिलते हैं।

कृति पर मिलने वाले पुरस्कारों में यह उल्लेखनीय है कि कई विधाओं की कृतियों में किसी एक को श्रेष्ठ कैसे घोषित किया जा सकता है। दूसरे, यहाँ व्यापक सर्वेक्षण की प्रक्रिया नहीं। यहाँ छनी-छनाई कृतियों पर ही निर्णय दे दिया जाता है। 'बुकर' जैसे पुरस्कार में बड़ी व्यापक और सघन प्रक्रिया अपनाई जाती है।

इसके अलावा हिंदी में सिद्धांतपरकता का आग्रह बहुत है। एक विचारधारा के लोग दूसरे खेमे की कृति को मूलतः निकृष्ट मानकर चलते हैं। इसलिए बहुत निर्दोष व विश्वसनीय निर्णायक हों, तब भी परिस्थितियाँ ऐसी हैं कि वस्तुनिष्ठता संदिग्ध हो ही जाती है।

('पत्रकार सदन', जनवरी-मार्च, 1996 में प्रकाशित)

पहल प्रश्नोत्तरी : 1994

आधुनिकता, स्वतंत्रता, राष्ट्र, विकास, भविष्य जैसी धारणाओं के इस सदी के प्रारंभिक दशकों में क्या अर्थ थे ? इन अर्थों की धारणाओं में एक आत्मपरक ताज़गी, अबोधपना और जो निष्कपट उत्साह था वह कितनी दूर तक जा सकता था ? सदी के इस प्रारंभिक समय में यहाँ तक कि नेहरू-युग तक इनके अर्थों में, जब हमारे अनुभवों और वक्त की छाया नहीं थी, तब इन अर्थों का क्या माहौल था ? उदाहरण के लिए जब अर्थों की ताज़गी हमारे जेहन में बहुत प्रभावी होती है तो दूसरी तमाम बातें गौण हो जाती हैं। आज़ादी की लड़ाई के प्रारंभ में मज़दूर और उद्योगपति, किसान और ज़मींदार, शहर और गाँव, आधुनिकता और परंपरा के अन्तर्द्वंद्व बहुत तीखे नहीं उभरे थे या उन्हें एक बड़े लक्ष्य को सामने रखकर तरल कर दिया जाता था। उस समय का चिंतन, उस समय का साहित्य, उस समय की कला और सक्रियताएँ सदी के इन अंतिम दशक में हमें कैसी लगती हैं ?

जहाँ तक हमारे देश का संबंध है, इस सदी के पूर्वार्ध में स्वतंत्रता, राष्ट्र, भविष्य आदि की अवधारणा इन शब्दों के वस्तुपरक समाजशास्त्रीय अर्थों तक सीमित न थी। उस पर प्रखर भावना का जो रंग चढ़ा था, उसने 'देश', 'राष्ट्र' आदि की कल्पना को आस्था और पवित्रता का अधिष्ठान बना दिया था। चाहे भगतसिंह आदि की सशस्त्र क्रांति वाला मार्ग हो या गांधी का अहिंसामूलक सिद्धांत, सत्ता के खिलाफ विद्रोह की प्रबल भावना स्वतंत्रता, राष्ट्र आदि की अवधारणा को आस्था, निष्ठा और त्याग के तत्त्वों से जोड़कर उन्हें एक पवित्र संकल्प में परिवर्तित कर रही थी। इस उफान में ही यह खतरा अंतर्निहित था कि लक्ष्यसिद्धि हो जाने के बाद इन मूल्यों का अवमूल्यन हो सकता है। भावनात्मक अतिरेक का, पेंडुलम के दूसरी ओर जाने पर, ऐसा परिणाम आश्चर्यजनक नहीं है।

जहाँ तक आधुनिकता का संबंध है, उन दिनों हमारे लिए उसकी अवधारणा यूरोपीय अर्थ से मेल नहीं खाती थी। आधुनिकता हमारे लिए परंपरा का विपर्यय या उसका संशोधन नहीं थी जिसे समय की आवश्यकताओं को देखते हुए तर्कसंगत रूप से ग्रहण करना था। वास्तव में ऐसे संशोधनों और परिवर्तनों के लिए हमारी प्रवृत्ति

थी कि उनका अनुमोदन प्राचीनतर चिंतन और व्यवस्थाओं में खोजा जाए। उन्नीसवीं सदी के ब्राह्म समाज आंदोलन में औपनिषदिक चिंतन पर या आर्यसमाजी सुधारों को वेदसम्मत सिद्ध करने पर जो बल दिया गया वह जहाँ एक ओर समाज में आधुनिक विचारों को प्रवेश दिला रहा था वहीं दूसरी ओर उनमें अत्यंत प्राचीन चिंतन का समर्थन भी प्रस्तुत कर रहा था।

मैं इस स्थापना से सहमत नहीं हो पा रहा हूँ कि आज़ादी की लड़ाई के दौरान मज़दूर और उद्योगपति, किसान और ज़मींदार आदि के अंतर्द्वंद्व तीखे नहीं थे। हमें भूलना नहीं चाहिए कि श्रमिकों का—विशेषतः कपड़ा मिलों के श्रमिकों का—संगठित संघर्ष और किसानों के हक में ज़मींदारी उन्मूलन और भूमि-सुधार के आंदोलन शताब्दी के पूर्वार्ध की ही देन हैं। साहित्य में भी प्रगतिशील लेखन को संगठनगत आधार देने का प्रयोग भी उन्हीं दिनों का है। यह सही है कि स्वतंत्रता के लक्ष्य के सामने ये अंतर्द्वंद्व पहली नज़र में हमें प्रखर नहीं लगते थे। पर इन वर्गों का टकराव जिस प्रखरता से पहली बार आज़ादी के पहले भारतीय जीवन का अनुभव बनकर उभरा, वह हमें बाद में देखने को नहीं मिला, भले ही तब तक उसमें संस्थागत पुख़्तगी आ गई हो।

आज स्वतंत्रता, राष्ट्र, विकास आदि की अवधारणाओं के विषय में जो 'सिनिसिज़्म दीख पड़ता है वह आज़ादी के बाद के मोहभंग या नेहरू-युग के यूटोपिया के उतार के कारण ही नहीं है, उसके पीछे अर्थव्यवस्था के अंतर्राष्ट्रीय आयाम, विश्व व्यापार, अंतर्राष्ट्रीय मुद्रा कोष और विश्व बैंक जैसी संस्थाएँ, शीतयुद्ध की समाप्ति, भारतीयों के विदेशों से अंतःसंबंध और उनके फैलाव की स्थिति तथा पाश्चात्य—विशेषतः अमेरिकी सोच के प्रति हमारी आलोचनारहित स्वीकृति जैसे तत्त्व भी सक्रिय हैं।

स्वतंत्रता के बाद से ही भारत और तीसरी दुनिया के देशों में एक समय के अत्यंत समर्थ और प्रेरक लगने वाले शब्दों का अर्थ कल्प हो गया। यह कैसा परिवर्तन था ? राष्ट्र किस तरह 'राष्ट्र-राज्य' में बदल गया, नेतृत्व किस तरह नौकरशाही में बदला, गतिशीलता किस तरह 'प्राधिकार' या 'प्रभुत्व' में बदल गई और 'रैडिकल असहमति' की धारणा किस तरह 'राष्ट्र-द्रोह' में बदल गई। शब्दों के अर्थों में आती इस धुरीहीनता के भीतरी मायने क्या हैं ? स्वतंत्रता के पहले हम जिसे एकता कहते थे, राजसत्ता उस एकता की अवधारणा को किस प्रकार 'एकल' की अवधारणा में बदलती रही ? 'एकता' किस तरह 'एकरूपता' में बदलने लगी। अस्मिता की पहचान कैसे एकायामी पहचान में परिवर्तित की जाने लगी। अर्थों की एक जीवित भाषा किस तरह एक मृत व्याकरण में पहुँचा दी गई। भावना को कैसे एक कर्मकाण्ड या पाखंड से भरी

औपचारिकता में बदल दिया गया। राष्ट्र, विज्ञान, धर्मनिरपेक्षता, विकास, तर्क, प्रगति, न्याय, सत्याग्रह जैसी तमाम धारणाओं को किस तरह मनोविज्ञान से अपदस्थ कर दिया गया ? यह किस तरह का संकट है ?

'शब्दों के अर्थकल्प' के जिस संकट की बात उपर्युक्त प्रश्न में उठाई गई है वह, स्पष्ट है, अर्थकल्प का नहीं मूल्यों का संकट है जो सबसे पहले स्थापित अर्थों वाले शब्दों और पदों को विकृत करता है।

भारत के संदर्भ में मुझे लगता है कि राष्ट्र, राज्य, एकता, रैडिकल असहमति, प्रजातंत्र आदि की जिन आधुनिक धारणाओं को हमने अपने संविधान में और सार्वजनिक जीवन में ग्रहण किया है वे मूलतः पाश्चात्य राजनीति की हैं और पारंपरिक भारतीय 'पॉलिटी' में इनकी समकक्ष या प्रतिस्थानीय धारणाएँ उन्हीं अर्थों में उपलब्ध नहीं हैं। प्रतिस्थानीय रूप में हमें जो उपलब्ध था वह ऐसा नहीं था कि उसके सहारे हम इन पाश्चात्य धारणाओं को सहजता से आत्मसात् कर लेते। आज भी हमारे सार्वजनिक जीवन में एक अप्रत्यक्ष अंतर्द्वंद्व चल रहा है। उसके तहत राष्ट्र, धर्मनिरपेक्षता, प्रजातंत्र, प्रतिपक्ष आदि की पाश्चात्य धारणाओं को आत्मसात् करने में एक ओर हमारी परंपराएँ, संस्कार, समाज की बुनावट (जातिप्रथा आदि), क्षेत्रीयता का आकर्षण जैसे तत्त्व बाधा पैदा करते हैं और दूसरी ओर हम इन्हें खारिज करके अपने इतिहास या वर्तमान समाज-तंत्र से इनके समकक्ष या इनसे बेहतर मूल्यों और व्यवस्थाओं को खोज पाने में असमर्थ रहे हैं। अब वास्तविकता यह है कि इन मूल्यों के व्यावहारिक अर्थ में भले ही विकृति आ गई हो, हमारे लिए उस विकृति को मिटाने और इन मूल्यों को अपनाए रहने के सिवाए कोई दूसरा विकल्प नहीं है।

जिस 'राष्ट्र-राज्य' की धारणा को हमने अपनाया, क्या उसके पीछे हमारा कोई देसी चिंतन था ? आज उभर रहे तमाम अंतर्विरोधों को हम इससे किस प्रकार जोड़कर देखते हैं ? भारतीय संस्कृति में धर्म और राज्य के बीच किसी तरह का अंतर्विरोध नहीं था। पश्चिम में धर्म का एक संस्थानी रूप था। धर्म निरपेक्षता की इस पश्चिमी अवधारणा ने हमारे समाज में किस तरह के संकटों को जन्म दिया है ? बहुसंख्यकों के जनमत से चलने वाले पश्चिमी ढंग के जनतंत्र ने हमारे राष्ट्र-राज्य के ढाँचे के भीतर जातियों और नस्लों की अस्मिताओं के किस तरह के संकट बनाए हैं ? बहुलतावादी पहचान का एक परंपरागत जटिल ढाँचा एकल पहचान की आरोपित आधुनिकता के साथ किस प्रकार से द्वंद्वात्मकता की स्थिति में है ? बीसवीं सदी के अवसान में ये स्थितियाँ क्या हमें किसी मूलगामी चिंतन की ओर ले जा रही हैं ?

मैं नहीं समझता कि राष्ट्र-राज्य की आधुनिक अवधारणा हमारे किसी पुराने देसी

चिंतन से जुड़ी है। किन्तु इसके मुकाबले हमारी जो पुरातन धारणाएँ रही हैं। (जैसे राजशाही की) वे भी भारतीय समाज के मूलभूत अंतर्विरोधों (जैसे जातिप्रथा, छुआछूत, कर्मकाण्ड बहुलता आदि) से जूझने के बजाए उनसे समझौता करके ही परिपुष्ट हुई थीं। आधुनिक राष्ट्रवाद और जनतंत्र में भारतीय समाज की परंपराओं के कारण जो अंतर्विरोध उभरकर आए हैं, उसका कारण यह नहीं है कि राष्ट्रवाद, जनतंत्र आदि पाश्चात्य अवधारणाएँ हैं; उसका मूल कारण यह है कि अपने आदर्श रूप में ये अवधारणाएँ पुरातन समाज के कई उपादानों (जातिप्रथा, छुआछूत आदि) से समझौता करने की इजाज़त नहीं देतीं। काफी हद तक राष्ट्रवाद की अवधारणा 'बहुलतावादी पहचान' की भी इजाज़त नहीं देती। जब आज विभिन्न भाषायी समुदायों, वर्गों और क्षेत्रों की अस्मिता को सम्मान देने की बात की जाती है तो मुझे लगता है कि इसके पीछे बहुत हद तक हमारी भावुकता है जो इस यथार्थ को नहीं पहचानना चाहती कि एक आधुनिक और शक्तिशाला राष्ट्र के निर्माण के लिए हमें इन संकीर्ण अस्मिताओं के बहुत-से स्थानीय घटकों का मोह छोड़ना होगा और उनके ऊपर हमें एक राष्ट्रीय अस्मिता की परिभाषा तलाशनी होगी।

मध्यकालीन यूरोप की स्थिति के विपरीत हम जब भारतीय संस्कृति में धर्म और राज्य के बीच कोई अंतर्विरोध न होने की बात करते हैं तो यह भूल जाते हैं कि 'थियोलॉजिकल' और 'सेक्यूलर' जैसा पाश्चात्य विभाजन न होने पर भी हमारे यहाँ भी राजसत्ता से अलग—और कुछ हद तक उससे ऊपर—धर्माचार्यों की सत्ता थी। हमारे इतिहास में राजसत्ता पर धर्म के कर्मकाण्ड-पक्ष का प्रभाव अनेक रूपों में विद्यमान रहा है। (यहाँ मैं 'धर्म' का प्रयोग उसके सीमित अर्थ में ही कर रहा हूँ।) यह कहना कि यहाँ राजतंत्र और धर्म अपने-अपने क्षेत्र में स्वायत्त थे, अतिसरलीकरण जैसा होगा। हमारे प्राचीन समाज में धर्म के संप्रदाय और कर्मकाण्डगत पक्ष तथा राजसत्ता के अंतःसंबंधों का विश्लेषण एक अधिक वस्तुपरक अध्ययन की माँग करता है।

नई एकल विश्वव्यवस्था में विकसित और विकासशील देशों के बीच के संबंध आज किस तरह की करवट ले रहे हैं ? दो दुनियाओं के बीच के किन मूलगामी अंतरों या अंतरालों को झुठलाया जा रहा है ? औपनिवेशिक संस्कृति से लड़ाई आज किन जटिल इलाकों में प्रवेश कर गई है ? सदी के अंत में विश्व राजनीति में सत्ता और अधिकार-क्षेत्र का जो विभाजन हुआ है उसमें अविकसित देशों की जनता के लिए भविष्य की चुनौतियाँ क्या हैं ?

इस प्रश्न में विस्तार से गए बिना इतना कहना काफी होगा कि विकसित देशों की अर्थव्यवस्था के मॉडल को आज अविकसित देशों पर (1) अंतर्राष्ट्रीय मुद्रा कोष और विश्व बैंक आदि के दबाव से और (2) 'आर्थिक उदारीकरण' और 'ग्लोबलाइज़ेशन'

आदि के अल्पकालीन पर तत्काल फलदायी लाभों के लालच के सहारे आरोपित किया जा रहा है। इस प्रकार औद्योगिक रूप से विकसित देशों का अधिकार—प्रायः परोक्ष रूप से—उन देशों में फैल रहा है जो अपनी सत्ता और स्वायत्तता का दम भरते हैं। ऐसे देशों के लिए—और इनमें भारत भी है—ज्वलंत प्रश्न यह है कि विश्व-समुदाय में रहते हुए अपनी आत्मनिर्भरता को किस प्रकार ज़्यादा से ज़्यादा अक्षुण्ण रखा जाए।

क्या सचमुच यह विचारधाराओं के अंत हो जाने का समय है या शताब्दी के अंत में गहराते हुए संकट में क्रांति अब भी एक वास्तविक संभावना है ? क्या ये अंतर्विरोध किन्हीं नई दिशाओं की ओर इशारा करते हैं ?

भारतीय संदर्भ में क्रांति को मैं अब भी एक वास्तविक संभावना मानता हूँ। इसके चिह्न विभिन्न क्षेत्रों और वर्गों में पनपने वाले संघर्षों में देखे जा सकते हैं। पर यह क्रांति उसके क्लासिकल अर्थ से भिन्न होगी। यह क्रांति एकमात्र शस्त्रों के सहारे नहीं होनी है, अधिकार-वंचित वर्गों की क्रांति में न्यायपालिका, विधायिका आदि का भी सहारा लिया जाएगा, हिंसा तो मूल साधन रहेगी ही। दूसरे शब्दों में, क्रांति का यह स्वरूप उन दोनों अवधारणाओं से अलग होगा जो एक ओर 'एनार्की' हो जाती है और दूसरी ओर विद्यमान व्यवस्था को आमूल नष्ट करके उसकी जगह सर्वथा नई व्यवस्था का सपना पालती है।

विचारधाराओं के अंत की, आज के संदर्भ में भी, मैं कल्पना नहीं कर पाता। यह सही है कि इस शताब्दी ने मार्क्सवाद पर आधारित एक विराट् मानवीय प्रयोग देखा है जो समाज की समग्र जीवन-पद्धति को बदलने वाला था, और बाद में उसको विखण्डित होते हुए भी देखा है। पर उस विखण्डन के कारण ही उसकी आधारभूत प्रामाणिकता को नकारा नहीं जा सकता। एक समय था कि मार्क्सवाद के करोड़ों प्रशंसक उसके कम्यूनिस्टी प्रयोग के प्रति इतना उत्साहित थे कि व्यवहार में उसकी सुप्रकट खामियों को भी वे कल्याणकर और प्रशंसनीय सिद्ध करते रहते थे। यह अतिरेकपूर्ण प्रवृत्ति थी। वही अतिरेकपूर्ण प्रवृत्ति अब मार्क्सवाद और समाजवादी प्रयोग की आलोचना करने वालों में दिखाई दे रही है जो सोवियत यूनियन के विखण्डन को मार्क्सवाद के सैद्धांतिक आधार के खिलाफ सबसे बड़े तर्क के रूप में प्रस्तुत कर रहे हैं। दोषपूर्ण प्रयोग और उसके विखण्डनात्मक परिणामों के आधार पर ही विचार-धाराओं की तात्विक स्थिति और स्थायित्व पर अंतिम राय नहीं दी जा सकती।

यह सही है कि विश्व तकनीकी के विकास से भी विभिन्न विचारधाराओं पर आधारित विभिन्न राज्यों और समाजों के स्वरूप की पारस्परिक विषमताएँ कम हुई हैं। तकनीकी के उत्तरोत्तर विकास से यह अंतर और भी कम होगा। पर एक संभावना यह भी है कि तकनीकी के विकास की अंधी दौड़ से आतंकित होकर—जिसमें

नए-नए अनुसंधान केवल अनुसंधान के लिए होने लगे हैं—विचारधाराएँ (अर्थात् उनके समर्थक राष्ट्र) स्वयं उस पर अनुशासन लगाने के लिए बाध्य हो जाएँ और तकनीकी विकास को, जो विचारधारा को अप्रासंगिक बनाता हुआ अपनी स्वायत्तता स्थापित करने लगा है, विचारधारा का अनुचर बना दिया जाए। यानी, उदाहरणार्थ, 'ग्लोबलाइज़ेशन' के नारे के ऊपर यहाँ गांधी के ग्राम-स्वराज की परिकल्पना भारी पड़ने लगे।

सदी के अंत में कलाओं या मोटे तौर पर समूचे सृजनात्मक प्रयासों के सामने किस तरह के संकट हैं ? क्या कला अब भी मनुष्य की नियति और संकट को प्रभावित कर सकती है, जबकि टेक्नोलॉजी के समक्ष स्वयं उसकी स्थिति ही संकटापन्न है ? क्या यह सच है कि टेक्नोलॉजी का विकास, न्याय की एक स्वाभाविक अपेक्षा को भी अपने में अंतर्निहित किए रहता है ? और भविष्य में टेक्नोलॉजी के विकास और अन्याय की स्थितियों के बीच नए किस्म के तनावों में ही हमारे भविष्य की सारी आशाएँ छिपी हुई हैं ?

कलाओं और सृजनात्मक प्रयासों के समकालीन संकट के बारे में बहुत कुछ कहा जा रहा है और उनके प्रमुख शत्रु के रूप में टी०वी० आदि उच्च तकनीकी वाले प्रसार-माध्यमों का ज़िक्र किया जाता है। पर यह न भूलना चाहिए कि ये प्रसार-माध्यम भी मूलतः कलाओं और सृजनात्मक प्रयासों के संवर्धक बनने की क्षमता ही नहीं रखते, कुछ हद तक उसका प्रतिफलन भी दिखाते हैं। इस दृष्टि से मुझे कलाओं और सृजनात्मक प्रयासों के अस्तित्व का कोई गंभीर संकट नहीं जान पड़ता, संकट है तो वह है उनके पारंपरिक स्वरूप को अक्षुण्ण रखने का।

टेक्नोलॉजी के विकास में न्याय की स्वाभाविक अपेक्षा तभी तक अंतर्निहित रहेगी जब तक कि वह विकास भावी समाज की किसी स्पष्ट अवधारणा को, उसके आदर्श को साकार करने के उद्देश्य से नियंत्रित हो। पर, जैसा कि आज की प्रवृत्तियों से स्पष्ट है, टेक्नोलॉजी अब स्वयंचालित रूप से मुड़कर अपने लक्ष्य का निर्धारण स्वयं ही कर रही है और अनिवार्यतः किसी सुपरिभाषित आदर्श की प्राप्ति का माध्यम नहीं रह गई है। उदाहरणार्थ, जनसंख्या-विस्फोट वाले देशों में भी परखनली-शिशुओं के जन्म के प्रयोग केवल इस कारण हो रहे हैं कि उसका तंत्र उन्हें उपलब्ध है। टेक्नोलॉजी के ऐसे अनियंत्रित विकास के साथ सामाजिक न्याय की धारणा को हमेशा नहीं जोड़ा जा सकता। दूसरे शब्दों में, सामाजिक न्याय की परिकल्पना इस संदर्भ में तभी प्रासंगिक होगी जबकि टेक्नोलॉजी का विकास समाज के आदर्श स्वरूप से जुड़ी हुई किसी स्पष्ट विचारधारा द्वारा अनुशासित हो।

बीसवीं सदी

नागेंद्र से बातचीत

इस शताब्दी को किस रूप में देखते हैं ?

तीन अर्थों में यह शताब्दी हिंदी साहित्य के लिए उसके समस्त इतिहास में सर्वाधिक महत्त्वपूर्ण शताब्दी है। एक तो पद्य के स्वरूप के साथ-साथ गद्य का असाधारण विकास। दूसरा 19वीं शताब्दी तक जो काव्य रचना हिंदी क्षेत्र की बोलियों—ब्रज, अवधी, भोजपुरी आदि में हो रही थी, उन सबको लगभग अवक्रांत करके खड़ीबोली को हिंदी काव्य का सशक्त माध्यम बनाना।

तीसरी बात जो सबसे महत्त्वपूर्ण है, वह है समस्त भारतीय भाषाओं से हिंदी के अंतःसंबंधों का विकास और साथ ही साथ पाश्चात्य भाषाओं—अंग्रेज़ी, रूसी, फ्रेंच, जर्मन और स्पेनिश आदि के साहित्य की विशिष्टताओं से इसकी घनिष्ठता का स्थापित होना। और कुछ हद तक उनसे प्रभाव ग्रहण करके अपने साहित्य को समृद्धतर बनाना ।

इस शताब्दी को साहित्य ने किस रूप में 'डॉमिनेट' किया ?

बहुत स्पष्ट नहीं है कि शताब्दी के जीवन-क्रम में साहित्य की भूमिका कितनी महत्त्वपूर्ण रही। साहित्य का प्रभाव प्रायः अप्रत्यक्ष रूप से ही सामाजिक जीवन के विभिन्न क्रियाकलापों में फलित होता है, किन्तु अपवाद के रूप में इस सदी में साहित्य की सबसे प्रमुख उपलब्धि मार्क्स के दर्शन का समाज और राजनीति के प्रत्येक क्षेत्र में बहुत स्पष्ट व्यावहारिक और सशक्त प्रभाव रहा है। बीसवीं शताब्दी इस अर्थ में अभूतपूर्व रही कि दार्शनिक और वैचारिक स्तर पर मार्क्स और एंगेल्स का जो चिंतन हमें पहले उपलब्ध हुआ, उसको बड़े व्यापक स्तर पर सामाजिक, राजनीतिक क्षेत्रों में इतने सशक्त रूप में प्रस्तुत किया गया। किन्तु जहाँ तक रचनात्मक साहित्य, उदाहरणार्थ काव्य, उपन्यास, कहानियाँ, नाटक आदि का संबंध है, निश्चय ही उसने अप्रत्यक्ष रूप से समाज की मानसिकता को प्रभावित किया होगा। पर उसका कोई प्रत्यक्ष अनुभव करना कठिन है।

सर्वाधिक महत्त्वपूर्ण नाम जिन्होंने…?

जहाँ तक हिंदी का संबंध है, इस शताब्दी के सबसे महत्त्वपूर्ण नाम जो अचानक मुझे सूझते हैं, वे हैं—महावीरप्रसाद द्विवेदी, आचार्य रामचंद्र शुक्ल, मुंशी प्रेमचंद, निराला, रेणु, अज्ञेय और मुक्तिबोध की कविताएँ और अंत में उनका नाम ले रहा हूँ लेकिन शताब्दी के उत्तरार्द्ध में जो सबसे महत्त्वपूर्ण रहा—डॉ० रामविलास शर्मा। संभवतः इन्हीं नामों से हिंदी की उत्तरोत्तर बढ़ती हुई संपन्नता का खाका बन जाएगा।

घटना जिसकी अनुगूँज…?

साहित्य में कोई घटना होती है, तो होने के समय उसका अहसास नहीं होता। कुछ अंतराल के बाद ही उसकी ताकत, उसकी उपस्थिति का अहसास होता है। इसलिए किसी तात्कालिक घटना का उल्लेख तो मुश्किल है, लेकिन विचारों के मंथन और साहित्य की एक विशिष्ट धारा के प्रवर्तन के रूप में आप चौथे दशक और छठे दशक को विशिष्ट रूप से याद कर सकते हैं जिनसे क्रमशः प्रगतिशील लेखक संघ की स्थापना व लखनऊ अधिवेशन और हिंदी कहानी की हैसियत को लेकर बड़े विराट् चिंतन की स्थितियाँ जुड़ी हुई हैं।

कृतियाँ जो पूरी शताब्दी को…?

किसी बातचीत में कृतियों की चर्चा और जब बात शताब्दी की हो रही हो तब तो और भी असमंजस पैदा करती है, क्योंकि तात्कालिक प्रतिक्रिया के रूप में कभी अपेक्षाकृत कम महत्त्व की कृति का उल्लेख हो जाता है, और महत्त्वपूर्ण कृतियाँ छूट जाती हैं। फिर भी जिन पुस्तकों ने हिंदी के वैविध्यपूर्ण और उत्कृष्ट स्वरूप को आधार दिया उनमें तत्काल 'प्रियप्रवास', 'सेवासदन', 'परिमल', 'कामना', 'स्कंदगुप्त', 'कामायनी', 'उसने कहा था', 'गोदान', 'कुल्ली भाट', 'शेखर : एक जीवनी', 'मैला आँचल', 'मुक्तिबोध की कविताएँ', 'डार से बिछड़ी', 'झूठा सच', 'बूँद और समुद्र', स्वयं मेरा उपन्यास 'राग दरबारी', 'उसका बचपन', 'निराला की साहित्य साधना', रामचंद्र शुक्ल का 'हिंदी साहित्य का इतिहास' जैसी रचनाओं का उल्लेख करना चाहूँगा। परन्तु यह तय है कि कई और भी विशिष्ट कृतियाँ अवश्य होंगी जो इस फेहरिस्त में जुड़ सकती हैं।

शताब्दी के अवसान को किस रूप में देखते हैं…?

हर अंत के बाद एक नई शुरुआत होती हैं। लेकिन शताब्दी के अवसान के साथ अनेक सामाजिक प्रवृत्तियों को जोड़ना कोई सुविचारित प्रक्रिया नहीं है। ज़्यादा से ज़्यादा आप यह सोच सकते हैं कि वर्तमान में ये कौन-सी प्रवृत्तियाँ हैं, जो आपको सबसे ज़्यादा प्रभावित कर रही हैं। यह संयोग मात्र हो सकता है कि ये प्रवृत्तियाँ सदी

के अवसान में दिखाई दे रही हों किन्तु उसका संबंध शताब्दी के अवसान से अनिवार्यतः नहीं है। इन प्रवृत्तियों को सृजित करने वाली प्रत्यक्ष/प्रच्छन्न शक्तियाँ समाज के विकास के स्वाभाविक क्रम में, शताब्दी का अवसान हो रहा हो या न हो रहा हो, निरंतर सक्रिय रहती हैं। उदाहरणार्थ, हम लोगों के जीवन में शताब्दी की सबसे महत्त्वपूर्ण घटना 1947 की है जब एक ओर आज़ादी मिली और दूसरी ओर देश के विभाजन के फलस्वरूप मनुष्य की आदिम वृत्तियों का निकृष्टतम रूप देखने को मिला। दो विश्व महायुद्ध सदी के बीच में हुए जिन्होंने मानव समाज की स्थिति को भयानक रूप से झकझोरा और उसमें अनेक वांछनीय और अवांछनीय परिवर्तन हुए। इन सर्वाधिक महत्त्वपूर्ण घटनाओं का कोई भी संबंध शताब्दी के अवसान या आरंभ से नहीं है। किन्तु इस समय शताब्दी के अवसान पर विचार करते हुए यह अनुभव हो रहा है कि विश्वस्तर के वाणिज्य, व्यवसाय, सूचना प्रौद्योगिकी, प्रचार माध्यम आदि के असाधारण विकास के साथ हमारे सामाजिक व नैतिक मूल्यों पर जबरदस्त झटके लगे हैं और उपभोक्तावादी संस्कृति का अचानक जिस तेज़ी से विकास हुआ है, उसमें पारिवारिक व सामूहिक संबंधों/नैतिक मान्यताओं, अपरिग्रहपरक दर्शनों आदि की अवधारणाएँ बिलकुल ही बदलने लगी हैं और अब ऐसा लगता है कि 21वीं शताब्दी के आरंभिक वर्ष बहुत ही स्पष्ट रूप से बदले हुए समाज को प्रस्तुत करेंगे। राजनीतिक क्षेत्र में भी रूस में मार्क्सवाद के व्यावहारिक प्रयोग की असफलता ने विश्वस्तरीय समीकरणों को जिस प्रकार से झकझोरा है, उससे लगता है कि 21वीं शताब्दी में राजनीतिक स्तर पर भी कुछ असाधारण परिणाम सामने आएँगे।

(30 दिसंबर, 1999 के 'हिंदुस्तान' में प्रकाशित)

कथा-साहित्य की आलोचना अपने प्रतिमान निरूपित नहीं कर सकी

दयाशंकर 'सागर' से बातचीत

आपके नए उपन्यास 'बिस्रामपुर का संत' को लेकर आलोचकों में तीव्र प्रतिक्रिया है। एक ओर जहाँ सुधीश पचौरी जैसे इसे 'राग दरबारी' के आगे का उपन्यास बता रहे हैं वहीं कुछ समीक्षकों ने इस उपन्यास को 'सतही' बताया है। आप इन दोनों प्रतिक्रियाओं को कैसे लेते हैं ?

यह दुर्भाग्य है कि हिंदी कथा-साहित्य का आलोचना-तंत्र कोई शास्त्रीय हैसियत ग्रहण नहीं कर पाया। यहाँ समीक्षाएँ और आलोचनाएँ व्यक्तिगत रुचि पर निर्भर होती हैं। समीक्षकों की अपनी दृष्टि और अध्ययन क्षमता, वस्तुनिष्ठता का अपना स्तर होता है। उनकी धारणाएँ उसी से निकलती हैं।

लेकिन एक लेखक होने के नाते ये प्रतिक्रियाएँ आपको प्रभावित ज़रूर करती होंगी ?

अगर मैं शुद्ध व्यावसायिक लेखक होता तो ये बातें मुझे ज़रूर प्रभावित करती क्योंकि उससे मेरा बाज़ार बिगड़ता है। जो बाज़ार के लिए नहीं लिख रहा उस पर इसका असर नहीं पड़ता।

'राग दरबारी' के मुकाबले 'बिस्रामपुर का संत' को आप कहाँ रखते हैं ?

इन दोनों उपन्यासों की तुलना नहीं हो सकती। 'राग दरबारी' एकदम दूसरे चरित्र या कहें उपविधा का उपन्यास था, 'बिस्रामपुर का संत' दूसरी उपविधा का। आप डिकेंस के उपन्यास 'पिकनिक पेपर्स' की तुलना 'अ टेल ऑफ टू सिटीज़' से कैसे कर सकते हैं ?

हिंदी लेखन के बारे में कहा जाता है कि वह ज़्यादातर अपनी मध्यवर्गीयता में ही उलझा रहता है ? इसके बारे में आप क्या कहेंगे ?

इससे मैं सहमत नहीं। हिंदी कथा और कविता का पाठक जानता है कि हिंदी लेखकों का एक बहुत बड़ा भाग वंचितों और शोषितों के पक्ष में खड़ा है। मध्यवर्गीय समाज

की कथा-साहित्य की अवधारणा पाश्चात्य अवधारणा है जिसका खंडन भारतीय साहित्य और खास तौर से हिंदी साहित्य में बड़े सजग ढंग से किया गया है।

आजकल के लेखन में एक तरह की निराशा दिखती है। क्या आपका लेखक निराशावादी हो गया है ?

इस सवाल पर एक सामान्य नागरिक की क्या प्रतिक्रिया है, इस पर आप स्वयं विचार कीजिए। क्या यह सच नहीं है कि आज की सामाजिक स्थिति में आशावादिता को कायम रखने के लिए एक बड़े प्रयास की ज़रूरत है ?

रचनाकार का किसी विचारधारा से जुड़ाव क्या उसके लेखन, उसकी संवेदनाओं की सीमा नहीं बन जाता ? लेखक कब विचारधारा की गिरफ्त से मुक्त होगा ?

हिंदी के कई लेखक विशेष प्रकार की राजनीतिक या आर्थिक विचारधारा से जुड़े रहे हैं। हाल के वर्षों में विचारधाराओं के अंत की भी बात उठी है। खुद डॉ० नामवर सिंह ने इसका ज़िक्र किया है। भारतीय समाज में जहाँ एक ओर जाति और वर्ग की भयानक खाइयाँ लोगों को बाँटती हैं वहाँ एक साहित्यकार की हैसियत से मेरा दृष्टिकोण बिलकुल साफ है। अमूर्त कला और अमूर्त साहित्य पश्चिम के संपन्न देशों को मुबारक। कम से कम आज की स्थितियों में साहित्यकार इस अमूर्तन की अवधारणा के विलास को ग्रहण नहीं कर सकते हैं। कहीं न कहीं हर संवेदनशील साहित्यकार को इस देश की गरीबी, शोषण, शोषित वर्ग, दलित वर्ग आदि की समस्या से जुड़ना होगा, भले ही वह किसी राजनीतिक पार्टी से संबंध रखे। ऐसा ही सवाल किसी ने पाब्लो नरुदा से पूछा था। अपने संस्मरणों में उन्होंने कहा कि मेरी सहानुभूति उस आदमी के साथ नहीं होगी जो कैडिलक जैसी महँगी कार पर चल रहा है। मेरी सहानुभूति उसके साथ है जो नंगे पाँव अर्जेंटीना की सड़क पर चला जा रहा है। विचारधाराओं के संघर्ष में न फँसते हुए मेरी स्थिति लगभग वही है जो नरुदा ने इन शब्दों में व्यक्त की।

फिर भी खुद को आप किसी विचारधारा के करीब ज़रूर पाते होंगे ?

इसका जवाब मैं 'तत्भव' में दे चुका हूँ। 'मैं सड़क के बीच कुछ कदम पर बाईं ओर खड़ा हूँ।'

आपने पचास के दशक में लिखना शुरू किया। इस अर्धसदी में कथा-साहित्य के विकास को आप किस तरह देखते हैं ?

पिछले पचास सालों के लेखन में वैविध्य के स्तर पर अंतर आया है। 60 के दशक

के मुकाबले आज का लेखक अपने इर्द-गिर्द की सामाजिक स्थितियों के बारे में कहीं ज़्यादा सजग है। वह वैसे मनोरोग से ग्रस्त नहीं जितना 40-50 साल पहले का लेखक था। पहले के मुकाबले साहित्य में भाषा, शैली और टैक्नीक में फर्क आया है। आज लोकभाषाओं से प्रेरणा लेकर उनकी संस्कृतियों को कथा-साहित्य में लिया जा रहा है। यह एक नई प्रवृत्ति है। भगवानदास मोटवाल का उपन्यास 'काला पहाड़' में हरियाणा के मेवात क्षेत्र की न केवल समस्याएँ हैं बल्कि स्थानीय बोली की विभिन्नता भी है। संजीव, वीरेन्द्र जैन, श्याम बिहारी श्यामल आदि साहित्य में स्थानीयता ला रहे हैं। यह सराहनीय प्रयास है।

'राग दरबारी' टी०वी० धारावाहिक के रूप में खासा चर्चित रहा। उसके बाद आपकी किसी कृति पर धारावाहिक नहीं बना। क्यों ?

टी०वी० माध्यम में मेरी रुचि नहीं। 'राग दरबारी' की प्रखरता भाषिक है, उसे दृश्य-श्रव्य के स्तर पर प्रस्तुत करना कठिन काम था। एम०एस० सथ्यू और शमा ज़ैदी 'राग दरबारी' पर फीचर फिल्म बनाने पर ज़ोर दे रहे थे। मैंने खुद को उससे विरत कर लिया। इस सीरियल की भी कमज़ोरी उस उपन्यास की असमर्थता नहीं बल्कि उपन्यास की जटिलता है।

आगे की क्या योजनाएँ हैं ?

उपन्यासों पर समीक्षाएँ, टिप्पणियाँ लिख रहा हूँ। एक छोटे उपन्यास का पहला ड्राफ्ट तैयार है। एक बड़े उपन्यास की रूपरेखा भी तैयार है। एक माह के लिए शिमला जा रहा हूँ। मुझे लगता है कि लेखन में यहाँ की अपेक्षा वहाँ समय का ज़्यादा सदुपयोग कर सकूँगा।

(30 अप्रैल, 2000 के 'अमर उजाला' में प्रकाशित)

'राग दरबारी' व्यंग्य उपन्यास नहीं, मेरी समझ में मात्र उपन्यास है

मधुसूदन पाटिल से बातचीत

पहला सवाल 'पहले प्यार' पर। वह क्या है ? पहला प्यार जैसे ऐतिहासिक होता है, वैसी ही पहली रचना भी, तो वह शुरुआत कब हुई। और कैसे ?
पहले प्यार और पहली रचना के साम्य पर मुझे कुछ कहने का अधिकार नहीं है, क्योंकि पहले प्यार के बारे में मेरा कोई उल्लेखनीय अनुभव नहीं है। अगर दाम्पत्य प्रेम और सद्भाव को आप पहला प्यार कहें तो वह और बात होगी।

मेरी पहली साहित्य-रचना कब हुई, कहना मुश्किल है। घर का वातावरण पुस्तकों और पत्र-पत्रिकाओं वाला था। मेरा खयाल है कि जब पहली तुकबन्दी लिखी तो मैं दस-ग्यारह साल का रहा होऊँगा।

'पहले प्यार' से मेरी मुराद 'पहली पसंद' से थी।
आज़ादी के समय आपकी उम्र 22 वर्ष की थी। तत्कालीन कुछ दृश्य-श्रव्य, स्मरणीय ?
अपने अतीत को लेकर मेरे लिए जो आज भी खेद का विषय है वह यह कि बौद्धिक रूप से सजग होते हुए भी मैं स्वतंत्रता आन्दोलन के उस दौर में अपने को तत्कालीन उथल-पुथल-भरे राजनीतिक परिवेश से नहीं जोड़ सका। मैं अपनी निजी और परिवार की चिंताओं से ही ज़्यादातर उलझा रहा। आज़ादी का मेरे लिए एक अर्थ यह ज़रूर निकला कि 1947 के बाद ऊँचे सरकारी पदों के लिए अभिजात पृष्ठभूमि का जो आग्रह समाप्त हुआ (जो दुर्भाग्यवश अब फिर से सिर उठा रहा है) उसका फायदा उठाकर प्रतियोगितात्मक परीक्षा में सफल होकर जीविका की चिंता से निश्चिन्त हो गया।

उस समय के नेता-समुदाय के भी मेरे कुछ मिश्रित अनुभव हैं, पर उनमें जाने की प्रवृत्ति नहीं हो रही है।

एक बात ज़रूर है, देश के विभाजन, महात्मा गांधी की हत्या और कुछ प्रशासनिक अव्यवस्थाओं के बावजूद उस समय सामान्य नागरिक में जो उत्साह और

आशावादिता थी, वह अगर कुछ वर्ष—दस-पंद्रह साल भी कायम रहती तो शायद आज कुछ और ही स्थिति होती। पर नेताओं और नौकरशाही के चरित्र ने उन संभावनाओं को ठीक से पनपने न दिया।

आप उपन्यासकार भी हैं और व्यंग्यकार भी, दोनों में अंतर ?

मेरे लिए इस प्रश्न का उत्तर आसान नहीं है क्योंकि इसके पीछे आपके और सतही ढंग से लिखी जाने वाली हिंदी आलोचना के एक विशेष समुदाय के—कई प्रत्यक्ष-अप्रत्यक्ष आग्रह दीख रहे हैं। मैं केवल लिखने की, लेखन-धर्म में सक्रिय होने की कोशिश करता हूँ और अपनी समझ से अपने कथ्य के अनुरूप विधा का चुनाव करता हूँ। वह उपन्यास भी हो सकती है, कहानी भी, ललित निबंध और हास्य-व्यंग्य-कथा भी। जीवनी भी हो सकती है। (मैंने भगवतीचरण वर्मा और अमृतलाल नागर की जीवनी लिखी है, पहली छप चुकी है, दूसरी छप रही है।)

उपन्यासकार के लिए व्यंग्य का सहारा लेना कब से वर्जित हो गया ? और अगर व्यंग्य का (अपनी समझ से सार्थक) सहारा लेने के कारण ही उसका अस्तित्व उपन्यासकार के रूप में खत्म हो गया और वह मात्र व्यंग्यकार हो गया तो ऐसा किस सिद्धान्त के आधार पर ?

वास्तव में इस प्रकार के प्रश्न उन पूर्वग्रहों से प्रेरित होते हैं जो विश्व उपन्यास के विकास या ह्रास की स्थिति को नज़रअंदाज़ करने के कारण पैदा हुए हैं। हास्य और व्यंग्य का इतना मधुर प्रयोग करने के बावजूद डिकेंस के अधिकांश उपन्यासों को आप क्या कहेंगे ? या आज के जीवित लेखकों में सालबेलो, गुंटर ग्रास या नॉयपाल के अनेक उपन्यासों को कहाँ रखेंगे ? हिंदी में ही निराला की 'कुल्ली भाट', भगवतीचरण वर्मा के 'अपने खिलौने', 'भूले-बिसरे चित्र', 'प्रश्न और मरीचिका' (और पुराना 'तीन वर्ष') या अमृतलाल नागर की 'बूँद और समुद्र', 'नाच्यौं बहुत गोपाल'—इन सबके प्रचुर व्यंग्य-विनोद को क्या बिलकुल भुलाया जा सकता है ?

सरकारी नौकरी की विसंगतियों में कैसे तालमेल कर पाए ? यदि टकराव हुआ, एकाध अविस्मरणीय प्रसंग ?

इस विषय पर मैं कई बार कह या लिख चुका हूँ। 'यह घर मेरा नहीं' संकलन में—जो संभावना प्रकाशन, हापुड़ में छपा है—मैंने अंतिम दो पृष्ठों में वस्तुनिष्ठतापूर्वक सोचने की कोशिश की है कि प्रतिष्ठान के साथ सर्जनात्मक लेखक का घनिष्ठ संबंध किस प्रकार उसके व्यक्तित्व को प्रभावित करता है। यह लगभग बाईस वर्ष पुराना लेख है। आप चाहें तो उसके उद्धरण, उपयुक्त अंशों की मुझसे पुष्टि कराके, अपनी पत्रिका में दे सकते हैं।

व्यंग्य, मैं समझता हूँ, तिरस्कृत होने की विधा पर आप कैसे पुरस्कृत हुए ? पुरस्कार के बाद दूसरा 'राग दरबारी' नहीं आ पाया ?

मुझे लगता है कि व्यंग्य-लेखन, आज के दिन, तिरस्कृत होने की विधा नहीं है, अधिनायकवादी शासनों की बात जाने दें, प्रजातंत्र का पूरा ढाँचा ही खुली आलोचना पर आधारित है। हिंदी के हास्य-व्यंग्य लेखक स्वेच्छा से शहीदाना अंदाज़ अपनाए रहें, यह उनका निजी मामला है; पर समझा यही जाता है कि आर्थिक दृष्टि से आज वही साहित्यकार सबसे ज़्यादा सफल हैं जो हास्य-व्यंग्य लिखते हैं (पद्य ही में नहीं, गद्य में भी) और मंच पर खड़े होकर हज़ारों के जनसमुदाय तक अपने को संप्रेषित करते हैं। आखिर उनकी सफलता का राज़ क्या है ? यही न कि जब वे सत्तातंत्र या किसी सामाजिक विसंगति पर चोट करते हैं तो वह केवल अपनी नहीं, कोटि-कोटि जनता की भावना को शब्द देते हैं ? ऐसे लेखक के तिरस्कृत होने की बात कहाँ से उठी ? आप शायद अठारहवीं सदी की राजशाही या स्टालिनयुगीन अधिनायकवाद के सपनों में खोए हुए हैं।

अब रही मेरे पुरस्कृत होने की बात, तो यह सवाल कृपया उनसे कीजिए जिन्होंने मुझे पुरस्कृत किया हो। आपके प्रश्न से तो यही लगता है कि जब कभी मुझे कोई पुरस्कार मिले, मुझे सार्वजनिक रूप से क्षमा-याचना करनी चाहिए।

'पुरस्कार के बाद दूसरा 'राग दरबारी' नहीं आ पाया ?' से आपका क्या मंतव्य है ? कि मैं दूसरा 'राग दरबारी' लिखने को प्रतिश्रुत था ? कि पुरस्कार और दूसरे 'राग दरबारी' के लेखन या अलेखन के बीच कोई कार्य-कारण संबंध है ?

निश्चय ही आपने मेरा परवर्ती साहित्य पढ़ा होगा। 'राग दरबारी' के बाद का 'मकान' और उसके काफी बाद 'पहला पड़ाव'—इन उपन्यासों में आपको कहीं भी ऐसा नहीं लगा कि व्यंग्य का मैं 'राग दरबारी' की अपेक्षा कहीं ज़्यादा सार्थक उपयोग करना चाहता हूँ ? अगर मैं ऐसा नहीं कर पाया तो हो सकता है कि यह मेरी अक्षमता हो, पर एक दूसरे 'राग दरबारी' की अपेक्षा करते हुए, मुझे किसी भी दूसरी दिशा की ओर मुड़ते देखकर मुझसे जवाब तलब करने का आग्रह क्यों ?

एक समग्र व्यंग्य उपन्यास 'राग दरबारी' के बाद एक संपूर्ण जासूसी उपन्यास 'आदमी का ज़हर' की ओर परावर्तन ! कारण ?

'राग दरबारी' व्यंग्य उपन्यास नहीं, मेरी समझ में मात्र उपन्यास है।

'आदमी का ज़हर' एक अपराध-कथा है; हिंदी में उनकी भी कमी है। यह सिर्फ मनोरंजन के उद्देश्य से लिखी गई थी। यह 'राग दरबारी' के पहले, एक अस्थायी आर्थिक कठिनाई के समाधान के लिए अलग-अलग दिनों में कुल सैंतीस घंटों में लिखी गई—लिखी भी नहीं, बोलकर लिखाई गई थी। पर शिल्प की बात जाने दें,

ऐसी कृतियाँ कोई सर्जनात्मक चुनौती नहीं देतीं, इसलिए उस अनुभव को दोहराया नहीं।

'राग दरबारी' के सीरियलीकरण में कितनी सीरियसनेस थी ? सीरियल उतना लोकप्रिय नहीं हो पाया और स्थायी प्रभाव नहीं छोड़ पाया, जितना उपन्यास ? जबकि यह माध्यम ज़्यादा जनप्रिय है ?

कृपया इस विषय में सीरियल के डायरेक्टर-प्रोड्यूसर श्री कृष्णराघव से बात करें। इस प्रस्तुति से मेरा कोई सर्जनात्मक संबंध नहीं रहा है।

आपके प्रश्न में लिखित साहित्य बनाम फिल्म के तथाकथित स्थायी प्रभाव और जनप्रियता के मुद्दे भी निहित हैं। मेरे लिए संभवतः इस तात्त्विक बहस में जाना आवश्यक नहीं है।

मैं समझता हूँ कि व्यंग्य जितना गहन-गंभीर अन्य लेखन नहीं है, फिर भी आलोचक-वर्ग व्यंग्य को गंभीरता से नहीं लेता, क्यों ?

न मैं इससे सहमत हूँ कि व्यंग्य के मुकाबले कोई दूसरा लेखन गहन-गंभीर नहीं, और न इसी से कि आलोचक व्यंग्य को गंभीरता से नहीं लेते। मुख्य प्रश्न गुणवत्ता और लेखन विशेष के सामूहिक चेतना पर प्रभाव का है। तर्क न देकर यहाँ संक्षेप में मैं अपनी प्रतिक्रिया-भर दे रहा हूँ।

इस दौर में लगता है, जैसे व्यंग्य भी बेअसर होता जा रहा है, क्यों ?

एक तेज़ी से बदलते जीवन की जटिल समस्याओं (जैसे दरिद्रता, हिंसा, असुरक्षा) आदि से जूझते समाज को शब्द नहीं, कोई सुसंपादित कार्ययोजना ही उत्साहित कर सकती है। इसीलिए, सुव्यवस्थित निजी और सामाजिक जीवन के अभाव में, व्यंग्य ही नहीं, शब्दपरक सभी विधाएँ अपना प्रभाव खो रही हैं।

आजकल अंतर्राज्यीय और अंतर्राष्ट्रीय साहित्यिक बाज़ार में व्यंग्य और व्यंग्यकारों की दशा और दिशा ?

मैं इस पर कोई व्यापक, तथ्यपरक व्याख्या नहीं दे सकता। पर इतना स्पष्ट है कि अंतर्राष्ट्रीय स्तर पर अकेले 'व्यंग्यकार' नामक जंतु कुछ कम ही मिलते हैं। हास्य लेखकों या मंच पर हास्य कार्यक्रम देने वालों का समुदाय अवश्य सक्रिय है। व्यंग्य का अपेक्षाकृत सुशिक्षित और सधा हुआ प्रयोग पत्रकारिता में विशेष स्तंभों द्वारा अवश्य हो रहा है और उसकी व्यापक स्वीकृति भी है। फिर भी साहित्य के समग्र अनुभव से कटकर अकेले व्यंग्य पर पोषित रहना न पाठक ही को रास आता है, न अधिकांश लेखकों को ही। तभी इंग्लैंड में 'पंच' जैसी पुरानी पत्रिका को बंद होना

पड़ा। इसके अलावा उपन्यास, कहानी, नाटक आदि में विडंबना, फैंटेसी, अन्योक्ति आदि शैलियों के बढ़ते प्रयोग के कारण—जो मूलतः व्यंग्य के ही उपादान हैं—स्वतंत्र रूप से व्यंग्य-लेखन का महत्त्व घटा है। वास्तव में प्रकृतिवादी लेखन की परंपरा के छीज जाने के बाद कथा-साहित्य आदि ने सहज ही व्यंग्य को अपनी अंतरंग शक्ति के रूप में अपना लिया है।

वर्तमान 'अयोध्या कांड' पर आपकी प्रतिक्रिया ?

वहाँ मस्जिद का टूटना बहुत बुरा हुआ है, पर यह आशा करना कि वहाँ मस्जिद दुबारा बन जाएगी, इस भ्रम को पालना है कि हम पिछली शताब्दियों में इच्छा करते ही लौट आएँगे। समस्या का समाधान कुछ और तर्कसंगत ढंग से होना चाहिए।

मैं केंद्र द्वारा मंदिर बनाए जाने की सुविधाएँ देने के भी पक्ष में नहीं हूँ। पंथनिरपेक्ष प्रजातंत्रीय शासनों का काम मंदिर या मस्जिद बनवाना नहीं, नागरिकों की दूसरी मूलभूत समस्याओं को देखना है।

समकालीन सर्वग्रासी राजनीति के संबंध में क्या कहना चाहेंगे ?

इतने व्यापक प्रश्न पर कोई प्रतिक्रिया देना कठिन है।

अवकाश-प्राप्ति के बाद की दिनचर्या ?

जल्दी उठना, चाय, नित्यकर्म, प्रातः भ्रमण, नाश्ता, फिर यथासंभव चौबीसों घंटे घर पर। अधिकांश समय घर के छोटे-छोटे कामों में या पढ़ने में। लिखने को छोड़कर, जो बहुत अनियमित रूप से होता है, शेष सारा काम प्रायः नियमित। जो बचे-खुचे मित्र और बंधु-बांधव हैं उनसे गहरा लगाव, पर अप्रत्याशित आगंतुकों से खीझ—जिसे प्रकट करने की भारतीय समाज इजाज़त नहीं देता।

दोपहर साढ़े बारह और शाम आठ बजे हलका शाकाहारी भोजन, पान-सिगरेट से दूर, पर सायंकालीन आपानक का स्वागत।

रात 9 बजे तक बिस्तर में, पर शयन 11 बजे तक। दूरदर्शन से प्रायः विरक्त, पर आकाशवाणी पर रात्रिकालीन शास्त्रीय संगीत उपलब्ध हो तो अवश्य सुनेंगे।

नितांत निजी सवाल ! 'महानता के पीछे नारी का हाथ' पर आपके अपने विचार ?

ये कल्पनाएँ—कुछ पुराने रोमांटिक कवियों के उदाहरण छोड़कर—कोरी बकवास हैं। तनाव-भरा दाम्पत्य जीवन या कुंठापूर्ण प्रेम-प्रसंग कलाकार की प्रतिभा के विकास में रोड़े भले ही अटकाए, उसका विकास और सफलता मूलतः उसकी प्रतिभा, क्षमता और सामाजिक परिस्थितियों पर निर्भर होती है। फिर भी अगर कोई महापुरुष अपने

अनुभव के आधार पर अपनी महानता के पीछे किसी नारी का हाथ (या उसके दूसरे अंग) देखते हों तो उनका खंडन करने के लिए मेरे पास कोई तर्क नहीं है।

इन दिनों 'नवभारत टाइम्स' के साप्ताहिक कॉलम में आपकी कलम चल रही है, कॉलम से पूर्व की स्थिति, दोनों स्थितियों में क्या अंतर महसूस करते हैं ?

यह कॉलम मैंने मुख्यतया इसलिए भी लिखना स्वीकार किया कि कुछ पारिवारिक कठिनाइयों के कारण इन दिनों मैं कुछ और—जैसे एक अधूरा उपन्यास—नहीं लिख पा रहा था। इससे मुझे यह सांत्वना तो मिल ही रही है कि पूरा सप्ताह निरर्थक नहीं गया।

व्यंग्यकारों की वर्तमान पीढ़ी को संदेश, उपदेश नहीं।

संदेश तो दूर से दिया जाता है, मुझे लगता है कि जिनके लिए आप संदेश चाहते हैं, मैं उन्हीं में, उन्हीं के बीच हूँ।

धन्यवाद !

('व्यंग्य विविधा', मार्च, 1993 में प्रकाशित)

भारतीय उपन्यास को अभी बहुत लंबी यात्रा तय करनी है

डॉ० राजेंद्रमोहन भटनागर से बातचीत

'राग दरबारी' आपका सर्वाधिक लोकप्रिय उपन्यास है। इसी से हिंदी उपन्यास में व्यंग्य का सार्थक प्रवेश हुआ। इस संदर्भ में मुझे नोबेल पुरस्कार से सम्मानित जर्मन उपन्यासकार हाइनरिख ब्वाइल (Heinrich Boile) का स्मरण हो रहा है। वे अपनी विशिष्ट व्यंग्यात्मक शैली के कारण न केवल सबसे अधिक पढ़े गए अपितु समझे भी गए। उनका साहित्य अपने समय का दस्तावेज़ माना जाता है।

आपने 'राग दरबारी' के बाद उसी शैली को और धारदार बनाते हुए 'बिस्रामपुर का संत' पेश किया। एकदम आज के विषय-संदर्भ—राजनीति—को लेकर उसे व्यंग्य से उकेरा। क्या आप संकेत देना चाहेंगे कि आपके मन के किस कोने में अपने समय की विसंगतियों को व्यंग्य से कुरेदने की बात छिपी हुई थी।

अपने प्रश्न में आपने हाइनरिख ब्वाइल की कृतियों का ज़िक्र किया। मुझे खेद है कि पाश्चात्य साहित्य में कुछ रुचि रखने के बावजूद मैं अभी तक उनसे परिचित नहीं हूँ। अतः मेरे लिए उनके परिप्रेक्ष्य में कुछ कहना संभव नहीं है।

आपने 'बिस्रामपुर का संत' में 'राग दरबारी' की शैली के विकास की छवि देखी है। स्वयं मैं लेखकीय दृष्टि से 'राग दरबारी' और 'बिस्रामपुर का संत' में ऐसा कोई साम्य या साम्यतापरक विकास नहीं देख पाता। दोनों की भावभूमियाँ, मेरी समझ में, बहुत भिन्न हैं और इस तथ्य तक पहुँचने के लिए शायद किसी गवेषणा की ज़रूरत नहीं ।

ऐसा ज़रूर है कि 'मकान' और 'पहला पड़ाव' जैसे मेरे उपन्यासों में व्यंग्य का तत्त्व प्रखर है। पर वहाँ व्यंग्य के प्रयोग में और 'राग दरबारी' के व्यंग्य में कुछ मूलभूत अंतर है। 'राग दरबारी' में मैंने व्यंग्य की उस शैली का प्रयोग किया है जो प्रायः अखबारी स्तंभों में मिलती है। उसका चरम स्तर पर औपन्यासिक उपयोग मैंने लगभग 'कोलाज' के रूप में किया है। ऐसा सचेतन ढंग से किया गया है—पाठक को

जबरन समकालीनता के दलदल में खींचने के लिए। पर 'मकान' या 'पहला पड़ाव' में व्यंग्य उसके ताने-बाने में अनुस्यूत है। वह प्रायः साहित्यशास्त्रीय 'व्यंजना' के रूप में अभिधात्मक या प्रकृतिवादी लेखन के विपरीत प्रयुक्त हुआ है। मुझे लगता है कि व्यंग्य का यह ज़्यादा सार्थक प्रयोग है जिसे भारतीय लेखन में फकीर मोहन सेनापति या शरत्चंद्र जैसे लेखक कर चुके हैं। 'नशा', 'गुल्ली डंडा' जैसी कहानियों में प्रेमचंद भी। पश्चिम में सालबेलो या गुंटर ग्रास जैसे लेखक हैं ही जिनके कथा-लेखन में व्यंग्य की प्रखर भंगिमा है। सलमान रुश्दी भी—पर वे 'राग दरबारी' और 'मकान' के बाद के लेखक हैं।

मेरी धारणा है कि प्रकृतिवादी और यथातथ्यवादी शैली की संपूर्ण संभावनाएँ चुक जाने के बाद, और भाषा के व्यावसायिक तथा अखबारी प्रयोग की अनाचारिता के कारण अब कविता, नाटक, कथा-साहित्य आदि में व्यंग्य एक अपरिहार्य आंतरिक ज़रूरत बन गया है और इस प्रवृत्ति को हिंदी में आज व्यापक स्तर पर लक्षित किया जा सकता है। रघुवीर सहाय, रेणु, मनोहर श्याम जोशी से लेकर धूमिल और आज उदय प्रकाश के बारे में आप क्या सोचते हैं ? और अमृतलाल नागर के 'बूँद और समुद्र' से लेकर 'पीढ़ियाँ' तक में अंतर्निहित व्यंग्य ?

आप रचना को रूपायित किस तरह करते हैं ? आइडिया कहाँ से पाते हैं ?

प्रायः एक फ्लैश में, विद्युच्चलत्व में किसी नई-पुरानी स्मृति का बोध कराते हुए कोई घटना, पात्र, स्थिति मन को झकझोरती है। रचना के लिए यह बात निरर्थक-नकली कारतूस जैसी भी हो सकती है, और कभी-कभी वह किसी रचना के आरंभ का प्रस्थान-बिंदु भी बन सकती है।

'बिस्रामपुर का संत' की उधेड़बुन में आप कैसे व्यस्त हुए ?

इसका तत्काल सोचा हुआ उत्तर देना मुश्किल है। पर कई गवर्नरों से मेरा जो संपर्क हुआ, उसमें एक अत्यंत कुशल और सार्वजनिक स्तर पर ससंतुलित होते हुए भी, व्यक्तिगत जीवन में बड़ा क्रोधी और सहसाप्रवृत्ति था, दूसरा असाधारण रूप से महत्त्वाकांक्षी था, तीसरा ऐसा था, चौथा वैसा था—उसी से एक समन्वित चरित्र उभरना शुरू हुआ जो व्यक्तिगत आवेगों और महत्त्वाकांक्षाओं का जटिल समुच्चय जैसा था। कथा की दृष्टि से उसका आकर्षण मुझे इस उपन्यास की ओर खींच रहा था। उससे भूदान के जो प्रसंग जुड़े, वे बहुत हद तक मेरे अनुभव के भी अंग थे। भूदान आंदोलन में मँगरौठ नामक गाँव पहला गाँव था जो ग्रामदान के रूप में विनोबा जी को अर्पित किया गया। यह मेरी मौजूदगी में हुआ। उन दिनों मैं उस क्षेत्र का सब-डिविज़नल मैजिस्ट्रेट था।

क्या लिखने से पूर्व और लिखते समय कभी ऐसा भी हुआ कि आपके पात्रों ने आपके प्रति विद्रोह कर दिया हो और अपना चरित्र स्वयं बुनने लगे हों ?
जी हाँ, ऐसा हुआ है। 'सीमाएँ टूटती हैं' की चाँद और 'पहला पड़ाव' में सत्ते का उत्तर-चरित कुछ-कुछ इसी तरह विकसित हुआ है।

क्या कभी आपने अपने उपन्यासों को लेकर अपने आपसे बात की है ?
जी हाँ। अपने उपन्यासों को लेकर मैं जितनी कठोर आलोचनात्मक दृष्टि अपना सकता हूँ, न चाहते हुए भी अपनाता हूँ। तभी मुझे प्रत्येक उपन्यास प्रायः चार-पाँच आलेख्यों (ड्राफ्ट्स) के बाद ही स्वीकार्य हो पाता है। अपवाद केवल एक अपराध-कथा है : 'आदमी का ज़हर'। ऐसे खिलंदड़े लेखन के लिए ज़्यादा चिंतन की ज़रूरत नहीं थी। इसे मैंने सत्रह दिन में प्रतिदिन दो घंटे बोलकर लिखाया था, बाद में तीन-चार घंटे इसे सुधारने में लगाए और इस तरह अड़तीस घंटे में लीजिए—जैसे दर्जी एक सूट सिलता है—यह उपन्यास तैयार !

क्या आप उपन्यास शुरू करने से पूर्व उसका ढाँचा बना लेते हैं अथवा जैनेंद्रजी की तरह बिना किसी तैयारी के लिखना/लिखाना शुरू कर देते हैं। प्रायः आप किस समय लिखते हैं और क्या आपको लिखने से पूर्व किसी खास तरह के वातावरण की ज़रूरत रहती है ?
जी नहीं। न तो मैं पूरा-पूरा ढाँचा बनाता हूँ और न जैनेंद्रजी की तरह—जैसा आप बता रहे हैं—अँधेरे में छलाँग लगाता हूँ। उपन्यास की केंद्रीय अंतर्वस्तु मेरे दिमाग में होती है, एक धुँधला कथा-क्रम भी होता है। इस आधार पर उपन्यास शुरू करके मैं विभिन्न स्थितियों को 'इम्प्रोवाइज़' करता हूँ। अगर पहले से ही पूरा कथा-क्रम, पात्र और स्थितियाँ सजी-बजी हों तो उपन्यास केवल एक खानापूरी होकर रह जाएगा; रचनात्मक अन्वेषण और उससे उत्पन्न उल्लास की कोई गुंजाइश नहीं बचेगी। माना कि इस प्रकार के लेखन में एक खास किस्म की व्यग्रता है, उल्लास है, पर अनेक संकट भी हैं; फिर भी यह एक अवर्णनीय अनुभव है, इसका संपूर्ण बौद्धिक विश्लेषण कठिन है।

मेरे लिखने का कोई निश्चित समय नहीं। पर अधिकांश रचनाएँ थोड़े समय तक दोपहर के पहले और प्रायः—बाद में—अपराह्न और शाम में हुईं। पर यह मैं अपनी प्रस्फुट रचनाओं के लिए कह रहा हूँ। जहाँ तक उपन्यासों की बात है, 'राग दरबारी' को छोड़कर—जो धीरे-धीरे अलग-अलग घटनाओं को लेकर घर पर लिखा गया। मैं प्रायः लंबी छुट्टी लेकर घर से दूर एकांत में, प्रायः पहाड़ी जगहों में, लिखता रहा हूँ। उन दिनों मैं एक दिन में प्रायः दस-बारह घंटे अपने कार्य में व्यस्त रहता था।

भाषा के साधु प्रयोग। साधु भाषा के प्रयोग की बानगी आपके उपन्यासों में विशेष आकर्षण का केंद्र है। उससे 'ह्यूमर' अत्यंत प्रभावशाली हो उठता है। क्या आप अपने भाषा-प्रयोग और उसकी पहचान बनाने के संबंध में प्रकाश डालना चाहेंगे ?

इस प्रश्न का उचित उत्तर मेरे आलोचक ही दे सकते हैं। मैं केवल एक बात जोड़ सकता हूँ। वह यह है कि रचनात्मक लेखन में अखबारों और राजनीतिक नेताओं द्वारा अवमूल्यित भाषा का हस्तक्षेप उसके लिए सबसे बड़ा खतरा है और मुझे आभास है कि उन्हीं चालू अवमूल्यित शब्दों में नई प्राण-प्रतिष्ठा करके—अपनी अभिव्यक्ति को जटिलता से बचाते हुए—पाठक के निमित्त उसे संप्रेषणीय बनाना दुष्कर कार्य है। इस एहसास के साथ भाषा का प्रयोग लेखक की संभवतः सबसे जटिल समस्या है।

'बिस्रामपुर का संत' लिखते समय आपको किन-किन संघर्ष-अंतःसंघर्ष से गुज़रना पड़ा ?

क्षमा चाहूँगा, 'बिस्रामपुर का संत' लिखते समय के अनुभवों से गुज़रना, उन क्षणों को फिर से जीना एक दुरूह प्रक्रिया होगी। उस प्रक्रिया को अपनाते हुए उन अनुभवों की पुनः रचना या तो अतिनाटकीय होगी या सपाट। किसी भी हालत में वह बहुत प्रामाणिक न होगी। अतः इस प्रसंग पर यहीं पूर्ण विराम।

पश्चिमी देशों में मनीषियों का एक वर्ग उपन्यास के अस्तित्व पर ही प्रश्नचिह्न लगा चुका है। आपका इस संबंध में क्या कहना है ?

पं० विद्यानिवास मिश्र द्वारा गठित श्रद्धानिधि ट्रस्ट के तत्त्वावधान में ढाई साल पहले मेरे तीन व्याख्यान कथा-साहित्य आदि पर हुए थे जो 'अज्ञेय : कुछ रंग, कुछ राग' नाम से पुस्तक-रूप में प्रकाशित हुए हैं। उपन्यास-साहित्य पर बोलते हुए वहाँ मैंने इस विषय पर कुछ विस्तार से निवेदन किया है। उसे आप देख लें तो इस प्रश्न पर आपको मेरी पूरी प्रतिक्रिया मिल जाएगी।

संक्षेप में मेरा निष्कर्ष यह रहा है :

वी०एस० नॉयपाल का मानना है कि 'हो सकता है उपन्यास अब उच्चतम साहित्यिक विधा नहीं रहा। उसमें सब कुछ पहले ही हो चुका है; रूस में हुआ, इंग्लैंड में, फ्रांस में, दूसरे देशों में हुआ—और यह अधिकांशतः पिछली शताब्दी में हुआ। अब अनुभव और भावना से निपटने के लिए हमें दूसरे तरीकों को देखना होगा।'

स्पष्ट है कि नॉयपाल के ये विचार पाश्चात्य साहित्य के परिदृश्य में भले ही प्रासंगिक हों, हिंदी उपन्यास के संदर्भ में यहाँ के यथार्थ से बहुत दूर हैं। इस प्रसंग में मैंने जो कहा था उसे मूल रूप में प्रस्तुत करना शायद अनुचित न होगा। मैंने कहा

था कि भारत जैसे विशाल मानवीय क्षेत्र के अनुभवों, गहरी भावनाओं, आशाओं, आकांक्षाओं और यातनाओं को हमारा उपन्यास अभी अंशतः ही समेट पाया है। उपन्यास की पूरी संभावनाओं का अभी भी हमारे यहाँ दोहन होना है। हमारे यहाँ तो अभी तक उस द्वितीय (या तृतीय) श्रेणी के उपन्यास-स्वरूप को भी नहीं उभारा गया है जिसमें हेली की 'एयरपोर्ट', 'व्हील', 'होटल' जैसी इतिवृत्तात्मक कृतियाँ शामिल हैं या जान ग्रीशम, राबिन कुक या उनके पहले के फोरसाइथ और ला कार आदि के रहस्य-रोमांच, अंतर्राष्ट्रीय आतंकवाद और गुप्तचरी आदि के शिल्पपूर्ण उपन्यास।

मैं जब व्यावसायिक कोटि के उक्त उपन्यासों की बात करता हूँ तो कृपया मुझे अन्यथा न समझें । वास्तव में उपन्यास जैसी लोकप्रिय विधा का अनेक स्तरों पर प्रयोग हो रहा है। जहाँ कुछ लेखक साहित्य-रचना के उच्चतम मानदंड लेकर उसकी ओर प्रवृत्त हो रहे हैं वहीं स्वाभाविक है कि कुछ दूसरे लेखक इस विधा की लोकप्रियता को देखते हुए ऐसे उपन्यासों की भी रचना करें जो लोकरुचि के अनुयायी हों। हिंदी में अभी दोनों प्रकार का लेखन अपनी चरम स्थिति से बहुत पीछे है।

सबसे पहली कमी तो हमारे उपन्यासों में चिंतन और वैचारिकता की है। पं० हजारीप्रसाद द्विवेदी के उपन्यास या रमेशचंद्र शाह का 'पूर्वापर' या कुछ हद तक अज्ञेय और निर्मल वर्मा के उपन्यास—कुल यही उपन्यास इस प्रसंग में याद आते हैं। और न भूलिए, यह उस देश में हैं जहाँ शताब्दियों पहले कठोपनिषद् की रचना हुई जो आज की भाषा में एक प्रखर दार्शनिक उपन्यास माना जा सकता है।

भारत का इतिहास, भूगोल, यहाँ के समाज की विविधता, विभिन्न वर्गों और समुदायों के अनूठे जीवनानुभव, कलाओं और सांस्कृतिक अनुभवों की विविधता आदि—हमारे उपन्यासों ने अभी इनका हाशिया भर छुआ है। तब कैसे माना जाए कि उपन्यास के अंत का फतवा हमारे लिए किसी भी अर्थ में प्रासंगिक है ? हिंदी उपन्यास ही नहीं, भारतीय उपन्यास को भी अभी बहुत लंबी यात्रा तय करनी है।

अनेक उपन्यास लेखकों ने यह माना है कि उनके अनेक पात्र उनके जाने-पहचाने हुए हैं। विष्णु प्रभाकर ने 'अर्धनारीश्वर', जैनेंद्र ने 'त्यागपत्र' के प्रमुख पात्र 'मृणाल', 'हाइनरिख ब्वाइल', 'वो वार्स्ट डू आदम' के बारे में ऐसा ही वक्तव्य दिया था। आप 'राग दरबारी' और 'बिस्रामपुर का संत' के संदर्भ में 'ऑफ दि रिकॉर्ड' कुछ कहिए।

मेरी मानसिकता इस विषय में कुछ ज़्यादा जटिल है। मेरे कथा-साहित्य में आज तक कोई भी चरित्र ऐसा नहीं है जो किसी वास्तविक व्यक्ति की जीवनी, स्वभाव या प्रवृत्तियों पर आधारित हो। शायद जिन जीवन-मूल्यों या स्थितियों को अभिव्यक्त

करने के लिए मुझे किसी पात्र की ज़रूरत है, उन्हें व्यक्त करने के लिए कोई भी वास्तविक व्यक्ति मुझे पर्याप्त नहीं जान पड़ता। तभी किसी एक धुँधले व्यक्तिपरक आधार में कई अन्य व्यक्तियों और कुछ कल्पनाओं को जोड़कर मुझे अपने मन मुआफिक पात्र की रचना करनी पड़ती है। यही पात्र जब पाठकों की निगाह में एक जीवंत और अत्यंत यथार्थपरक व्यक्ति बनकर प्रकट होता है तो मुझे अपने सौभाग्य पर आश्चर्य होता है। यह सुखद आश्चर्य ही शायद कल्पनापरक रचनाकर्म का पारितोषिक है।

(2000)

व्यंग्य सुशिक्षित प्रतिक्रिया की माँग करता है

महावीर अग्रवाल से बातचीत

विसंगतियों और विद्रूपताओं को उद्‌घाटित करने में क्या व्यंग्य-लेखन सबसे अधिक समर्थ है ? यदि हाँ, तो कैसे ?

व्यंग्य समर्थ है। लेकिन व्यंग्य ही सर्वाधिक समर्थ है, सबसे सशक्त माध्यम है, यह बात सही नहीं है। जितने भी महाकाव्य हैं उन्हें देखिए। मानस में रावण की अवधारणा सर्वाधिक विसंगतिपूर्ण है। महाभारत में विद्रूप का विस्फोट द्रौपदी चीरहरण में दृष्टिगत होता है। फिर भी नाटक, उपन्यास, कविता, कहानी मूलतः जीवन की विसंगति व विद्रूप पर ही आश्रित नहीं है, जबकि व्यंग्य की यह सीमा है कि वह विसंगति और विद्रूपताओं पर आश्रित है।

हास्य और व्यंग्य में आप क्या अंतर मानते हैं ? क्या व्यंग्य के लिए हास्य का होना आपकी दृष्टि में ज़रूरी है ?

हास्य व्यंग्य का विरोधी नहीं है। वह व्यंग्य को अधिक मनोरंजक और स्वीकार्य बनाता है, किंतु हास्य जिन परिस्थितियों में उत्पन्न होता है उसका क्षेत्र बहुत विस्तृत है। प्राचीन काव्यशास्त्र के अनुसार शृंगार और शांत रस से भी हास्य की सृष्टि हो सकती है। मगर व्यंग्य का कार्य मुख्यतः आलोचनात्मक है, जो चारों ओर से जीवन का बारीकी से निरीक्षण करके उसकी खामियों को उजागर करने में निहित है। व्यंग्य वस्तुतः एक सुशिक्षित मस्तिष्क की देन है और पाठक के स्तर पर भी सुशिक्षित प्रतिक्रिया की माँग करता है। वह पाठक को गुदगुदाने के लिए नहीं, बल्कि किसी विसंगति या विडंबना के उद्‌घाटन से उसके संपूर्ण संस्कारों को विचलित करने की प्रक्रिया है। व्यंग्य के लिए हास्य का होना अनिवार्य नहीं है। मगर व्यंग्य के कई तत्त्व हैं—जैसे विडंबना, अन्योक्ति, अतिशयोक्ति, फंतासी, पैरोडी आदि। उनमें हास्य का तत्त्व बहुत हद तक अपने आप सन्निहित होता है। कुछ ऐसे भी समर्थ लेखक होते हैं, जैसे मेरे ही समकालीनों में शरद जोशी और केशवचन्द्र वर्मा, जिन्होंने अपनी रचनात्मक क्षमता द्वारा व्यंग्य में हास्य का इतना संतुलित और आकर्षक प्रयोग किया है कि उनके लेखन में कहीं-कहीं हास्य और व्यंग्य की परिभाषागत सीमाएँ ध्वस्त होती हुई नज़र आती हैं।

व्यंग्य को अभी तक एक पृथक् विधा के रूप में नहीं माना जाता है बल्कि रचना में अंतर्भूत 'स्पिरिट' माना जाता है। आपका इस संबंध में क्या विचार है ?

व्यंग्य विधा नहीं, अभिव्यक्ति की शैली है, ज़्यादा से ज़्यादा एक उपविधा। व्यंग्य की परिभाषागत अलग पहचान करना कठिन है। व्यंग्य आज कथा-साहित्य के मूल स्वर में बदल गया है। फंतासी पहले व्यंग्य का ही हथियार थी। अब कथा-लेखन के शिल्प में भी फंतासी स्वीकार्य है। अधिकांश व्यंग्य लेखक इस बात से बेखबर हैं कि व्यंग्य का अधिकांश कार्य यथार्थवाद की प्रतिष्ठा के बाद कविता, कहानी, उपन्यास और नाटक द्वारा पूरा हो रहा है। विदेशी साहित्य में व्यंग्य लगभग समाप्त हो गया है जबकि हिंदी साहित्य में वह अपने उत्कर्ष की ओर है। प्रेमचंद की कहानी 'बड़े भाई साहब', अमृतलाल नागर की 'नौरंगीलाल', निराला की 'कुल्ली भाट' और 'बिल्लेसुर बकरिहा', धूमिल की 'पटकथा', रघुवीर सहाय की 'आत्महत्या के विरुद्ध' और अमरकांत की कहानी 'हत्यारे' में व्यंग्य का प्रखर स्वरूप मौजूद है।

व्यंग्य के छोटे कैनवास में सामाजिक, आर्थिक व राजनीतिक स्थितियों की अभिव्यक्ति कहाँ तक संभव है ? क्या आपको इन स्थितियों को स्पष्ट करने में विधागत परेशानी का सामना करना पड़ता है ?

व्यंग्य का कैनवास छोटा नहीं है। पुराने व्यंग्य लेखकों सर्वान्टीज़, रैब्ले, स्विफ्ट आदि ने व्यंग्य को बड़ा कैनवास दिया है। बड़े व्यापक फलक पर जीवन और समाज की आलोचना की है। हमारे यहाँ भी आज़ादी के बाद अशिक्षा, दरिद्रता, रूढ़िग्रस्तता आदि से बाधित समाज में परिवर्तन की सहज आकांक्षा उभर रही थी। सत्ता तंत्र के उपेक्षापूर्ण रुख के लिए उनके मन में प्रबल आक्रोश था। सीधी और कड़ी आलोचना करना संभव नहीं था। ऐसी दशा में प्रबुद्ध साहित्यकारों ने व्यंग्य को माध्यम बनाया और व्यंग्य खूब लिखा गया। व्यंग्य-लेखन का स्वरूप इस अर्थ में सीमित हो सकता है कि वह मूलतः एक बौद्धिक प्रक्रिया है। पर जीवन की विविधता की दृष्टि से उसके फलक को सीमित या छोटा नहीं कहा जा सकता।

साहित्य की अन्य विधाओं से व्यंग्य की भाषा को आप किस तरह अलग करते हैं। व्यंग्य के लिए कैसी भाषा को ज़रूरी मानते हैं ?

किसी फ्रेम में बँधी हुई एक निश्चित भाषा साहित्य में नहीं होती। व्यंग्य की भाषा अपनी विविधता के कारण ही लोकप्रिय हुई है। कथ्य के अनुरूप भाषा बदलती है, बदलनी चाहिए। शरद जोशी के व्यंग्य की भाषा पाठक को अभिभूत कर देती है। मुझे लगता है कि थर्बर आदि की परंपरा में अपनी कला का, यानी शाब्दिक कला

का शरद जोशी कहीं ज़्यादा प्रखर इस्तेमाल करते हैं। व्यंग्य का प्रयोग अभिधा के सहारे नहीं किया जा सकता। इकहरेपन वाली भाषा नाकाफी साबित होगी। शब्दों का बहुआयामी प्रयोग व्यंग्य को पैना बनाता है।

आपकी पहली व्यंग्य रचना कब और किस पत्रिका में छपी ? उसका विषय क्या था ?

जहाँ तक मुझे स्मरण है, मेरी पहली व्यंग्य रचना 'स्वर्णग्राम और वर्षा' थी जो 1954 के आसपास 'निकष-1' पत्रिका में छपी थी। बाद में यह रचना मेरे संग्रह 'अंगद का पाँव' में संगृहीत हुई। वर्षा ऋतु में गाँव की प्रकृति और शोभा के साथ-साथ जनजीवन के रोमानी उल्लास के विषय में परंपरागत धारणाओं के खिलाफ इसमें बरसात के दिनों में गाँव की दुर्दशाग्रस्त ज़िंदगी का शब्दचित्र दिया गया था।

क्या आपने ऐसी भी रचना लिखी है जिसमें व्यंग्य न हो लेकिन प्रकारांतर से वह समाज की स्थितियों को सामने रखने वाली हो ? यदि हाँ, तो उस लेखन का आपके सामने क्या कारण रहा है ?

मेरी अधिकांश रचनाएँ घोषित रूप से व्यंग्य नहीं हैं । 'मकान', 'पहला पड़ाव' आदि में व्यंग्य कथ्य में ही संशलिष्ट हो गया है। 'राग दरबारी' को व्यंग्य उपन्यास कहा जाता है। लेकिन 'राग दरबारी' कोलाज की शैली में लिखा गया एक उपन्यास है। व्यंग्य के जितने उपादान हैं वे पाठकों को उसमें मिलते हैं किंतु इसी से 'राग दरबारी' को व्यंग्य उपन्यास कहना उसका परिसीमन है। हिंदी में जिस परिभाषा के आधार पर व्यंग्य उपन्यास कहा जाता है, उसी मानदंड पर विश्व साहित्य के अनेक बड़े उपन्यासकार हैं—जिनको आप व्यंग्य उपन्यासकार कहने लगेंगे। लेकिन यह उनकी रचनात्मक हैसियत का परिसीमन मात्र है। मेरा संकेत गैब्राइल गार्सिया मार्क्वेस, गुंटर ग्रास, सालबेलो, सलमान रुश्दी आदि की ओर है।

क्या व्यंग्य-लेखन के कारण आपको—व्यक्तिगत जीवन में—कभी संघर्ष का सामना करना पड़ा ? कोई अविस्मरणीय घटना ?

ऐसी कोई घटना मुझे स्मरण नहीं है। आंतरिक संघर्ष तो रहता ही है। मैंने पहले भी लिखा है कि प्रतिष्ठान के साथ लेखक का, सृजनशील लेखक का संबंध निश्चय ही ऐसी समस्याओं और तनावों को उभारता है जिन्हें वाक्पटुता से नहीं टाला जा सकता।

आप व्यंग्य क्यों लिखते हैं ?

पहली बात तो यह है कि मैं मूलतः एक लेखक हूँ। और व्यंग्य के रूप में मैं व्यंग्य

नहीं लिखता। उपन्यास, कहानी, जीवनी, हास्य कथाएँ और साहित्यिक आलोचनाएँ भी लगातार लिखता रहा हूँ। व्यंग्य स्केच भी लिखे हैं। अब भी लिखता हूँ। विषय-वस्तु और अभिव्यक्ति की माँग को देखते हुए जहाँ मुझे लगता है कि व्यंग्यात्मक शैली का उपयोग अधिक उपयुक्त और स्वाभाविक होगा वहाँ मैं व्यंग्य का प्रयोग करता हूँ। हिंदी का अधिकांश कथा-साहित्य और व्यंग्य-साहित्य और विशेषतः मध्य प्रदेश से थोक में आने वाला व्यंग्य-साहित्य केवल इन दो-तीन बातों पर आश्रित है कि सारे नेता भ्रष्टाचारी हैं, सब बड़े अफसर संवेदनशून्य हैं और समाज रसातल को जा रहा है। सवाल उठता है, ऐसा क्यों है ? यदि आपकी आँख खुली हुई है, कान आवाज़ को सुनते हैं और बुद्धि आपका साथ दे रही है, तो थोड़ा गहरे जाते ही आपकी ऊपरी अवधारणाएँ बदलने लगती हैं। आप इन स्थितियों को ऐतिहासिक परिप्रेक्ष्य में देखना शुरू कर देते हैं। इस प्रकार व्यंग्य को व्यापक क्षेत्र और बड़ा कैनवास मिलता है। प्रत्येक लेखक की अपनी दृष्टि होती है लेकिन मैं व्यंग्य के लिए ही व्यंग्य नहीं लिखता। व्यंग्य का प्रयोग मेरे लिए रचना की अभिव्यक्ति संबंधी आवश्यकता से जुड़ा हुआ है।

आप किस राष्ट्रीय, अन्तर्राष्ट्रीय ख्यातिलब्ध व्यंग्यकार से अधिक प्रभावित हैं ? उनकी किसी एक रचना का सार बताइए, जिसमें जनमानस को प्रभावित करने की अद्भुत क्षमता हो या जिससे आपकी दिशा निर्मित हुई हो।

अंग्रेज़ी के माध्यम से जितने महत्त्वपूर्ण और पुराने व्यंग्य लेखकों की रचनाओं को पढ़ा जा सकता था उन्हें मैंने लगातार पढ़ने की कोशिश की। जुवेनाल, सर्वाटीज़, रैब्ले, स्विफ्ट, गोगोल, डिकेन्स, मार्कट्वेन, स्टीफन लीकाक आदि लेखकों को मैंने पढ़ा है और इन सबकी रचनात्मक क्षमता से प्रभावित हुआ हूँ। मुझे लगता है कि इस दृष्टि से बीसवीं शताब्दी व्यंग्य के क्षेत्र में अंग्रेज़ी तथा दूसरे यूरोपियन साहित्य के लिए कमज़ोर साबित हुई है। इन सभी लेखकों के साहित्य की जब मैं प्रशंसा करता हूँ तो इसका यह अर्थ नहीं है कि स्वयं मेरे लेखन पर इनका कोई चेतन प्रभाव है। जहाँ तक भारत में व्यंग्य-लेखन का प्रश्न है, मैंने मुख्यतः हिंदी और उर्दू का साहित्य ही पढ़ा है। 'सैटायर' के अर्थ में व्यंग्य की विकासमान और नियमित धारा हिंदी साहित्य में भारतेन्दु युग से शुरू होती है। भारतेन्दु बाबू हरिश्चंद्र का मात्र पैंतीस वर्ष की अल्पायु में देहांत हुआ, इसके बावजूद उन्होंने उस काल की पूरी साहित्यिक पीढ़ी को प्रभावित किया। बालमुकुन्द गुप्त और प्रतापनारायण मिश्र का मैं आदरपूर्वक स्मरण करता हूँ। प्रेमचंद के लेखन में भी जहाँ हास्य-व्यंग्य का पुट है उसे भुलाना मुश्किल है। विश्वंभरनाथ शर्मा 'कौशिक' द्विवेदी युग के विशिष्ट व्यंग्यकार थे। उन्होंने 'दुबेजी की चिट्ठियाँ' नाम से एक स्तंभ लिखा और सामाजिक, राजनीतिक विसंगतियों पर

तीखा प्रहार किया। इनके साथ और भी अनेक व्यंग्यकार पुरानी पीढ़ी में हुए हैं; मुझे इनकी कृतियाँ पसंद हैं, पर मैं इनसे सचेत रूप से प्रभावित नहीं हूँ।

क्या व्यंग्यकार के लिए वैचारिक प्रतिबद्धता का होना आप ज़रूरी मानते हैं ? यदि हाँ, तो क्यों ? यदि नहीं, तो क्यों ?

व्यंग्य-लेखन का संबंध सामाजिक स्थिति की मूल्यगत आलोचना से है, इसलिए सार्थक लेखन के लिए ज़रूरी है कि लेखक की जीवन-मूल्यों के विषय में तथा जीवन की गुणवत्ता के विषय में बहुत स्पष्ट दृष्टि हो। कमज़ोर, विपन्न और वंचित लोगों के साथ मैं वैचारिक रूप से प्रतिबद्ध रहा हूँ। इसके साथ ही मैं यह भी मानता हूँ कि वामपंथी प्रतिबद्धता का अर्थ 'पार्टी लिटरेचर' लिखना नहीं है। यदि आइडियालॉजी का प्रचार करना है तो हमें साहित्यकार होने के बदले पार्टी का कार्यकर्ता होना चाहिए। लेखन मेरे लिए एक स्वच्छंदता का क्षेत्र है; सीमाओं, आग्रहों या प्रतिबद्धताओं का नहीं। आखिरकार प्रतिबद्धता भी एक प्रकार से व्यक्तित्व का परिसीमन है; फिर भी यह बात स्मरण रखना ज़रूरी है कि व्यंग्य-लेखन वैचारिक शून्य में नहीं किया जा सकता। इसके लिए मूलगत विचार होना अनिवार्य है, अन्यथा ऐसा लेखन ऊपरी चमक-दमक के बावजूद निरर्थक सिद्ध होगा। अपने समसामयिक परिवेश को नज़रअंदाज़ करके रचनात्मक लेखन भोथरा होगा। मैं किसी लेखकीय संघ या संस्था का सदस्य कभी नहीं रहा लेकिन सामाजिक परिस्थितियों के संदर्भ में मुझको यह चुनाव करने में कोई कठिनाई नहीं हुई कि मैं शोषित और कमज़ोर के साथ खड़ा हुआ हूँ।

रचनाकार के लिए सामाजिक दायित्व का बोध ज़रूरी माना जाता है। अतः व्यंग्यकार की हैसियत से आप बताइए कि लेखक का क्या कुछ भी निजी नहीं रह जाता ?

मेरी दृष्टि में सामाजिक दायित्वबोध और व्यक्ति के निजी जीवन में कोई अंत-र्विरोध नहीं होना चाहिए। सामाजिक दायित्वबोध उसके निजी जीवन को अतिरिक्त सार्थकता प्रदान करता है। परिवेश और सृजन का जो अंतःसंबंध होता है उसका तात्त्विक विवेचन एक कठिन विषय है। फिर भी मेरा यह मानना है कि कोई भी लेखक, विशेष रूप से कोई भी भारतीय लेखक अपने परिवेश को, बल्कि अपने समसामयिक, तात्कालिक परिवेश को नज़रअंदाज़ करके उत्तम रचनात्मक लेखन नहीं कर सकता। व्यंग्यकार की रचना में जिस व्यंग्य-क्षमता, स्पष्टवादिता और दृढ़ता का दर्शन होता है वह व्यंग्यकार की इस अंतर्निहित मान्यता का प्रमाण है कि साहित्य उनके लिए वाणीविलास भर नहीं है, वह एक गंभीर दायित्व के निर्वाह का माध्यम है।

व्यंग्यकार के अंदर व्यक्ति और समाज के हितों के बीच का द्वंद्व क्या किसी सार्थक लेखन की भूमिका बनाता है ?

द्वंद्व से सार्थक लेखन की भूमिका तो बनती ही है। समाज में रचनाकार की जो स्थिति है, उसका जो योगदान है वह एक नागरिक का योगदान है। पर जो लेखक विभिन्न प्रतिष्ठानों में नौकरी करते हैं उनका अंतर्द्वंद्व उन्हें बार-बार चुनौती देता है। बहुत पहले मैं यह लिख चुका हूँ। बाहर से कोई दबाव न हो, तब भी प्रतिष्ठान के निरंतर संबंध से लेखक का व्यक्तित्व धीरे-धीरे गिरता जाता है। 'स्रवते ब्रह्म तस्यापि भग्नभाण्डात् पयो पथा'—टूटे हुए बर्तन से जैसे पानी, उसी तरह उसका व्यक्तित्व धीरे-धीरे रिस जाता है। यहाँ बात सिर्फ सरकारी नौकरी की नहीं, उन सब प्रतिष्ठानों से संबंध की है जहाँ व्यक्ति को एक निर्धारित आचरण का, पूर्वानुभव और पूर्वदृष्टांतों पर आधारित किसी खास चिंतन-परंपरा का अनुसरण करना होता है। जो ऐसे अनुसरण से अपने आपको जितना अधिक बचा पाता है, वह लेखन के साथ उतना ही अधिक न्याय करता है।

व्यंग्य-लेखन में वस्तु और शिल्प में आप किसे प्रमुखता देते हैं ? और क्यों ?

मेरी दृष्टि में व्यंग्य अपने आपमें शिल्प का ही एक नाम है।

व्यंग्य में प्रतीक या मिथकों का उपयोग किस तरह हो ?

व्यंग्य में प्रतीक या मिथकों के उपयोग को लेकर कोई निर्देश नहीं दिए जा सकते। मूलतः व्यंग्य-लेखन के ये भी वैसे ही उपादान हैं जैसे विडंबना, फंतासी, अतिशयोक्ति, पैरोडी आदि। हिंदी में हास्य-व्यंग्यपूर्ण निबंधों और कहानियों में व्यंग्य की एक नई प्रवृत्ति देखने को मिली, जिसने व्यंग्य को एक अलग अस्मिता दी। इसमें प्रतीक और मिथकों की प्रचुरता भी है और विविधता भी।

आप अपनी रचना-प्रक्रिया के विषय में कुछ बताइए। आप विषयवस्तु का चुनाव किस आधार पर करते हैं ?

विषयवस्तु का चुनाव किया नहीं जाता, रचनाशील मस्तिष्क द्वारा अपने आप हो जाता है। लेखकीय संवेदना को जो भी स्थिति झकझोरती और प्रेरित करती है वही लेखन का विषय बन सकती है। जहाँ तक मेरे सर्जनात्मक परिवेश का प्रश्न है, लेखन के समय मेरे लिए एकांत अनिवार्य है। पारिवारिक या जीविका-संबंधी कार्य से अगर ज़रा भी तनाव या उलझन हुई तो उस समय मैं लिख नहीं सकता। मैंने नियमित रूप से या दिन-रात में किसी नियत समय पर कभी नहीं लिखा। मेरा लेखन-कार्य अत्यंत अनियमित है। कभी-कभी कई हफ्तों तक दिन और रात के अनियमित घंटों में लगातार काम किया है। कभी-कभी महीनों निष्क्रिय रहा हूँ।

लिखना आरंभ करते समय मेरे मन में रचना का एक केंद्रबिंदु भर होता है, जिसका विस्तार लिखते समय ही हो पाता है। मैं पूर्व-निर्धारित नोट्स के आधार पर कोई सर्जनात्मक लेखन नहीं कर पाता, क्योंकि उसमें सर्जना का उल्लास या आनंद नहीं रहता। वह खानापूरी जैसा होगा। यही कारण है कि मुझे अपनी प्रत्येक रचना बार-बार लिखनी पड़ती है। 'राग दरबारी' मैंने पाँच बार लिखा। सामान्यतः तीसरे ड्राफ्ट तक पहुँचते-पहुँचते रचना को अंतिम स्वरूप मिल जाता है।

वर्तमान में क्या व्यंग्य-लेखन से सामाजिक-आर्थिक बदलाव संभव है ? यदि हाँ, तो वह समाज को किस तरह बदलाव की दिशा में प्रेरित करता है ?
रचनात्मक लेखन द्वारा, चाहे वह व्यंग्यपरक हो या दूसरी विधा का हो, कभी भी प्रत्यक्ष रूप में सामाजिक बदलाव नहीं हुआ है। सामाजिक बदलाव की प्रक्रियाएँ, जो राजनीतिक या दूसरे प्रकार के उपायों द्वारा परिचालित हो रही हों, उसमें रचनात्मक साहित्य की महत्त्वपूर्ण पर अप्रत्यक्ष भूमिका हो सकती है।

व्यंग्य के विकास और सार्थक फैलाव में रेडियो, दूरदर्शन और सम्मेलनीय मंचों की भूमिका पर आपके क्या विचार हैं ?
रेडियो, दूरदर्शन और मंच आदि साहित्य के प्रसार और उसके द्वारा स्वस्थ जनरुचि के निर्माण के सशक्त साधन हैं। लोकरुचि की व्यापक स्वीकृति इन्हें प्राप्त है और ये सभी साधन साहित्य के स्तर को अपनी योजनाओं के अनुरूप ढालते हैं। उधर हास्य कवियों का एक वृहद् समुदाय है। वह लोकरुचि को परिष्कृत करने के बजाय कवि-सम्मेलनों के मंच से लोकरुचि को रिझाने में अपनी प्रतिभा को अधिक सार्थक समझता है। रेडियो और दूरदर्शन में जो लोग जमे हैं, किसी भी घटना को देखने का उनका एक अलग और खास नज़रिया होता है। लोकरुचि का निर्माण करने के बजाय इन माध्यमों से प्रसारित होने वाला साहित्य खुद छिछली लोकरुचि का पिछलग्गू बनता जा रहा है।

समकालीन आलोचक व्यंग्य-लेखन पर क्या विचार रखते हैं ? आप उनकी आलोचनाओं से किस हद तक सहमत हैं ?
हिंदी व्यंग्य के विषय में लिखी जाने वाली आलोचना या समीक्षाएँ मैंने अधिक नहीं पढ़ी हैं क्योंकि लिखी ही कम गई हैं। फिर भी जितना देखा और पढ़ा है उससे मुझे लगता है कि हिंदी व्यंग्य-लेखन ने स्तरीय आलोचकों को अभी तक ज़्यादा आकृष्ट नहीं किया है। वस्तुतः व्यंग्य-लेखन एक अत्यंत सुशिक्षित, सुसंस्कृत विधा है और उसकी आलोचना के लिए जिस व्यापक स्तर की बौद्धिक तैयारी की ज़रूरत है वह वर्तमान समीक्षकों और आलोचकों में प्रायः देखने में नहीं आती।

व्यंग्य के विकास में हरिशंकर परसाई, शरद जोशी और रवीन्द्रनाथ त्यागी की भूमिका पर अपने विचार बताइए।

हरिशंकर परसाई का साहित्य बड़ा विशाल है। उनके साहित्य का एक वृहत् भाग अनेक पत्रिकाओं में समय-समय पर किए गए स्तंभ-लेखन का है जिसमें स्थायी मूल्यवत्ता की प्रचुर सामग्री उपलब्ध है। परसाई जी में व्यंग्य-क्षमता के साथ ही सामाजिक चेतना और आधुनिकता का बोध बेहद शक्तिशाली था। यही कारण है कि उनके चिंतनपरक गंभीर लेखन में विषयबहुलता और सोद्देश्यता की दृष्टि से पर्याप्त प्रौढ़ता है। फंतासी, लोककथा, अन्योक्ति और अनेक शिल्पगत तंत्रों के प्रयोग से वे किसी भी कोण से पाठक की चेतना को झकझोर सकते हैं। उन्हीं के लेखन का कदाचित् यह फल है कि व्यंग्य छिटपुट वाग्विलास न रहकर हिंदी में एक सशक्त और नियमित लेखन-प्रक्रिया बन गया। उनके व्यंग्य में असंतोष का मुख्य आधार आज की राजनीतिक और सामाजिक मूल्यहीनता है जिसके प्रति उनकी दृष्टि एक ऐसे कलाकार की है जो विपन्नों, वंचितों और संघर्षशील वर्गों के प्रति स्पष्ट रूप से प्रतिबद्ध है। आधुनिक साहित्य में अगर हिंदी व्यंग्य की स्वतंत्र पहचान बनी है तो उसका अधिकांश श्रेय परसाई को ही है।

शरद जोशी का लेखन अत्यंत मोहक और वैविध्यपूर्ण है। उसमें हास्य-व्यंग्य की विभाजक रेखाएँ क्षीण हो जाती हैं और दोनों तत्त्वों के मिश्रण का वहाँ बड़ा आकर्षक परिणाम प्रकट होता है। उनका भी अधिकांश लेखन पत्र-पत्रिकाओं के नियमित स्तंभों से जुड़ा रहा है। उन्होंने बोलचाल की जिस विशिष्ट शैली का प्रयोग किया है वह गंभीर चिंतन को भी हलके-फुलके ढंग से व्यक्त करने की क्षमता रखती है। शरद जोशी के लेखन की एक विशिष्टता यह भी है कि वे व्यंग्य और हास्य के चिरन्तन और शास्त्रीय अंतर को अपने सहज स्वभाव से मिटाते नज़र आते हैं। उनका परिहास-भाव व्यंग्य को कुंठित नहीं करता, वरन् बड़ी सहजतापूर्वक एक भयानक सामाजिक परिस्थिति से हमारा सीधा साक्षात्कार करता है। इस प्रकार जहाँ शरद जोशी ने एक ओर हास्य और व्यंग्य की रूढ़ सीमाओं को तोड़कर उन्हें नज़दीक लाने का असंभव कार्य किया, वहीं उन्होंने साहित्य की लिखित और वाचिक परंपरा को उसी तरह एकात्म बनाने की उपलब्धि अर्जित की जो शताब्दियों से कबीर, तुलसी, सूर आदि के साथ जुड़ी है।

रवीन्द्रनाथ त्यागी का हास्य-व्यंग्य-लेखन अपने ढंग का है। उस पर पूर्ववर्ती और समकालीन लेखकों का कोई स्पष्ट प्रभाव परिलक्षित नहीं होता। उन्होंने लगभग स्वतंत्र रूप से अपनी शैली आविष्कृत की और उसके आधार पर अपना लेखन-तंत्र विकसित किया है। उनकी कलात्मक अभिरुचियाँ परिष्कृत और साहित्य का अध्ययन

गहन है। यह उनके लेखन में, उसे संपन्न बनाते हुए और साथ ही उसे बोझिल होने से बचाते हुए, सहज रूप में प्रतिबिंबित होता है। त्यागी जी में राजनीतिक तल्खी नहीं है, वहाँ सहज परिहासबोध है और स्थितियों के विश्लेषण की कौतुकपूर्ण सूझबूझ है।

हिंदी व्यंग्य का भविष्य आपके विचार से क्या हो सकता है ?

हिंदी व्यंग्य ही नहीं, 'व्यंग्य' मात्र के विषय में मुझे लगता है कि वह साहित्य की दूसरी विधाओं में—नाटक, उपन्यास, कविता, कहानी आदि में अलग से अपना अस्तित्व खोकर उनका अंतरंग बनकर समाविष्ट होता जाएगा। जैसे-जैसे प्रकृतिवादी और सहज वर्णनपरक शैली उबाऊपन के कारण या दूसरे संचार-माध्यमों की चमत्कारी क्षमता के सामने अस्वीकार्य होती जाएगी वैसे-वैसे कविता, कहानी, नाटक आदि में व्यंग्य के अभिव्यक्ति-संबंधी सारे शास्त्रीय उपादान अधिकाधिक मात्रा में परिलक्षित होते जाएँगे।

आधुनिक सामान्य कथा-साहित्य और कविता की व्यंग्योन्मुखी प्रवृत्तियों को देखते हुए स्वतंत्र विधा के रूप में मुझे व्यंग्य का वर्चस्व बढ़ता हुआ नहीं दीख पड़ता।

('सापेक्ष', 1998 में प्रकाशित इस साक्षात्कार में साक्षात्कर्ता ने मेरे उत्तरों में कुछ ऐसे अंश जोड़ दिए थे जो मेरे लेखन से लिए गए उद्धरण थे। उनमें कुछ वाक्य संदर्भ से कटे हुए दीखते थे। यहाँ उन्हें संपादित कर दिया गया है)

—श्रीलाल शुक्ल

नेताशाही पहले से ज़्यादा भ्रष्ट, बेशर्म और क्रूर है

कृपाशंकर चौबे से बातचीत

पुरस्कारों-सम्मानों के बारे में आपकी अपनी प्रतिक्रिया क्या है ?

निंदा-प्रशंसा, अवज्ञा-पुरस्कार, ख्याति-कुख्याति आदि लेखन-कर्म के साथ जुड़ी आनुषंगिक स्थितियाँ हैं। पुरस्कार पाकर, आर्थिक संतोष के साथ, यह मानना अच्छा लगता है कि आपकी कृति एक विशेष पाठक वर्ग की दृष्टि में सार्थक है, पर पुरस्कार-प्राप्ति को किसी रचना की गुणवत्ता का अनिवार्य प्रमाण मान बैठना लेखक के लिए भ्रांतिपूर्ण और अहितकर है।

'बिस्रामपुर का संत' पर आपको व्यास सम्मान मिला। यह कृति एक तरह से 'राग दरबारी' का विस्तार लगती है। इससे आप कहाँ तक सहमत हैं ?

इस प्रश्न का उत्तर प्रबुद्ध पाठक और आलोचक ही दे सकते हैं। जहाँ तक मेरी बात है, स्पष्ट है कि वह 'राग दरबारी' हो या 'बिस्रामपुर का संत'—लेखक का राजनीति-बोध और समाज-बोध, शैलीगत भिन्नता होते हुए भी, दोनों कोटि की रचनाओं में प्रतिबिंबित होता है।

'राग दरबारी' ने स्वतंत्र भारत की लोकशाही में आदर्शवाद के मुखौटे को चीरकर रख दिया है। लोकशाही की सड़ी व्यवस्था को और सड़ने से कैसे बचाया जा सकता है ?

सिवाय इसके कि प्रबुद्ध व्यक्तियों के नेतृत्व में जनता ही सशक्त रूप से संगठित होकर राजनीतिक और प्रशासनिक भ्रष्टाचार और कुव्यवस्था के खिलाफ खड़ी हो—कोई विकल्प नहीं दिखता। आज का राजनीतिक नेतृत्व इस दिशा में कभी पहल नहीं कर पाएगा।

'राग दरबारी' के धूर्त नेता, वैद्य जी, प्रिंसिपल साब, गँवार सनीचर, पिता को मारने की परंपरा निभाने वाले छोटे पहलवान या उनका न्याय करने वाले पंच—तीन दशक बाद इन चरित्रों में क्या कोई बदलाव आप महसूस करते हैं ?

बदलाव यदि हुआ है तो यही कि यह नेताशाही पहले से ज़्यादा भ्रष्ट, बेशर्म और क्रूर

हो गई है।

आप अपनी कहानियों—'सुरक्षा', 'गिरफ्तारी', 'सपोला', 'दुराचरण', 'परीदीन की प्रेमगाथा' में लोकतंत्र में चल रही विकास योजनाओं का मुखौटा उतार देते हैं। क्या इन योजनाओं में छल के कारण ही हम पिछड़ते चले गए ?
पिछड़ने का यह एक कारण है—योजनाओं के कार्यान्वयन में भ्रष्टाचार और छल। पर इससे भी ज़्यादा महत्त्वपूर्ण कारण और भी हैं, जैसे—1. प्राथमिक शिक्षा, जनस्वास्थ्य, परिवार-नियोजन आदि के घोषित कार्यक्रमों में राजनीतिक इच्छा और प्रशासनिक निष्ठा का पूर्ण अभाव, 2. आर्थिक नीतियों में स्पष्ट सोच और सैद्धांतिक प्रतिबद्धता का अभाव, 3. शासकीय व्यय में विलासिता और 4. निम्नतम और निम्न-मध्यम वर्ग के प्रति उपेक्षा का भाव आदि।

आपकी कहानी 'दंगा' से पता चलता है कि प्रशासन कितने संवेदनहीन तरीके से चीज़ों को देखता है। आपने लगातार व्यवस्था की विद्रूपताओं पर प्रहार किए हैं। आप बताइए, व्यवस्था जनोन्मुख क्यों नहीं होती ?
क्योंकि संपूर्ण व्यवस्था—वह चाहे विधायिका हो, कार्यपालिका या न्यायपालिका, उनकी मानसिकता पर उच्चवर्गीय आभिजात्य (इलिटिज़्म) और वीआईपी बन जाने की मानसिकता हावी है।

आपके कहानी-संग्रह 'यह घर मेरा नहीं' की कहानियाँ आज़ाद भारत में जड़ें जमाते छल-प्रपंच और पाखंड को प्रतिबिंबित करती हैं। शुक्ल जी, आपकी दृष्टि में छल व पाखंड से जीवन-समाज को कैसे मुक्त किया जा सकता है ?
इसका कोई सीधा-सा उत्तर संभव नहीं है। यदि राजनीति से बाहर जाकर कोई जनोन्मुखी नेतृत्व शुद्ध नैतिक मूल्यों के आधार पर विकसित हो सके—जैसा कि, राजनीति के बावजूद, गांधी और जयप्रकाश नारायण के समय में हुआ तो शायद वर्तमान मूल्यहीनता के खिलाफ कोई विकल्प दीखना शुरू हो जाए।

अच्छा शुक्ल जी, क्या आप बताएँगे कि आपको लेखक होने के लिए किन चीज़ों ने उकसाया था ?
मेरे घर का जो वातावरण था, उसमें मेरे बचपन में किताबें और पत्र-पत्रिकाएँ खूब पढ़ने को मिलती थीं। मेरे परिवार में पहले भी कुछ लेखक हुए हैं। साहित्य के अध्ययन में पारिवारिक रुचि थी। यही स्थितियाँ रही होंगी जिससे कि मैं खुद लेखक बना।

व्यंग्य, कहानी आपकी सजातीय विधा कैसे बनी ?

मुझे ऐसा लगता है कि आज के समाज के बारे में कुछ लिखा जाएगा तो किसी न किसी रूप में उसकी व्यंग्यात्मक भंगिमा होगी ही। अकेले अविधा के सहारे ज़्यादा कुछ कहा नहीं जा सकता है।

अपनी पीढ़ी और अपनी अनुज पीढ़ी के लेखकों की कहानियों में शिल्प और विषय-वैविध्य के स्तर पर क्या अंतर पाते हैं ?

यह तो अध्ययन का विषय है। तात्कालिक उत्तर देना कठिन है। पिछले तीस-पैंतीस वर्षों में गद्य का स्वरूप बदला है। आसान भाषा में जटिल से जटिल अंतर्ध्वनियाँ समेटने की शक्ति आज के नए लेखक की भाषा में जिस रूप में आई है, पहले छायावाद या नई कविता से प्रभावित पीढ़ी के गद्य में वैसी शक्ति नहीं थी।

आप शिल्प और वस्तु में किसे महत्त्वपूर्ण मानते हैं ?

दोनों अलग-अलग चीज़ें नहीं हैं। समर्थ लेखक की अपनी क्षमता और अनुभूति खुद अंतर्वस्तु का चयन करती है और अपने आप उसके लिए शिल्प विकसित होता है।

शिल्प पर ज़्यादा ध्यान देना क्या अनैतिक है ? कला और नैतिकता का आपस में क्या संबंध है ?

इस प्रश्न का उत्तर कठिन है। कला और नैतिकता इन दोनों शब्दों के तात्पर्य सापेक्ष हैं और बदलते रहते हैं। इनका कोई निश्चित और जड़ अर्थ नहीं है।

लेखक के लिए किसी मतवाद का अनुगामी होना या वैचारिक रूप से प्रतिबद्ध होना क्या उचित है ?

वैचारिक प्रतिबद्धता अनिवार्य तो नहीं है पर जब जीवन-दृष्टि नहीं है, तो समाज और जगत् के और उसके निमित्त जिस रचना का प्रणयन हो रहा है, उसके विषय में भी सही परिप्रेक्ष्य विकसित नहीं होता। फिर भी प्रतिबद्धता का अर्थ यह नहीं कि 'साहित्यिक रचना' और 'पार्टी लिटरेचर' के अंतर की समझ ही खारिज कर दी जाए।

विचारधारा के दबाव से कहानी को क्षति नहीं पहुँची है ?

मेरी दृष्टि में कहानी को विचारधारा के कारण कोई क्षति नहीं पहुँची। जहाँ विचार-धारा का सर्वथा अभाव है और शुद्ध कलावादी दृष्टि से लिखा जा रहा है, वहाँ भी बिलकुल निरर्थक और स्वादरहित रचनाएँ मिल सकती हैं। मूलतः विचारधारा के दबाव का प्रश्न लेखक विशेष की आस्था, क्षमता और प्रतिभा से संबंध रखता है।

एक महान् कहानी की क्या विशेषताएँ होनी चाहिए ?

कहानी या उपन्यासों के प्रतिमानों का उल्लेख संक्षेप में करना मुश्किल है। आज भी जब मैं अच्छी कहानियों की बात सोचता हूँ तो चेखव जैसे लेखक मेरे दिमाग में आते हैं। हिंदी में सबसे अधिक उदय प्रकाश और अखिलेश आकर्षित करते हैं। इसका यह मतलब नहीं कि दूसरे क्षमताशील लेखक नहीं हैं। उपन्यासकारों में भी मेरे दिमाग में टालस्टाय, दोस्तोएवस्की के नाम तुरंत याद आते हैं। हिंदी उपन्यासों में 'इदन्नमम', 'झूठा सच', 'मैला आँचल', 'बाणभट्ट की आत्मकथा' जैसे अनेक अपवादों को छोड़कर अधिकांश उपन्यास मुझे बहुत आकर्षक नहीं लगते।

क्यों नहीं आकर्षक लगते ?

विश्वस्तर पर उपन्यास ने जो हैसियत हासिल कर ली है, वहाँ तक पहुँचने में हिंदी उपन्यास को अभी बहुत चलना होगा।

तो क्या हिंदी कथा-साहित्य के भविष्य से आप बहुत आश्वस्त नहीं हैं ?

कथा-साहित्य में कहानियाँ और उपन्यास दोनों शामिल हैं। मुझे हिंदी कथा-साहित्य का भविष्य गतिशील दीख रहा है। कथा-साहित्य में शैली के नए-नए प्रयोग हो रहे हैं। गहनता है। संवेदनशीलता के अनेक स्तर हैं। इसके भविष्य से आश्वस्त न होने का कोई कारण नहीं है।

हिंदी कहानी में कई आंदोलन हुए। अस्सी के बाद सारे कथांदोलन क्यों ठप हैं ? क्या उनका कोई प्रयोजन नहीं रहा ?

कथांदोलनों का यह प्रभाव हो सकता है कि हिंदी कहानी लेखक स्वयं अपनी रचना-प्रक्रिया के बारे में ज़्यादा सचेत हो गए हों। आंदोलनों से मुझे नहीं लगता कि कहानी की गुणवत्ता पर कोई अवांछित प्रभाव पड़ा। इसके विपरीत कहानी-लेखन में एक ऐसी चौकसी आई जो दूसरी विधाओं में उतनी नहीं दिखती।

आपकी राय में अस्सी के बाद साहित्य में क्या नया सबजेक्ट मैटर आना चाहिए था ?

साहित्य के लिए लेखक अपनी क्षमता से विषयवस्तु निर्धारित करता है। यदि आपका मतलब वर्तमान सामाजिक स्थितियों से है तो समकालीन साहित्य इस दिशा में बहुत सचेत है। यह ज़रूर है कि हम जितने बड़े देश के रहने वाले हैं, उसमें इतनी भौगोलिक और सांस्कृतिक विविधताएँ हैं, जीवन की ऐसी जटिल समस्याएँ हैं जो पूरी तौर से अभी हिंदी साहित्य में प्रतिबिंबित नहीं हो पाई हैं।

नई बाज़ार-व्यवस्था का विचार और साहित्य पर क्या प्रभाव पड़ेगा ?

हिंदी साहित्य में मुझे ऐसा नहीं लगता कि नई बाज़ार-व्यवस्था ने हिंदी रचनाकार को बाज़ार की संस्कृति से जुड़ने की प्रेरणा दी है। इसका प्रमाण यह है कि जिस मात्रा में अंग्रेज़ी और दूसरी भाषाओं का साहित्य बाज़ार के अनुकूल लिखा जा रहा है, हिंदी में ऐसा साहित्य नगण्य है। जिस तरीके से अनेक व्यावसायिक विदेशी उपन्यास बिक रहे हैं, वैसे हमारे यहाँ कहाँ बिक रहे हैं ? हिंदी साहित्य बाज़ार से उतना प्रभावित नहीं है।

निरंतर बढ़ती उपभोक्ता संस्कृति के प्रभाव से साहित्य बच पाएगा ?

उपभोक्ता संस्कृति के बढ़ते जाने पर भी साहित्य बहुत हद तक बचा रहेगा। इसलिए कि लिखित शब्द की गरिमा दूरदर्शन, फिल्म आदि माध्यमों की तुलना में तब भी चिरस्थाई बनी रहेगी।

एक लेखक के रूप में आपकी चिंताएँ क्या हैं ?

सुनने में बहुत पारंपरिक लगेगा मगर लेखन के पीछे एक अप्रत्यक्ष चिंता जीवन और समाज के सत्य की खोज है और इस बात की चेष्टा भी है कि उसी के अनुरूप सार्थक रूप में रचनाएँ लिखी जाएँ।

जीवन और समाज को बेहतर बनाने का आपके पास कोई सपना है ?

अवश्य है। पर उस तक पहुँचने के रास्ते को लेकर स्पष्ट अवधारणा नहीं है। क्योंकि इस क्षेत्र में जो राजनीतिक, आर्थिक और सांस्कृतिक विचारधाराएँ इस्तेमाल की गई हैं, वे कई अर्थों में नाकाफी हैं और उनसे बेहतर किसी दूसरी विचारधारा की न तो मुझे अवधारणा मिली है और न ही किसी रूप में वह विकसित होती दिखाई दे रही है।

('जनसत्ता' (सबरंग, कलकत्ता), मई, 2000 में प्रकाशित)

ज़रूरी नहीं कि आधुनिकता परंपरा को अस्वीकृत करके ही चले

गोपाल उपाध्याय से 1966 के आसपास 'उत्कर्ष' के लिए बातचीत लिखित प्रश्नों के आधार पर

आपके प्रश्नों का उत्तर देने के पहले मैं अपनी उन असुविधाओं का उल्लेख कर देना आवश्यक समझता हूँ, जिनका अनुभव मुझे इन प्रश्नों को पढ़कर हो रहा था। हिंदी के अन्य बहुत-से लेखकों, पाठकों के विपरीत मैं इस सुविधा में हूँ कि आधुनिक कहानियों को लेकर चलने वाले साहित्यिक विवाद के अस्तित्व का तो मुझे पता है, पर उसमें विभिन्न व्यक्तियों द्वारा क्या कहा गया, उसका पता नहीं। ऐसे बहुत-से उलझन-भरे सवाल मैं केवल सिद्धांतपरक उत्तरों द्वारा टाल सकता हूँ। असुविधा यह है—वास्तव में है नहीं बल्कि आगे चलकर होगी—कि आधुनिक कथा-साहित्य के बारे में कुछ कह चुकने पर मैं भी लेखकों की उस भीड़ का अंग बन जाऊँगा जो कहानियाँ तो कम लिखते हैं, बहस ज़्यादा करते हैं और इस तरह भविष्य में लिखी जाने वाली अपनी कहानियों के प्रति मैं अपने ही वक्तव्यों के कारण अतिरिक्त रूप से सचेत हो जाऊँगा—संभवतः। फिर भी, जिस लगन और अध्यवसाय के साथ इस विषय पर बात करने के लिए आपने तत्परता दिखाई है, उससे पराजित होकर मैं इन प्रश्नों के विषय में अपनी प्रतिक्रिया व्यक्त कर रहा हूँ।

समसामयिक कहानियों में पूर्ववर्ती कहानियों की तुलना में क्या आपको कुछ ऐसी विशेषताएँ लगती हैं कि उनकी कोई अलग संज्ञा दी जा सके ?

आज की कहानियों में पहले की कहानियों की अपेक्षा अपनी विशेषताएँ हैं, किंतु इसी कारण उन्हें एक अलग संज्ञा देना अनावश्यक है। एक प्रकार से, रचना स्वातंत्र्य की दृष्टि से, यह हानिकारक भी है। समय-समय पर बदलती हुई साहित्यिक प्रवृत्तियों और शैलियों के आधार पर सर्जनात्मक विधाओं को विभिन्न संज्ञाएँ देना साहित्यकार को अप्रत्यक्षतः किसी सीमा में बँधने के लिए मजबूर करना है।

समसामयिक कहानियों में कथावस्तु-प्लाट गौण और शिल्प महत्त्वपूर्ण हो गया है। क्या आप इस बात से सहमत हैं ? इस स्थिति में कहानी का भविष्य क्या रहेगा ?

हिंदी की आरंभिक कहानियों में शिल्प की मौलिकता को महत्त्व नहीं दिया गया था। बाँग्ला या 19वीं सदी की विदेशी कहानियों के शिल्प को एक प्रकार से सहज ही स्वीकार कर लिया गया था। इसलिए जब आज का लेखक अपने कथ्य के अनुरूप शिल्प के आयोजन की चेष्टा करता है, तो लगता है कि शिल्प को प्रधानता मिल रही है। वास्तव में शिल्प ही में नहीं, कथावस्तु के क्षेत्र में भी आज की कहानी, मुझे लगता है, विविधता की ओर बढ़ रही है। और इस स्थिति में कोई ऐसी असंगति नहीं दिखाई देती जो मुझे कहानी के भविष्य पर सोचने के लिए बाध्य करे। एक प्रकार से शिकायत अब भी यही हो सकती है कि कथावस्तु और शिल्प—दोनों स्तरों पर कहानी अभी अपनी पूरी संभावनाओं के साथ जीवन के वैविध्य को नहीं पकड़ पाई है।

एक बात और। शिल्प और कथावस्तु का समीक्षात्मक विभाजन भी सामान्यतः विश्लेषण का एक उथला प्रयास है। सर्जनात्मक प्रक्रिया में शिल्पबोध और कथ्य की परिकल्पना एक-दूसरे को कहाँ तक संक्रांत करती है, यह एक अलग से ही विचारणीय विषय है।

आज हिंदी कहानी में तरह-तरह के नारे, कहानी को नाम देने के लिए उभर रहे हैं। एक-दूसरे को काटने वाले वक्तव्य और व्याख्याएँ दी जा रही हैं। यह स्थिति हिंदी कहानी के लिए घातक होगी या लाभदायक ? क्या यह अपना-अपना बाज़ार बनाने या अपने को प्रतिष्ठित करने के प्रयत्न हैं या किसी विशेष आवश्यकता के परिणाम हैं ?

यह ज़रूरी नहीं कि नई संज्ञाएँ और नए नारे कहानी के विकास के लिए घातक ही हों। कई तरह के बाज़ारू मालों के अलग-अलग विज्ञापन निकलते हैं और उनके लिए अलग-अलग दावे पेश किए जाते हैं, पर इससे यह नहीं कहा जा सकता कि उन मालों का उत्पादन घट जाएगा या उनकी क्वालिटी गिर जाएगी।

कहानी को लेकर नई संज्ञाएँ और नए नारे निकालने वालों के प्रति किसी प्रकार का आक्रोश प्रकट करना भी निरर्थक है। प्रत्येक कृतिकार का यह मौलिक अधिकार है कि वह अपनी कृति को मनमानी संज्ञा दे और उपभोक्ताओं को मनचाहे ढंग से प्रभावित करे। यह दूसरी बात है कि उपभोक्ताओं को भी यह अलग से अधिकार है कि वे चाहें तो बेवकूफ न बनें। पूरी परिस्थितियों को मैं साहित्यिक क्षेत्र की एक सहज दशा के रूप में ग्रहण करता हूँ।

किंतु इसका यह तात्पर्य नहीं कि आधुनिक कहानियों में प्रयुक्त होने वाली नई संज्ञाएँ केवल व्यावसायिक कारणों से प्रचलित हैं। कुछ समीक्षक उनमें ईमानदारी से विश्वास करते हैं, पर ईमानदारी से प्रतिपादित किए हुए प्रत्येक सिद्धांत की भाँति इन सैद्धांतिक बहसों का भी व्यावसायिक दृष्टि से उपयोग किया जा सकता है और किया जा रहा है।

कहानी की भी बात उठी है। कुछ कहानियाँ अकहानी के नाम से प्रकाशित भी हुई हैं। इसके बारे में आप क्या विचार रखते हैं ?
इसका उत्तर देने के पहले मैं कुछ और कहानियों के उत्पादन का इंतज़ार करूँगा।

कुछ दिनों पूर्व श्री श्रीकांत वर्मा ने कहा था कि जब कोई घटिया बात कहने का मन होता है तो हम कहानियाँ लिखते हैं और जब कोई महत्त्वपूर्ण बात कहनी होती है तो कविता लिखते हैं। क्या पाठक कहानी को घटिया चीज़ माने ? आप क्या सोचते हैं ?
अगर श्रीकांत वर्मा ने ऐसा कुछ कहा है तो होशियार दिखने की या किसी को चिढ़ाने की कोशिश में कहा होगा। वास्तव में मुझे पता नहीं, बात कहने के पहले यह कैसे सोचा जा सकता है कि वह घटिया होगी या महत्त्वपूर्ण होगी। बहुत हद तक इसका निर्णय श्रोता के हाथ में है। इसीलिए बात को घटिया या महत्त्वपूर्ण के खानों में छाँटकर उन्हें किसी विशेष विधा के पिजन होल में पहले से बैठालने की बात पर शायद कोई गंभीर बहस नहीं होगी।

आज के समाज या जीवन की वह कौन-सी बातें हैं जिन्हें आधुनिक कहानीकार मुख्य रूप से ग्रहण करें ?
इस तरह के सवाल-जवाब रूस या चीन तक ही सीमित रहें तो ज़्यादा अच्छा है।

क्या आपको ऐसा लग रहा है कि विदेशी कथा-साहित्य की तुलना में हिंदी कथा-साहित्य में इस समय विवाद अधिक है ? क्या इसके लिए कोई नया कारण आप बता सकते हैं ?
ऐसा ज़रूर लगता है कि हमारे कथा-साहित्य और विवाद-साहित्य का अनुपात इसी क्रम के विदेशी अनुपात के मुकाबले काफी बड़ा है। इसका कारण—नया या पुराना—सोचना बहुत कठिन है। शायद हम हीनभाव से ग्रस्त हैं। शायद इसी से थोड़े कृतित्व पर ही अंतहीन और निष्कर्षहीन बकवास करना हमारा सामूहिक चरित्र हो गया है। और किसी भी क्षेत्र में कोई बहस छिड़ जाए तो उसे खींचते रहना हमारी मर्यादा का प्रश्न बन जाता है। ऊपर से देखने पर यह एक सामान्य स्थिति मालूम देती है,

जिसका विश्लेषण समाजशास्त्री ही कर सकते हैं, जो कि मैं नहीं हूँ। अन्य कारणों के साथ, जिनका हवाला प्रश्न में दिया गया है, यह कारण भी मुझे काफी महत्त्वपूर्ण जान पड़ता है।

क्या परंपरावादी लेखन भी आधुनिक लेखन कहा जा सकता है ? परंपरा से आधुनिकता का मेल किसी मायने में सही ठहराया जा सकता है ?

आधुनिकता परंपरा के रूप में कैसे स्वीकार की जा सकती है ? और इसी कारण जो लेखक केवल परंपरागत मूल्यों को स्वतः सिद्ध मानकर आगे चलता हो, यह आधुनिकता के लिए कैसे स्वीकार्य हो ? वैसे ज़रूरी नहीं कि आधुनिकता परंपरा को अस्वीकृत करके ही चले। उसकी यह माँग ज़रूर है कि परंपरा का समीक्षण और मूल्यांकन उसके अपने मायनों से हो और उसी अर्थ में परंपरा की संगति या असंगति का निर्धारण हो सकता है।

गाँव-घर के जीवन पर आधारित कहानियाँ क्या आधुनिक अथवा समसामयिक कहानियों में सम्मिलित की जा सकती हैं ? ऐसी कहानियों को प्रेमचंदयुगीन कहानियों से सिर्फ शिल्प के अलावा और किन बातों से श्रेष्ठ अथवा भिन्न माना जाए ?

श्रेष्ठता का सवाल तो दूसरी बात है पर जहाँ तक भिन्नता का प्रश्न है, केवल विषयवस्तु की एकता के कारण कोई कृति किसी युग विशेष से संबद्ध नहीं मानी जा सकती। न उससे भिन्न होते ही वह आधुनिक हो जाती है। यही बात गाँवों के वातावरण से संबंधित कहानी पर भी लागू होती है। नवीनतम शिल्प में लिखी हुई कहानी भी रूढ़िग्रस्त हो सकती है। शिल्प की भिन्नता के सहारे ही किसी युग की प्रवृत्ति को नहीं नकारा जा सकता। वस्तुतः प्रश्न दृष्टि का है न कि शिल्प और विषयवस्तु की भिन्नता व श्रेष्ठता का।

आप कहानी को लोकप्रिय, जिसे घटिया शब्दों में बाज़ारू भी कहा जा सकता है, बनाने के पक्ष में हैं या 'एकेडेमिक', जिसे बुद्धिजीवियों के लिए लिखा गया कहा जाता है ? क्या ऐसा भी है कि सस्ते साहित्य को लोकप्रियता अधिक मिल रही है ? इसके क्या कारण हैं ?

प्रत्येक समाज में विभिन्न बौद्धिक और कलात्मक स्तरों के लोग विभिन्न स्तरों के लिए कला की सृष्टि करते रहते हैं। इस स्थिति को लेकर पक्ष और विपक्ष का प्रश्न उतना प्रासंगिक नहीं है। समाज की सामूहिक चेतना जिस गति से इन स्तरों के व्यवधान को मिटाती चलेगी उसी अनुपात से कला के क्षेत्र में भी स्तरीयता का स्वरूप बदलता जाएगा।

क्या यथार्थ चित्रण में, जहाँ अश्लील चित्र देना आवश्यक हो, अश्लील और घोर अश्लील को किस हद तक कहानी में लेना उचित है कि साहित्यिक रचना बाज़ारू होने से बची रहे ? चित्रों को छुपा लेना क्या समाज के हित में नहीं होगा।

श्रील और अश्लील का अर्थ सामाजिक वर्जनाओं के संदर्भ में तो समझा जा सकता है, पर पता नहीं 'अश्लील' और 'घोर अश्लील' का प्रयोग आपने किन स्थितियों को सामने रखकर किया है। वैसे सामाजिक वर्जनाएँ अपने आप कला की वर्जनाएँ नहीं बन सकतीं, हालाँकि सामाजिक वर्जनाएँ होने के नाते वे कलाकार की प्रवृत्ति को बहुत हद तक प्रभावित कर सकती हैं। कला में यथार्थ चित्रण अश्लीलता को कहाँ तक स्वीकार कर सकता है, इसका उत्तर भी कलाकृति की ईमानदारी और गुणवत्ता के ही संदर्भ में दिया जा सकता है और किसी कलाकृति की गुणवत्ता क्या है और क्या नहीं—इसका अंतिम उत्तर मैं नहीं दे सकता।

आज के भारतीय परिवेश में लेखन का मुख्य आधार समाज़ और उसकी स्थिति होना चाहिए

हरि मृदुल से बातचीत

आपके हाल ही में प्रकाशित उपन्यास 'बिस्रामपुर का संत' को कालजयी उपन्यास 'राग दरबारी' का विस्तार कहा जा रहा है, आप क्या कहते हैं ?

हाँ, लोगों ने 'बिस्रामपुर का संत' पढ़ने के बाद 'राग दरबारी' का स्मरण किया है। अब इसे 'राग दरबारी' का विस्तार माना जा रहा है, इसकी जानकारी मुझे नहीं है। निश्चित रूप से इस उपन्यास का परिवेश भी आज़ादी के बाद के भारत का है। कथा में राजनीतिक स्थितियों का ताना-बाना बुना गया है।

व्यंग्य उपन्यास प्रकाश में नहीं आ पाए हैं यानी 'राग दरबारी' की परंपरा का अनुसरण सबसे सही ढंग से 'बिस्रामपुर का संत' के ज़रिए ही हो पाया है, ऐसा कुछ आलोचकों का मानना है। आपके क्या विचार हैं ?

सबसे पहले तो मैं उपन्यासों की इस तरह की कोटियों को नहीं मानता कि एक कोटि व्यंग्य उपन्यासों की और दूसरी सामान्य उपन्यासों की हो। इस तरह के आकलन की परंपरा सिरे से ही गलत है। विदेशी साहित्य तक में बीसवीं शताब्दी के उत्तरार्द्ध के आते-आते इस तरह की मान्यता को चुनौती मिलनी शुरू हो गई थी। इस दौर तक आते-आते साहित्य की भंगिमाएँ बदल गईं। अब तो इस तरह की कोटि बनाकर उपन्यासों का मूल्यांकन ही संभव नहीं है। क्या सालबेलो के उपन्यासों के लिए ऐसी बात कही जा सकती है ? स्विफ्ट के समय तक ही पाश्चात्य जगत् में व्यंग्य को स्वतंत्र विधा के रूप में माना जाता था। बाद में, आज उसकी जगह जादुई यथार्थवाद ने ले ली। व्यंग्य उपन्यास की धारणा पूरी तौर से सही नहीं है, इसका कोई अर्थ नहीं है। व्यंग्य उपन्यासों की किसी परंपरा का अनुसरण 'बिस्रामपुर का संत' में हुआ है, इससे मैं इत्तफाक नहीं रखता। जहाँ तक मुझे ध्यान है, आलोचकों ने इस उपन्यास का समीक्षा में व्यंग्य-तत्त्व का ज़िक्र नहीं किया है। विजयमोहन सिंह ने 'इंडिया टुडे' के लिए लिखी समीक्षा में इसे श्रेष्ठ कृति माना है जो कि जीवन के अस्तित्व बोध को लेकर मेरी पिछली कृतियों की अपेक्षा और गहन हो चुका है। निर्मला जैन, रवींद्र वर्मा,

अरविंद त्रिपाठी की समीक्षाओं में भी इसी तरह की बातें आई हैं।

लेकिन 'इंडिया टुडे' के नए वर्ष के विशेष अंक में पिछले वर्ष की उल्लेखनीय कृतियों की चर्चा करते हुए इस उपन्यास के लिए यही कहा गया है कि 'राग दरबारी' की शैली में इसकी कथा व्यंग्यात्मक तरीके से बुनी गई है ?

देखिए, समीक्षकों की अपनी-अपनी समझ है, अपनी-अपनी राय है। हिंदी के संदर्भ में मैं खुद व्यंग्य को विधा न मानकर शैली मानता हूँ। व्यंग्य दरअसल अंतर्निहित तत्त्व है कथा या रचना का। इसी रूप में वह सामने भी आता है। व्यंग्य अभिव्यक्ति का साधन मात्र है, साध्य नहीं।

आपने 'नवभारत टाइम्स' में व्यंग्य-स्तंभ तक लिखा, अब आप व्यंग्य का विधा के स्तर पर विरोध कर रहे हैं ?

सही तो है। मैंने व्यंग्य-स्तंभ विधा के तौर पर थोड़े ही लिखा था। वे निबंध थे। व्यंग्य निबंधों की अवश्य एक परंपरा है, हालाँकि अब ये फैशन की तरह लिखे जाने लगे है। जिसे देखो वही व्यंग्य लिखता दिखाई दे रहा है और अखबारों में नियमित रूप से इसे प्रकाशित भी किया जा रहा है। ये शब्दों के ढेर हैं, इनमें से व्यंग्य सिरे से गायब है। अखबारों में बैठे लोगों को पता नहीं है कि व्यंग्य बोध कैसा होता है, उसका स्वरूप क्या है ? हमारे आसपास कितनी विद्रूपताएँ हैं, इन्हीं में व्यंग्य निहित है। व्यंग्य के लिए भटकने की ज़रूरत नहीं है। 'नवभारत टाइम्स' में लिखे व्यंग्य निबंधों का संग्रह अब राजकमल प्रकाशन से 'आओ बैठ लें कुछ देर से' नामक पुस्तक के रूप में है। व्यंग्य को विधा न मानने की बात है; वह मेरा निजी मत है; कुछ लोग अगर इसे विधा ही मानना चाहते हैं तो उनका पूरी तरह से स्वागत है। मेरे लिए यह प्रश्न ज़्यादा महत्त्व का नहीं है।

हिंदी व्यंग्य की वर्तमान स्थिति ?

जैसा कि मैंने कहा, व्यंग्य रचना के भीतर अंतर्निहित तत्त्व है। विभिन्न रचनाओं के ज़रिए वह सशक्त तरीके से आ रहा है। हमारे समय का विद्रूप ही व्यंग्य में ढलना चाहिए। सामान्य रूप से हम इसे कविताओं, कहानियों, उपन्यासों, निबंधों आदि में देखते रहते हैं, यहाँ तक कि आम बोलचाल की भाषा में भी इसके दर्शन होते हैं। कहते हैं न कि 'आप कौन बड़े भीम हो', 'बड़े लाट साहब हो'। यह सब क्या है ? व्यंग्य ही तो है। फंतासी, जुगुप्साजनक दृश्य, अन्योक्ति, वक्रोक्ति, संदर्भशीलता, अतिशयोक्ति आदि ये जितनी युक्तियाँ हैं बात रखने की, व्यंग्य ही हैं। आज की तमाम रचनाओं में उन्हें आसानी से देखा जा सकता है। इन्हीं के कारण आज की रचनाएँ अधिक सशक्त और महत्त्वपूर्ण बन रही हैं। व्यंग्य की सारी ज़मींदारी आज

की मुख्य धारा वाले रचनाकारों ने छीन ली है।

माना जाता है कि हरिशंकर परसाई ने व्यंग्य को विधा के रूप में स्थान दिलवा दिया था, शरद जोशी ने इस धारणा को और पुख्ता किया। इस समय भी ज्ञान चतुर्वेदी जैसे युवा रचनाकार इससे संजीदगी से जुड़े हैं।

जहाँ तक मुझे जानकारी है हरिशंकर परसाई जी ने व्यंग्य को विधा नहीं कहा है, वह इसे शैली के रूप में ही स्वीकार करते थे। मेरे उपन्यास 'राग दरबारी' ही क्यों, उसके बाद के 'मकान', 'पहला पड़ाव' आदि उपन्यासों में व्यंग्य तत्त्व को घुला हुआ पाएँगे। यह अलग बात है कि 'राग दरबारी' में यह सतह पर था। कथ्य के हिसाब से इसकी मात्रा ज़्यादा थी। लेकिन यह मूलतः उपन्यास ही है। इसमें वर्णित घटनाओं, स्थितियों में इतनी विद्रूपताएँ थीं कि व्यंग्य-शैली के बिना परिवेश को पकड़ा नहीं जा सकता था। मेरा प्रश्न है कि क्या रघुवीर सहाय की कविताओं में व्यंग्य नहीं है ? 'फटा सुथन्ना पहने गुन हरचरना गाता है' जैसी पंक्तियाँ क्या हैं ? बाबा नागार्जुन की तमाम कविताओं को क्या व्यंग्य कविताएँ करार देंगे ? धूमिल की कविता 'मोचीराम' का केंद्रीय तत्त्व क्या है ? इसी तरह ममता कालिया का उपन्यास 'बेघर' यूँ तो एक शोकांतिका है लेकिन उसमें धारदार व्यंग्य भी उपस्थित है। रघुवीर सहाय की कहानियाँ, 'रास्ता इधर से है' में जो यथार्थ है, दरअसल वही व्यंग्य का असली रूप है। मैं तो जगदंबाप्रसाद दीक्षित के उपन्यास 'मुर्दाघर' में भी भरपूर व्यंग्य देखता हूँ। इस उपन्यास में वर्णित विडंबनाएँ ही व्यंग्य हैं। इधर के लेखकों की तमाम कहानियों की परख इसी तरह से की जा सकती है।

लेकिन समाज में इतनी विद्रूपताएँ मौजूद हैं, धारदार व्यंग्य इन स्थितियों से निखरकर आना चाहिए, जबकि ऐसा है नहीं ?

कहानी के स्तर पर ये विद्रूपताएँ सामने लगातार आ रही हैं, यह अलग बात है कि व्यंग्यात्मक शैली का प्रयोग नहीं हो रहा हो इन्हें लाने में। लेकिन इस दौर में सशक्त कहानियाँ लिखी जा रही हैं। जहाँ तक व्यंग्यात्मक निबंधों का सवाल है, इन्हें मात्र पत्र-पत्रिकाओं में प्रकाशित हो पाने भर के लिए लिखा जा रहा है। इसी कारण इनमें रचनाओं को दीर्घ जीवन देने वाले तत्त्व नहीं के बराबर हैं। हाँ, आज की कहानी ने मुझे आश्वस्त किया है। कहानी में मुझे सुखद बदलाव दिखाई दे रहे हैं।

आप किन सुखद बदलावों को रेखांकित करेंगे आज की कहानी में ?

कहानी के स्वरूप को लेकर जितने प्रयोग आज हो रहे हैं, पहले नहीं होते थे। उदाहरण के लिए मैं अखिलेश, उदयप्रकाश, संजीव, मैत्रेयी पुष्पा, मनोहर श्याम जोशी, दूधनाथ सिंह, कृष्णा सोबती और कृष्ण बलदेव वैद का नाम लेना चाहूँगा।

इनकी कहानियाँ हिंदी में विस्तीर्ण फलक पर होते हुए शिल्प और कहानी की अंतर्वस्तु की विराट् संभावनाएँ लेकर आती हैं। वह चाहे दूधनाथ सिंह की 'माई का शोकगीत' हो या 'नमो अंधकार' अथवा कृष्णा सोबती की 'ए लड़की'। उदयप्रकाश की कहानी 'पाल गोमरा का स्कूटर' उल्लेखनीय रचना है, बहुचर्चित 'वारेन हेस्टिंग्स का साँड़' से भी ज़्यादा महत्त्वपूर्ण । 'वारेन हेस्टिंग्स का साँड़' कहानी में उतना बड़ा कथ्य नहीं है जितना कि 'पाल गोमरा का स्कूटर' में। उदय के पास आश्चर्यचकित करने वाला सशक्त गद्य है। इसी तरह 'इदन्नमम' के ज़रिए मैत्रेयी पुष्पा ने हमें लगभग चौंकाया है। नई पीढ़ी के अखिलेश और संजीव की कई कहानियाँ इस संदर्भ में गिनाई जा सकती हैं।

सत्तर के दशक के 'राग दरबारी' का सच अब इक्कीसवीं सदी में भी जस का तस देखा जा सकता है। इसे आप अपनी कृति की सफलता मानेंगे या भारतीय गणतंत्र का दुर्भाग्य ?

हमारे जैसे विकासशील देश की स्थितियाँ तो जल्दी नहीं बदलतीं। लेकिन जितना बदलाव आया है, वह निराशाजनक ही है। हमारा लगातार पतन हो रहा है, हम अनैतिक होते जा रहे हैं। आज़ादी के बाद स्थितियाँ सुधरी नहीं, बल्कि बिगड़ी हैं। तकनीकी रूप से हम भले ही उन्नत हुए हों, पर सभ्य और सुसंस्कृत समाज की रचना के प्रति हम पूरी तरह लापरवाह हैं। यही कारण है कि देश में भ्रष्टाचार और नैतिक मूल्यों का पतन अब मुद्दा नहीं बनता। तात्कालिक रूप से प्रभावित करने वाली स्थितियों के प्रति लोगों का ध्यान जाता है। यह दुर्भाग्यपूर्ण स्थिति है।

अब एक जानकारीपरक छोटा-सा प्रश्न कि आपको 'राग दरबारी' जैसे बड़े उपन्यास की रचना में कितना वक्त लगा और इसकी रचना-प्रक्रिया ?

मैंने इसे 1964 में लिखना शुरू किया था, 1968 में यह पूरा हुआ। इस अवधि में मैंने इस पर पूरा ध्यान केंद्रित कर दिया था। रचना-प्रक्रिया तो यही है कि मैं उपन्यास में वर्णित स्थितियों से, भली भाँति बारीकी से परिचित था। इस तरह की घटनाएँ घटना तब सामान्य थीं, फलस्वरूप रचना में पूरा यथार्थ उपस्थित हो पाया।

एक बार फिर व्यंग्य की ओर। आपकी पीढ़ी से लेकर अब की पीढ़ी तक के ढेरों लेखक व्यंग्य को विधा का दर्जा देने के लिए कमर कसे हुए हैं, क्या उनका प्रयास फिजूल है ?

साफ-साफ कहूँ तो परसाई भी व्यंग्य को शैली मात्र मानते थे। उनका अनुसरण करने वाले दर्जनों लेखकों ने व्यंग्य को विधा के रूप में स्थापित करने की बात उठाई है। इनमें अधिकांश मध्य प्रदेश के लेखक हैं। मैं इनकी चेष्टा और उपलब्धियों का

स्वागत करता हूँ लेकिन मैं व्यंग्य को भारतीय साहित्यशास्त्र के सिद्धांतों पर समझने की कोशिश करता हूँ। फलस्वरूप व्यक्तिगत रूप से मेरी निगाह में व्यंग्य व्यंजना की एक भंगिमा अर्थात् शैली से आगे नहीं पहुँच पाता। व्यंग्य पर मैंने अपने विचार विस्तार से अपनी शीघ्र प्रकाश्य पुस्तक में रखे हैं। पुस्तक का नाम 'अज्ञेय : कुछ रंग, कुछ राग' है। इसमें मैंने व्यंग्य की विधागत स्थिति पर प्रकाश डालने की कोशिश की है। मैंने यह भी किया था कि तमाम लेखकों की रचनाओं में व्यंग्य की उपस्थिति दिखाई थी। निराला, प्रेमचंद, साही, सर्वेश्वर, रघुवीर सहाय, नामवर सिंह आदि की तमाम रचनाओं में व्यंग्य विविध रूपों में साफ-साफ दिखाई पड़ता है। नामवर सिंह के 'बकलम खुद' में मैंने व्यंग्य को रेखांकित किया तो वह आश्चर्य में पड़ गए थे।

आपने व्यंग्य निबंध, कहानी और उपन्यास के अलावा और किस रूप में सृजन किया है ?
मैं अपने आपको शास्त्रीय गायक पं० सियाराम तिवारी की तरह मानता हूँ जो कि लोकगीत, खयाल आदि उतनी ही तन्मयता से गाते थे जितना ध्रुपद। मैंने बहुत सारे आलोचनात्मक निबंध भी लिखे हैं। भगवतीचरण वर्मा और अमृतलाल नागर की जीवनियाँ भी। कविता, नाटक छोड़कर सभी विधाओं में आज़माइश की है।

क्या आपने कविताएँ कभी नहीं लिखीं ?
बचपन से लेकर बारहवीं कक्षा तक ही। बाद में मुझे लगा कि इस विधा में बात बनेगी नहीं। यह अपनी प्रकृति के अनुकूल नहीं है। तो कविता हाथ से पूरी तरह छूट गई। हाँ, कविताओं का मैं नियमित रूप से पाठक हूँ। मुझे कविताओं का पाठ प्रेरित करता है।

'समकालीन हिंदी कहानी' की परिचर्चा में आपने समीक्षकों पर उँगली उठाई ?
समीक्षा-कर्म पूरी तरह सजग रहकर ही संभव है। एक अरसे से साहित्य में पुराने लेखकों को उपेक्षित किया जा रहा है। उनका कार्य कई चर्चितों से ज़्यादा महत्त्वपूर्ण है लेकिन कोई उनका नाम नहीं लेना चाहता। दुःख इस बात का है कि अब के समीक्षक भी इसी लीक पर चल रहे हैं। दरअसल साहित्यिक फतवेबाज़ी की प्रवृत्ति के कारण ऐसा होता है। जबकि समीक्षकों को तो पुराने ताकतवर रचनाकारों को खोजकर निकालना चाहिए। जिसने जितना काम किया है, उसे रेखांकित होना चाहिए। मैंने लीलाधर जगूड़ी के संपादन में निकलने वाली पत्रिका 'उत्तर प्रदेश'* के लिए एक ऐसा ही स्तंभ लिखने की सोची है। यह शुरुआत मैं जल्द ही करूँगा।

* कुछ ही महीनों बाद यह पत्रिका बंद हो गई।

आपने 'साहित्य की राजनीति' की बात भी अपने वक्तव्य में की ?

मेरा मानना है कि साहित्य को विभिन्न वाद और गुटों में नहीं बँटना चाहिए। साहित्यिक खेमेबाज़ी से लेखकों को नुकसान ही पहुँचता है। आज के विशेष भारतीय परिवेश में लेखन का मुख्य आधार समाज और उसकी स्थिति होना चाहिए। क्या समाज से निरपेक्ष लेखन संभव है ? साहित्यिक राजनीति के कारण कभी-कभी अच्छे लेखक दब जाते हैं और उनकी अनावश्यक चर्चा होती है जो इस तरह के दंद-फंद में माहिर होते हैं। सामाजिक प्रतिबद्धता के नाम पर सपाटबयानी वाली कहानियाँ खूब प्रकाशित हुईं और जीवन के विविध राग-विराग पर, प्रेम जैसी सुकोमल प्रवृत्तियों पर आधारित लेखन प्रायः बंद हो गया। इससे साहित्य की विविधता पर काफी असर पड़ा।

इस संगोष्ठी में आपने प्रेमकथाओं के प्रकाश में न आने पर विचार करने की बात उठाई है ?

हाँ, हमारा जीवन एक हद तक यांत्रिक हो गया है। लेकिन क्या हमें प्रेम जैसी सशक्त भावना पर लेखनी नहीं चलानी चाहिए ? उस पर गंभीरतापूर्वक विचार क्यों नहीं होना चाहिए ? प्रेम पर नए परिप्रेक्ष्य में अवश्य ही साहित्य का सृजन होना चाहिए। यह बहुत ज़रूरी है।

समकालीन भारतीय अंग्रेज़ी साहित्य के बारे में आपके विचार ?

समकालीन भारतीय अंग्रेज़ी साहित्य अच्छी स्थिति में है। अंग्रेज़ी साहित्य की पहुँच काफी ज़्यादा है। अंग्रेज़ी में उम्दा लिखने पर नाम और दाम दोनों खूब मिल जाते हैं। अंग्रेज़ी के लेखकों में इस वक्त मैं विक्रम सेठ की चर्चा करना चाहूँगा। विक्रम बहुत मेहनत से लिखने वाला बेहतर लेखक है। मुझे उसकी कृति 'ए सूटेबल बॉय' अच्छी लगी, उसका प्रभाव हिंदी के 'बूँद और समुद्र' से कम नहीं है। सलमान रुश्दी भी महत्त्वपूर्ण लेखक हैं। ये लोग अपनी कृतियों के लिए भरपूर मेहनत करते हैं, लगभग जान लगा देते हैं। शायद इसीलिए कि बाद में ये कृतियाँ उन्हें यश के साथ-साथ धन भी उतना देती हैं कि कुछ और काम करने की ज़रूरत नहीं पड़ती। जबकि हिंदी में ऐसा संभव नहीं है।

('जनसत्ता' (सबरंग), मुंबई के 28.2.1999 के अंक में प्रकाशित)

प्रकाशक और लेखक के बीच एक बेचैन रिश्ता है

डॉ० शरद पगारे से बातचीत

आप बताएँ कि लेखक और प्रकाशक के अंतर को आपने किस प्रकार से तौला ?

मैंने इसे कभी द्वंद्व के रूप में नहीं लिया। मैं जानता हूँ कि दोनों, व्यावसायिक कार्य में, एक-दूसरे के पूरक हैं और दोनों की अपनी-अपनी मजबूरियाँ हैं।

हिंदी में प्रकाशकों और लेखकों के बीच एक बेचैन रिश्ता है। सभी जानते हैं कि प्रकाशक क़ागज़, मुद्रण, रूपसज्जा आदि जैसे पुस्तक से संबंधित खर्चों का भुगतान करता चलता है, पर लेखक के प्राप्य, उसकी रॉयल्टी को ही लेकर विलंब या आनाकानी होती है या हो सकती है। कानूनी संरक्षण के बावजूद लेखक असहाय है। जहाँ आयकर जैसे समर्थ संस्थान तक को व्यवसायी लोग धोखा दे सकते हैं वहाँ अकेला लेखक प्रकाशकों का क्या कर लेगा ? अतः ज़रूरत दोनों के बीच एक-दूसरे को समझने, सदाशयता के साथ सामान्य पारस्परिक संबंध बनाए रखने की है।

एक बात और, रॉयल्टी की यह पाश्चात्य अवधारणा आज भी हमारे यहाँ अपेक्षाकृत नई है। अभी उन्नीसवीं शताब्दी के पूर्वार्द्ध तक या रीतिकाल तक क्या था ? कवि को राजाश्रय या सामंत-कृपा का ही भरोसा था। और उन दिनों भी देव जैसे समर्थ कवि आश्रयदाताओं की तलाश में भटकते रहते थे। समकालीन परिस्थिति में एक ओर तो लेखक को एहसास होना चाहिए कि उसकी हालत अपने पूर्ववर्तियों के मुकाबले काफी बेहतर है, उसी के साथ दूसरी ओर अपना प्राप्य हासिल करने के लिए उसे संगठनात्मक स्तर पर सक्रिय होना चाहिए और अपनी हित-रक्षा के लिए नई व्यवस्थाओं के विषय में भी सोचना चाहिए। उदाहरण के लिए, क्या ऐसा संभव नहीं है कि लेखक और प्रकाशक के विवादों को निपटाने के लिए जगह-जगह लेखकों और प्रकाशकों के प्रतिनिधियों के अधिकार-प्राप्त ट्रिब्यूनल बनें और एक निर्धारित अवधि में इन ट्रिब्यूनलों द्वारा झगड़े का निपटारा कराया जाए ?

एक ओर आप लेखक हैं, दूसरी ओर प्रशासक भी। इन दोनों के बीच में आपको किन्हीं विसंगतियों का सामना तो नहीं करना पड़ा ?

स्पष्ट है कि यह प्रश्न मुझसे कई बार किया जा चुका है और इसका उत्तर भी कई

बार आ चुका है।

वास्तव में अपने प्रशासकीय जीवन में जबसे मैंने लिखना शुरू किया, सिवाय एक अपवाद के, मुझे किसी अवरोध का सामना नहीं करना पड़ा। वास्तव में, कई बार अपने लिए अवरोध या बाधा लेखक स्वयं पैदा करता है। वे खुद ही अपनी कृतियाँ अपने विभागीय सहकर्मियों और उच्चतर अधिकारियों को भेंट करते रहते हैं और इस प्रकार अपने खिलाफ यह संदेह भी पैदा करते चलते हैं कि संभवतः इस आदमी की रुचि उतनी अपने काम में नहीं है जितनी कविता-कहानी आदि लिखने में। इसी के साथ, वे अपने प्रतिष्ठान को उन धारणाओं से भी अवगत कराते चलते हैं, जो उनकी रचनाओं में प्रकट हुई हैं और जो प्रतिष्ठान के चिंतन से मेल नहीं खाती हैं। यह 'आ बैल मुझे मार' वाली स्थिति है। वास्तव में सरकारी इदारे साहित्य और कला के विषय में बहुत बेवकूफ होते हैं और जब तक कोई उन्हें कोंच-कोंचकर बताए नहीं, तब तक उन्हें पता भी नहीं चलता कि कहाँ कौन क्या लिख रहा है। उनकी यह बेवकूफी ही सरकारी तंत्र के लेखकों का सुरक्षा-कवच है। खुद मेरे मामले में 1970 तक, यानी जब तक मेरे लिए साहित्य अकादमी पुरस्कार घोषित नहीं हुआ, सरकारी तंत्र में बहुत कम लोग मेरी लेखकीय स्थिति से वाकिफ थे।

रही विसंगति की बात, इस विषय पर मैं पहले ही लिख चुका हूँ। वास्तव में सरकारी प्रतिष्ठानों में जैसे चिंतन और निर्णय लेने में जिन तत्त्वों को मान्यता दी जाती है, वह मूलतः 'कन्फार्मिज़्म' के सिद्धांत पर आधारित होते हैं। बरसों तक इस वातावरण में रहते हुए स्वतंत्र चिंतन के लिए जिस ऊर्जा की ज़रूरत है, सरकारी तंत्र का लेखक उसे खो बैठता है। इस ह्रास का अनुभव प्रत्यक्ष रूप से नहीं होता; पर यह ह्रास, कुछ असाधारण अपवादों को छोड़कर, अपरिहार्य है।

'राग दरबारी' को लेकर जो टी०वी० सीरियल बना। वह मूल रचना से कुछ हटा हुआ है। कहीं दूरदर्शन के लिए आपको समझौता तो नहीं करना पड़ा ? जितने एपीसोड बने, उनसे आप संतुष्ट हैं क्या ?

समझौते की कोई बात नहीं थी। सीरियल के संबंध में लेखकीय अनुमति देने के सिवाय इसके निर्माण में मेरी कोई भूमिका नहीं थी। सीरियल की स्क्रिप्ट उसके निर्देशक श्री कृष्णराघव जी ने स्वयं लिखी थी। वे फिल्म इंस्टीट्यूट, पूना के स्नातक हैं और ग्रामीण जीवन की भी उन्हें अच्छी जानकारी है।

जहाँ तक सीरियल की गुणवत्ता का प्रश्न है, इसमें कोई संदेह नहीं कि वह जैसा बना उससे कहीं ज़्यादा अच्छा हो सकता था। पर कृष्णराघव जी की अक्षमता को इसका ज़िम्मेदार नहीं ठहराया जा सकता। इस सीरियल का निर्माण और प्रसारण प्रतिकूल परिस्थितियों में हुआ था। निर्देशक के सामने बराबर वित्तीय कठिनाइयाँ

बनी रहीं। तेरह एपीसोड बन जाने के बाद आशा थी कि तेरह के अतिरिक्त एपीसोड स्वीकृत किए जाएँगे। उसमें एक बाधा श्रीमती गिरीश रस्तोगी की उस याचिका के कारण पैदा हो गई जो उन्होंने श्री कृष्णराघव, दूरदर्शन, भारत सरकार और सीरियल से संबद्ध सभी लोगों के खिलाफ दिल्ली हाईकोर्ट में दायर कर दी थी। श्रीमती रस्तोगी की शिकायत थी कि 'राग दरबारी' का जो नाट्य-रूपांतरण उन्होंने किया है, और जो पुस्तक-रूप में 'रंगनाथ की वापसी' के रूप में प्रकाशित हुआ है, उसकी कई युक्तियाँ और प्रविष्टियाँ अपनी स्क्रिप्ट के लिए चुराकर कृष्णराघव ने उनके कॉपीराइट संबंधी अधिकार का हनन किया है। बावजूद इसके कि सीरियल की स्क्रिप्ट में श्रीमती रस्तोगी के नाटक से कुछ प्रविधि संबंधी समानताएँ थीं, मैंने स्वयं इस आरोप को सही नहीं माना। बहरहाल, इस याचिका के दायर होते ही स्थगन आदेश के भय से कृष्णराघव ने कोशिश की कि तेरह एपीसोड में ही पूरे उपन्यास को समेट लिया जाए। इस कोशिश में बहुत-से एपीसोडों में इतनी अधिक घटनाएँ ठुँस गईं कि उनका प्रभाव जाता रहा। उस याचिका पर न्यायालय ने निर्देशक आदि के खिलाफ न तो स्थगन आदेश दिया, न कोई प्रतिकूल निर्णय ही। तब दूरदर्शन ने भी कुछ अतिरिक्त एपीसोड स्वीकृत करने चाहे, पर तब तक जो हानि होनी थी, वह हो चुकी थी और पूरा उपन्यास पंद्रह एपीसोड में सिमट चुका था।

'राग दरबारी' के सफल फिल्मीकरण में एक मूलभूत बाधा है जिसके बारे में प्रोड्यूसर-डायरेक्टर को मैंने पहले ही आगाह कर दिया था। इस उपन्यास में परिहास का अधिकांश भाग शब्दों पर आधारित है; जिन्हें दृश्यात्मक रूप में प्रस्तुत करना अत्यंत कठिन है। दूसरे, यह ऐसी ग्राम-कथा है जिसमें स्त्री-पात्र लगभग नदारद हैं। तीसरे, इसके पुरुष पात्र भी साधारण ग्राम-कथाओं के पात्रों से बहुत अलग हैं जिनकी कोई पूर्वधारणा दर्शकों के सामने नहीं रही। ग्राम जीवन की गीतिपरक और लालित्यपूर्ण झलकियाँ यहाँ पूरी तौर से अनुपस्थित हैं। सामान्य लोकरुचि को देखते हुए मैं स्वयं ऐसे उपन्यास के फिल्मीकरण को खतरे का काम मानता हूँ। बहुत पहले श्रीमती शमा ज़ैदी और उनके पति एम०एस० सथ्यू ने इस पर एक फीचर फिल्म बनानी चाही थी। उन्हें अनुमति देने पर भी मैं उन्हें हतोत्साहित करता रहता था। वह फिल्म बन नहीं पाई, यह और बात है कि वह मेरी सलाह के कारण नहीं, कुछ और कारणों से हुआ।

जो भी हो, इस सीरियल से आपको लाभ तो हुआ ही होगा ?

मुझे जो साधारण अर्थलाभ होना था, वह मुझे मिल गया। जहाँ तक उपन्यास की हैसियत के लिए लाभ का प्रश्न है, मुझे यह कहने के लिए क्षमा कीजिएगा कि 'राग दरबारी' हिंदी के उन गिने-चुने उपन्यासों में से है जिसे अपनी लोकप्रियता के लिए

फिल्म या टेलीविज़न के सहारे की ज़रूरत नहीं है।

व्यंग्य की तीन मुख्य कोटियाँ हैं। एक ऐसा व्यंग्य है जो हलका-फुलका है; मनोरंजक है; मन में गुदगुदी पैदा करता है; जैसे मराठी उपन्यास 'रामनगरी'। एक व्यंग्य ऐसा होता है जो व्यवस्था की खिल्ली उड़ाता है। मुझे लगता है कि 'राग दरबारी' उसी कोटि का व्यंग्य है। एक ऐसा व्यंग्य है जो आत्मा में टीस पैदा करता है; जिसे पढ़ने के बाद मन में करुणा उपजती है। यह बात हिंदी व्यंग्य में क्यों नहीं आई ?

आपके इस प्रश्न में कई प्राग्धारणाएँ अंतर्निहित हैं जिन्हें यथावत् स्वीकार करना मुश्किल है। उदाहरणार्थ, आप व्यंग्य की एक ऐसी कोटि का ज़िक्र करते हैं जो मनोरंजक है या मन में गुदगुदी पैदा करता है। साधारणतया उस कोटि के लेखन को परिहास या हास्य की कोटि में रखा जाता है, यह व्यंग्य है ही नहीं। 'रामनगरी', यह सही है, काफी मनोरंजक है, पर उसकी विशेषता वहीं समाप्त नहीं हो जाती। ज़्यादा गहराई में जाएँ तो वह विभिन्न वर्गों के रीति-रिवाजों, विश्वासों और अंतर्द्वंद्वों की भी कथा है। दूसरे, आप सत्तातंत्र की खिल्ली उड़ाने को एक विशेष प्रकार का व्यंग्य मानकर 'राग दरबारी' को उदाहरण के रूप में प्रस्तुत करते हैं। यह सही है कि खिल्ली उड़ाना अर्थात् विडंबना, कटूक्ति आदि के द्वारा किसी परिस्थिति की कड़ी आलोचना करना व्यंग्य का एक उद्देश्य है। किंतु व्यंग्य की परिधि इतनी ही नहीं, इससे अधिक व्यापक है और 'राग दरबारी' व्यवस्था की केवल खिल्ली नहीं उड़ाता है। वह समाज के विविध पक्षों में व्याप्त विसंगतियों और उनके कारणों की पड़ताल भी करता है। मुझे लगता है कि 'राग दरबारी' के इन और ऐसे अनेक सूक्ष्म तंतुओं की पड़ताल होना अभी बाकी है।

वास्तव में, व्यंग्य के पारंपरिक रूप और इसी के साथ आज के कथा-साहित्य, कविता, नाटक आदि में व्यंग्य के उपादानों के व्यापक प्रयोग को देखते हुए जिस प्रकार का वर्गीकरण आपने अपने प्रश्न में प्रस्तुत किया है वह व्यंग्य को समग्र रूप में, सैद्धांतिक स्तर पर, समझने के लिए मुझे नाकाफी जान पड़ता है।

अभी आपने हिंदी में ऐसे व्यंग्य की कमी का ज़िक्र किया, जिसे पढ़कर मन में टीस उठती हो या आक्रोश उत्पन्न होता हो। मुझे लगता है, स्थिति एकदम ऐसी नहीं है। भारतेंदु हरिश्चंद्र और बालमुकुंद गुप्त जैसे हिंदी के आरंभिक गद्य लेखकों ने जैसे प्रखर व्यंग्य की सृष्टि की है वह ऐसा ही है जिसकी आप हिंदी में कमी बताते हैं। हरिशंकर परसाई के व्यंग्य में आक्रोश की जो प्रखरता मिलती है वैसी हिंदी ही में नहीं, अनेक विकसित साहित्यों में भी दुर्लभ है।

शरद जोशी और के०पी० सक्सेना भी तो अखबारों में व्यंग्य-स्तंभ-लेखन करते हैं; उनके संबंध में आपकी प्रतिक्रिया ?

के०पी० सक्सेना मेरे ही शहर के हैं, और दोस्त हैं। उनके लेखन के बारे में क्या कहा जाए, सिवाय इसके कि उनके लेखन का अपना रंग है, और वह काफी दिलचस्प है। शरद जोशी में असाधारण उर्वरता है। किसी दैनिक पत्र के लिए रोज़ एक कॉलम लिखना और वह भी दूसरी अनेक व्यस्तताओं के बीच, असाधारण क्षमता का काम है।

कई नए लेखक भी तो आ रहे हैं। ज्ञान चतुर्वेदी हैं, हरीश नवल हैं जिन्होंने 'बागपत के खरबूजे' लिखा है।

ज्ञान चतुर्वेदी को मैंने अधिक नहीं पढ़ा है। जो पढ़ा है वह काफी आश्वस्त करता है। हरीश नवल का संग्रह 'बागपत के खरबूजे' मैंने तभी पढ़ा था जब ज्ञानपीठ की प्रतियोगिता में उसे पांडुलिपि के रूप में प्रस्तुत किया गया था। मैं निर्णायकों में से था। निःसंदेह दूसरे युवा लेखकों की रचनाओं के मुकाबले इसे सबसे अधिक समर्थ कृति माना गया था। पर मुझे लगता है कि क्षमता होते हुए भी वे अब अपने को एक ढाँचे में बाँधकर चल रहे हैं।

महिला व्यंग्यकार हमारे यहाँ क्यों नहीं हैं ? आप क्या सोचते हैं इस बारे में ?

कृष्णा सोबती के 'यारों के यार' या ममता कालिया के 'बेघर' के विषय में आप क्या सोचते हैं ?

पर ये रचनाएँ व्यंग्य के अंतर्गत कहाँ आती हैं ?

समस्या यह है कि आप व्यंग्य को एक परिनिष्ठित विधा के रूप में लेकर उसे एक खास ढाँचे में पहचानने की कोशिश करते हैं। जबकि स्थिति यह है कि अपनी बहुविध भंगिमाओं के साथ व्यंग्य किसी रचना में इस प्रकार भी अंतर्नियोजित हो सकता है कि पहली निगाह में वह पहचान में न आए। 'यारों के यार' को ही लें। अगर विडंबना, फूहड़ भाषा, अक्खड़पन आदि व्यंग्य के उपादान हैं तो इस रचना में वह आपको प्रचुर मात्रा में मिलेंगे। रचना में पूर्णतया अंतर्निहित और घुले-मिले सहज व्यंग्य का उत्कृष्ट उदाहरण ममता कालिया का 'बेघर' है। इसमें संयुक्त परिवारों में रोज़ी-रोटी कमाने वालों के जीवन की विडंबना, उससे जुड़ी हुई परिवार के दूसरे सदस्यों की औचित्यहीन आशाएँ आदि बड़ी प्रखरता से व्यंजित हुई हैं। क्लाइमेक्स वहाँ आता है जब कथानायक की मृत्यु के बाद उसकी पत्नी सिर पटककर उसे कोसती है कि वह उसे मँझधार में छोड़कर चला गया। वहाँ शोक का मुद्दा स्वर्गीय

पति द्वारा अपनी मौत के माध्यम से अपनी पत्नी के प्रति किया गया विश्वासघात है !

कृष्णा सोबती के बारे में एक आरोप यह है कि वे सच को एक्सप्लाएट करके अपने लेखिका वाले स्वरूप को उभार रही हैं।

मैं ऐसा नहीं समझता। कृष्णा समर्थ लेखिका हैं और अपनी अनेक कथाओं में उन्होंने ज़िंदगी के सच को कई दृष्टियों से देखने की कोशिश की है। पर एक बात ऐसी है जो कृष्णा पर ही नहीं अधिकांश लेखकों पर लागू होती है। वह यह कि लगभग प्रत्येक लेखक के अवचेतन में कुछ आग्रह या कुछ ऐसी रुझानें रहती हैं जिनसे वह खुद प्रायः अनजान रहता है। बड़ा आत्मविश्लेषण या अन्वेषण करके ही वह इन्हें पहचान पाता है। वे आग्रह या रुझानें प्रत्यक्ष-अप्रत्यक्ष रूप से लेखक की विभिन्न रचनाओं में, भले ही उनके रंग-रूप अलग-अलग हों, प्रकट होती रहती हैं। खुद मेरा उदाहरण लीजिए, मेरे आरंभिक जीवन की कुछ स्थितियों का प्रभाव हो, या जो भी कारण रहे हों, स्वतंत्र भारत में युवा वर्ग और खास तौर से ग्रामीण युवा वर्ग के संघर्ष और उनकी कठिनाइयों ने मेरे मन में अपने लिए एक स्थायी जगह-सी बना ली है। और इसका आभास मुझे तब हुआ जब मैं लगभग पैंतीस वर्ष लेखन-कार्य कर चुका था। मेरे पहले उपन्यास 'सूनी घाटी का सूरज' का रामदास, 'राग दरबारी' के रुप्पन बाबू या 'पहला पड़ाव' के सत्ते मूलतः मेरी इसी अविश्लेषित रुझान की उपज हैं और अपने रूप-रंग में अलग होते हुए भी वे एक ही सी मूलभूत समस्या का प्रतिनिधित्व करते हैं। आप कह सकते हैं कि यह सच का एकांगी एक्सप्लाएटेशन है। पर वास्तव में यह इस तथ्य का द्योतक है कि सब प्रकार के आत्मनिरीक्षण के बावजूद लेखक के व्यक्तित्व का कोई अनजान पक्ष किस प्रकार अपने को उसकी कृतियों में अभिव्यंजित करता है।

अंत में एक व्यक्तिगत प्रश्न। आपके पारिवारिक जीवन में आने वाली नारियों, जैसे माँ, पत्नी आदि के अतिरिक्त आप किसी और नारी से कभी प्रभावित हुए ? उससे रचनात्मक प्रेरणा ली ?

ऐसा प्रश्न आपको किसी युवा रोमांटिक कवि से करना चाहिए।

पुनश्च

लखनऊ से प्रकाशित 'वर्तमान साहित्य' पत्रिका में श्री मुद्राराक्षस ने 'राग दरबारी' पर निम्न जाति एवं दलित विरोधी उपन्यास होने का आरोप लगाया है। उन्होंने 'राग दरबारी' से उद्धरण भी दिए हैं। उनकी इस समीक्षा के बारे

में आपका क्या मत है ?

'वर्तमान साहित्य' लखनऊ से नहीं, गाज़ियाबाद से प्रकाशित होने वाली पत्रिका है। उसमें प्रकाशित मुद्राराक्षस की 'राग दरबारी' विषयक टिप्पणी मैंने नहीं पढ़ी है, न ही पढ़ना चाहता हूँ। मेरे मित्र आलोचक वीरेंद्र यादव के पास वह पत्रिका थी। उन्होंने मुझे पढ़ने को नहीं दिया, कहा, "मत पढ़िए।"

वास्तव में 'राग दरबारी' को प्रथमदृष्टया पढ़कर पहले भी कुछ आलोचक उसे दलित विरोधी और मुझे Elitist (कुलीनताग्रस्त) बता चुके है। पर 'राग दरबारी' को समझने के लिए कुछ ज़्यादा समझ की ज़रूरत है। अभी हाल में सम्मान्य दलित लेखक श्री जयप्रकाश कर्दम का इस पुस्तक पर एक शोध प्रबंध प्रकाशित हुआ है जिसमें उन्होंने मेरी दलित-विवेचना को सराहनीय माना है। वास्तव में बंधुवर मुद्राराक्षस अब साहित्य से कट रहे हैं, केवल इधर-उधर की चर्चाएँ करके अपने कृतित्व को सिद्ध कर रहे हैं। मेरी मजबूरी यह है कि इस सबके बावजूद मैं उनकी प्रखर प्रतिभा का प्रशंसक हूँ।

'राग दरबारी' तीन से अधिक दशक पूर्व प्रकाशित हुआ है। समीक्षकों ने एक स्वर से उसकी प्रशंसा की है। उसे उस वक्त की ज़िंदगी का आईना माना जाता है। आज मुद्राराक्षस द्वारा आईने को मलिन करना कहाँ तक उचित है ? क्या यह उनके पूर्वग्रह का परिचायक नहीं है ?

उत्तर (1) में आ गया है।

इन पाँच दशकों में भ्रष्टाचार की गंगोत्री प्रधानमंत्री के शीर्ष गोमुख से मैली होना आरंभ हुई है। क्या 'बिस्रामपुर का संत' वक्त की सच्चाइयों से पलायन का प्रतीक नहीं है ?

मुझे आश्चर्य है कि 'बिस्रामपुर का संत' आपको 'वक्त से पलायन' जैसा जान पड़ता है। माना कि भ्रष्टाचार उसका मुद्दा नहीं है, पर राजनीति में आजकल जो भयावह वैयक्तिक महत्त्वाकांक्षाएँ पनप रही हैं, उस पर यह उपन्यास काफी कुछ कहता ही है।

क्या साहित्यकार का यह दायित्व नहीं है कि ताज़ातरीन इतिहास पर अपनी कृतियों में तेज़, तल्ख, आँखें खोलने वाली, समाज के दिमाग को झँझोड़ने वाली टिप्पणी ही नहीं करे, उसे अपनी रचना की विषयवस्तु भी बनाए ?

साहित्य अखबारनवीसी नहीं है; जब वह समसामयिकता से जुड़ता है तब भी उसकी गरिमा सर्वकालीनता से ही बनती है। आपके प्रश्न में साहित्य को ताज़ातरीन स्थितियों से जोड़ने की बात केवल एक सतही उद्देश्य का ज़िक्र करती है। आप स्वयं

जानते हैं कि साहित्य का भूगोल इसके मुकाबले कहीं ज़्यादा विशद, कहीं ज़्यादा जटिल है।

साहित्यकारों ने हमेशा खेमेबाज़ी की है। खासकर दिल्ली के लेखकों ने। उनका एक दल मार्क्सवादी है। निरपेक्ष और तटस्थ सृजन के बजाय आज वह वर्तमान सरकार के धार्मिक फासिस्टवाद के विरोध के बहाने चर्चा में बना रहना चाहता है। क्या यह साहित्य-सृजन कर्म के साथ विश्वासघात नहीं है ?

इसमें संदेह नहीं कि हिंदी में—विशेषतः हिंदी आलोचना में प्रगतिशील लेखक संघ और जनवादी लेखक संघ का वर्चस्व है। उसके खिलाफ 'भारत भवन स्कूल' भी सक्रिय है। अब, यदि पहला खेमा भा०ज० पार्टी की सरकार पर फासिस्टवादिता का आरोप लगाकर उस पर प्रहार करता है तो उससे हमें विचलित होने की क्या ज़रूरत है ? वे फासीवाद के खिलाफ लिख और बोल रहे हैं, यही इस बात का सबूत है कि देश में फासीवाद लाने की चेष्टाएँ भले ही उभर रही हैं, हम फासीवाद से काफी दूर हैं। बहरहाल, मेरे लिए यह बहुत सही स्थिति है कि हिंदी साहित्य का एक खेमा नागरिक अधिकारों के प्रति शुरू से ही इतना चौकन्ना है और बार-बार हमें फासीवाद की खबरों से सावधान कर रहा है।

अगर उसकी आलोचनात्मक दृष्टि समकालीन साहित्य के मूल्यांकन में बाधक हो रही हो तब भी चिंता की कोई बात नहीं, क्योंकि साहित्य के मूल्यांकन के जो दूसरे मानदंड हैं उनके प्रवक्ताओं को भी अपनी बात कहने की पूरी छूट है। वास्तव में वर्तमान स्थिति मेरी दृष्टि में साहित्यिक प्रजातंत्र का एक उम्दा उदाहरण है।

भारतीय परिस्थितियों में मैं रचना-कर्म की पहली शर्त उसकी समाजधर्मिता को मानता हूँ

अखिलेश से बातचीत

बचपन का गाँव किस तरह याद करते हैं ?

इसके दो पक्ष हैं। ज़मींदारी वाले दिनों की व्यवस्था में जकड़ा हुआ गाँव जिसमें अलग-अलग जातियों की अपनी-अपनी परंपराएँ, अपने तौर-तरीके थे। किसी भी तरह की वर्ग चेतना नहीं थी। हर आदमी की अपनी हैसियत मुकर्रर थी। गंदी गलियाँ, बच्चे, रास्ते आदि थे, और एक भी पक्का मकान नहीं था। दूसरा पक्ष परिवेश और प्रकृति का था। गाँव के तीन ओर खेत थे और विस्तीर्ण जंगल थे। चौथी ओर लखनऊ जाने वाली सड़क थी और घनी अमराइयों का सिलसिला था। आज जब उस गाँव के बारे में सोचता हूँ तो वह एक ओर कई अद्‌भुत व्यक्तियों और दूसरी तरफ अपनी प्राकृतिक मोहकता के कारण याद आता है।

उस गाँव में आप बड़े हो रहे थे। घर-परिवार, साहित्यिक वातावरण कैसा था ?

गाँव में मेरे वंश के कई परिवार थे जिनमें दो संपन्न थे, बाकी बहुत गरीब थे। मेरा परिवार गरीबों का था, पर पिछली दो-तीन पीढ़ियों से पठन-पाठन की परंपरा थी। बचपन से लेकर 1948 तक, जब मुझे विपन्नता के कारण एम०ए० और कानून की पढ़ाई छोड़नी पड़ी, गरीबी और शिक्षा तथा साहित्य के प्रति अदम्य आग्रह, इन तत्त्वों के द्वारा मेरे व्यक्तित्व का संस्कार होता रहा।

आपने अपने परिवार में दो-तीन पीढ़ियों से पठन-पाठन की परंपरा की बात कही है, उसके बारे में कुछ अधिक बताएँ।

मेरे बाबा अध्यापक थे और उर्दू-फारसी की सामान्य जानकारी के साथ संस्कृत के बहुत अच्छे पंडित थे। उनके द्वारा रचित कुछ श्लोक भी उपलब्ध हैं। मेरे पिता बहुत छोटे किसान थे, उन्होंने स्कूली शिक्षा नहीं पाई थी पर हिंदी, उर्दू, संस्कृत का उन्हें सामान्य ज्ञान था। पिता के चचेरे भाई चंद्रमौलि सुकुल 1907 के ग्रेजुएट थे और

बी०ए० की परीक्षा में उन्होंने सर्वोच्च स्थान प्राप्त किया था। अपने समय के वे अच्छे लेखक और शिक्षाशास्त्री थे। इस वातावरण के कारण मुझे 10-11 वर्ष की अवस्था से ही हिंदी की तत्कालीन सभी पत्र-पत्रिकाएँ और पुस्तकें पढ़ने का अवसर मिलने लगा था, उसी के साथ साहित्य-रचना का प्रोत्साहन भी।

उक्त प्रोत्साहन से क्या-क्या लिखा ?

बहुत अच्छा है कि उन दिनों की लिखी हुई चीज़ें अब उपलब्ध नहीं हैं। पर ग्यारह वर्ष की अवस्था से लेकर उन्नीस वर्ष तक मैंने उन दिनों के फैशन के अनुकूल न जाने कितनी कविताएँ लिखीं, कहानियाँ लिखीं और उपन्यास भी लिखे, कुछ आलोचनात्मक निबंध भी। इनमें से कुछ की प्रशंसा भी हुई और कुछ कविताएँ छपीं भी। इनमें से दो-तीन कहानियाँ मेरे संग्रह 'यह घर मेरा नहीं' में देखी जा सकती हैं जैसे 'अपनी पहचान' और 'सर का दर्द'। पर बी०ए० तक आते-आते मेरा रचनात्मक उफान खत्म हो गया था और मैं अपनी शिक्षा तथा जीवनयापन की समस्याओं में धँस गया था।

लेखन में वापसी कब और कैसे संभव हुई ?

लिखने से विरत हो जाने के दिनों में भी मैं आधुनिक हिंदी और अंग्रेज़ी साहित्य बराबर पढ़ता रहता था। उ०प्र० प्रशासनिक सेवा में मेरे आ जाने के बाद 1953-54 में हमीरपुर जिले के दूरस्थ क्षेत्रों में रहते हुए वहाँ के अपेक्षाकृत शांत जीवन में मुझे पुनः लिखने की प्रेरणा मिली। एक रेडियो नाटक की रूमानियत और अवास्तविकता से भरी हुई प्रवृत्ति के खिलाफ प्रतिक्रिया दिखाते हुए मैंने 'स्वर्णग्राम और वर्षा' नाम की एक घोर यथार्थपरक व्यंग्यपूर्ण रचना लिखी। इसे धर्मवीर भारती ने 'निकष-1' में स्थान दिया। मुझे सुखद विस्मय हुआ कि 'निकष-1' पर आने वाली पाठकों की चिट्ठियों में मेरी इस रचना का उत्साह से स्वागत हुआ और कई पत्र-पत्रिकाओं के संपादकों ने भारती से मेरे बारे में पूछताछ भी की। उसके बाद भारती, विजयदेव नारायण साही और केशवचंद्र वर्मा जैसे मित्रों के प्रोत्साहन से मैंने नियमित लेखन शुरू कर दिया। वास्तव में मेरा उपन्यास 'सूनी घाटी का सूरज' इन्हीं मित्रों को समर्पित है।

आपके ये मित्र साहित्य की यथार्थवादी परंपरा के लेखन के विरोधी संगठन 'परिमल' के आधार स्तंभ थे। आपका 'परिमल' से क्या रिश्ता बना ?

लेखक के रूप में जब मैं उभरा तब तक इलाहाबाद में 'परिमल' की धार खत्म हो चुकी थी और उसके सदस्य अलग-अलग ढंग से और अलग-अलग स्थानों पर जाकर लिखने लगे थे।

लेकिन 'परिमल' के बारे में आपका अपना दृष्टिकोण क्या रहा ?
विजयदेवनारायण साही, भारती, सर्वेश्वर, केशवचंद्र वर्मा से मेरी घनिष्ठ मैत्री थी। ये सब 'परिमल' के सक्रिय सदस्य थे लेकिन 'परिमल' ने मुझे कभी आकृष्ट नहीं किया।

आपके प्रारंभिक लेखन का दौर वही था जो नई कहानी आंदोलन का दौर था। उस आंदोलन का आपके प्रति क्या नज़रिया था और आपका उस आंदोलन के प्रति क्या नज़रिया था ?
जिन दिनों यह आंदोलन था, नौकरी के सिलसिले में मुझे छोटे-छोटे शहरों में रहना पड़ रहा था। कलकत्ता, वाराणसी, दिल्ली, इलाहाबाद में कहानी को लेकर जो बहसें चल रही थीं, ईमानदारी की बात है, मैं उनसे प्रायः अनभिज्ञ था, कुछ हद तक असंपृक्त भी। अनभिज्ञ अपनी अज्ञता के कारण था और असंपृक्त इस कारण था कि मैं तब भी और आज भी कहानी को प्रमुख विधा नहीं मानता हूँ।

आपके पहले उपन्यास 'सूनी घाटी का सूरज' में एक ऐसी बात दिखती है जिसका सिलसिला आपके सभी उपन्यासों में मिलता है। 'सूनी घाटी का सूरज' में शुरू में ही सत्या और रामदास जिस तरह दाखिल होते हैं तो लगता है कि दोनों प्रेमी युगल हैं या उनके बीच प्रेम संभव होने वाला है। लेकिन ऐसा नहीं होता। इसी तरह 'राग दरबारी' में बेला और रुप्पन को तथा 'पहला पड़ाव' में जसोदा और सत्ते को लेकर होता है। 'बिस्रामपुर का संत' में विवेक और सुंदरी के बीच भी कुछ ऐसा ही घटित होता है···
बड़ा मुश्किल है इस सवाल का जवाब। इसके लिए आप मनोवैज्ञानिक या जो भी कारण समझिए, मुझे ऐसा लगता है कि जिन पात्रों का आपने उल्लेख किया उन जैसे लोगों के वास्तविक जीवन में प्रेम का मुखर और सफल होना कम ही होता है। ऐसा तब और कम था, जिस समय की ये कथाएँ हैं। पर सुंदरी और विवेक की स्थिति अलग है, रागात्मक स्तर पर सुंदरी विवेक के साथ है।

आपके दूसरे उपन्यास 'अज्ञातवास' में भाषा को लेकर आपको ऐसा नहीं लगता कि वह स्वाभाविक भाषा नहीं है। वह संस्कृतनिष्ठ और छायावादी-सी है। 'सूनी घाटी का सूरज' से फर्क भाषा।
भाषा की जो भंगिमा है वह 'सूनी घाटी के सूरज' से अलग तो है मगर जिस प्रकार के वातावरण की सृष्टि उसमें हुई है उसे देखते हुए क्या आपको नहीं लगता कि उस भाषा की आवश्यकता थी ?

'सूनी घाटी का सूरज' और 'अज्ञातवास', इन दोनों उपन्यासों को आप अपने उपन्यास साहित्य में क्या दर्जा देंगे ?
यह तो एक समालोचक ही अच्छी तरह से बता सकता है लेकिन इसमें कोई शुबहा नहीं कि मेरी रचनात्मक यात्रा में विभिन्न प्रकार की मनःस्थितियों, विभिन्न प्रकार की जीवन स्थितियों को व्यक्त करने की दृष्टि से ये उपन्यास गंभीरता से लिए जाने चाहिए।

इन दोनों के बाद आपका उपन्यास 'राग दरबारी' आता है और यकायक आपके उपन्यास-लेखन की भाषा, शैली, यथार्थ, सब कुछ बदल जाता है। यह जम्प कैसे संभव हुआ ?
जब मैंने लिखना शुरू किया, तीन तरह का लेखन कर रहा था : उपन्यास, कहानियाँ और व्यंग्य। 1964-65 तक मैंने काफी व्यंग्य रचनाएँ लिख ली थीं। बल्कि उस समय मेरे लिए उपन्यास इतना महत्त्वपूर्ण नहीं था जितना कि व्यंग्य-रचना का संसार। तभी मुझे लगा कि जब तक समाज के प्रति आपकी व्यापक प्रतिक्रिया न हो, इन छोटी रचनाओं के माध्यम से, चिकोटी काटने से कोई खास बात नहीं बनती। व्यंग्य लिखना है तो छोटी-छोटी चिकोटी कारगर नहीं होंगी और इस स्थिति में 'राग दरबारी' की अवधारणा हुई।

'राग दरबारी' के पूर्व दोनों उपन्यासों में ग्रामीण जीवन के दुःखों, संघर्षों, मुसीबतों के प्रति आपका सहानुभूतिपूर्ण रवैया दिखता है। उसे मैं 'पक्षधरता' भी कहना चाहूँगा लेकिन तमाम लोगों का मानना है कि 'राग दरबारी' में गाँव के प्रति आपका दृष्टिकोण उपहासपूर्ण है।
उपहासपूर्ण दृष्टि मैंने नहीं डाली है। ग्रामीण जीवन में जो प्रवृत्तियाँ थीं मैंने उन्हें लिखा। गाँव में जो आदमी भाँग घोटता है, नंगे बदन रहता है, विपन्न है, तब भी वह ठिठोली करता है, हँसता है, बातें करता है, एक जीवंत वातावरण सृजित करता है...

'राग दरबारी' में ग्रामीण समाज की संकट में भी हँसते रहने की दुर्धर्ष क्षमता का चित्रण है या समाज में व्याप्त पतनशीलता का चित्रण है ?
दोनों हैं।

लेकिन कभी-कभी ऐसा हुआ है कि जिसे सहानुभूति मिलनी चाहिए, वह आपके निशाने पर है, जैसे लंगड़ ?
'राग दरबारी' में अनेक छोटे-छाटे चरित्र हैं जिनकी उपहासास्पदता को लेकर मैंने

संपूर्ण वातावरण का निर्माण किया है, मगर अंततः वे तंत्र के ऊपर किए गए आघात को अधिक तीव्र बनाते हैं। लंगड़ को ही लें, उसका चरित्र उपहासास्पदता ज़्यादा प्रकट करता है या सत्ता-तंत्र के अन्याय को ?

क्या ऐसा नहीं संभव था कि लंगड़ को बख़्श देते और सिर्फ सत्ता-तंत्र को ही निशाने पर रखते ?

लंगड़ को बख़्शने न बख़्शने का क्या सवाल है ? वह जैसा है मैंने उसे वैसा ही चित्रित किया है। उस पर मैंने कोई वैल्यू जजमेंट नहीं दिया है।

'राग दरबारी' व्यंग्य का महाविस्तार है लेकिन कुछ आलोचकों का कहना है कि 'राग दरबारी' का जो व्यंग्य है वह कथा के बाहर टिप्पणियों में है, न कि स्थितियों में।

वे मानकर चलते हैं कि व्यंग्य को स्थितियों में ही अंतर्निहित होना चाहिए। अपनी उसी मान्यता पर वे 'राग दरबारी' को कसते हैं। जबकि मैं दूसरी तरह की लेखन-शैली अपने लिए चुनता हूँ। और यह तो मानना ही पड़ेगा कि कोई लेखक अपनी विषयवस्तु के अनुरूप शैली चुनने के लिए स्वतंत्र है। अगर यथार्थ के उद्घाटन में मेरी शैली आलोचकों के ढाँचे से अलग चली जाती है तो यह मेरा दोष नहीं है, उनके बने-बनाए पूर्व निर्धारित ढाँचे की अपर्याप्तता है।

'राग दरबारी' में जो भाषा है, वह आपके यहाँ पहले नहीं थी, बल्कि समूचे हिंदी लेखन में वह संभव न थी। वह भाषा एक विस्फोट थी। कैसे यह भाषा आविष्कृत हुई ?

एक तरफ अवधी है और दूसरी तरफ आपने गौर किया होगा, अंग्रेज़ी के मुहावरे आते हैं। अंग्रेज़ी का मुहावरा जहाँ मैंने इस्तेमाल किया है, तो अनुवाद करके नहीं, उसकी प्रकृति को हिंदी में आत्मसात करने की कोशिश की है। हाँ, ज़्यादा मूलभूत रूप से अवधी है जिसको इस्तेमाल किया है खड़ीबोली के क्रियापदों और व्याकरण के अंतर्गत।

'राग दरबारी' में बेला को छोड़कर स्त्री-पात्र नहीं है। और बेला की भी कोई खास अहमियत नहीं है।

दरअसल भारतीय ग्राम पुरुष प्रधान है। वहाँ स्त्री आनुषंगिक अस्तित्व मात्र है। मगर 'राग दरबारी' में स्त्री-चरित्रों के न होने के पीछे अनिवार्यतः यह कारण नहीं है। 'राग दरबारी' का जो तंत्र है, कथा का जो सूत्र है, उसमें स्त्री-चरित्रों की गुंजाइश नहीं बनती।

आपके उपन्यासों में जो स्त्रियाँ हैं वे आधुनिक, सुंदर, प्रेम में पहलकदमी करने वाली या उदास रहने वाली हैं। 'पहला पड़ाव' की जसोदा ज़रूर अपवाद है, मगर वह भी सुंदर तो है ही, इतनी कि लोग उसे 'मेम साहब' कहते हैं।

मेरे स्त्री-पात्रों का विश्लेषण करके आपने कुछ सामान्य प्रवृत्तियाँ निकालीं। अब इन प्रवृत्तियों के अतिरिक्त दूसरी तरह की स्त्रियाँ मेरे साहित्य में क्यों नहीं हैं, इसका उत्तर मैं नहीं दे सकता, सिवाय इसके कि कथा के प्रसंग में ऐसी ही स्त्रियों की ज़रूरत हो। या हो सकता है कि दूसरे प्रकार का स्त्री-समुदाय मुझे आकृष्ट न करता हो, रचनात्मक दृष्टि से तीसरा बिंदु यह भी है कि ऐसे स्त्री-समुदाय के बारे में मैं ज़्यादा जानता न होऊँ। तो कई बातें हो सकती हैं, पर यह भी सच है कि मेरे स्त्री-चरित्रों के संदर्भ में आपने जो बिंदु उठाए हैं, सही हैं।

'राग दरबारी' छपने से पूर्व आपको यह उम्मीद थी कि यह इतनी महत्त्वपूर्ण कृति सिद्ध होगी ?

मेरे दिमाग से यह बात स्पष्ट थी कि कुछ हो न हो, भौतिक तथ्य तो यह था ही कि परिहास की मुद्रा में 450 पृष्ठों का हिंदी क्या, मैं समझता हूँ, समस्त भारतीय भाषाओं का यह पहला उपन्यास है। जब एक नितांत भिन्न प्रकार का प्रयोग किया जाएगा तो कहीं न कहीं खामियाँ भी होंगी, यही हुआ। तब भी और आज भी मेरे भीतर स्पष्ट है कि अच्छी रचना दोषरहित हो यह आवश्यक नहीं। बहरहाल'''राग दरबारी' लिख लेने के बाद यह तो मुझे मालूम था कि इसमें खामियाँ भी हैं लेकिन इनकी अन्य विशेषताओं के कारण मैं अवश्य आशा करता था कि इसका कोई विशेष प्रभाव होना चाहिए।

आप अकसर अपने हर अगले उपन्यास में अंतर्वस्तु और शिल्प दोनों ही स्तरों पर बदल जाते हैं। 'सूनी घाटी का सूरज' और 'अज्ञातवास' के बाद 'राग दरबारी' एक हैरतअंगेज़ परिवर्तन था। फिर एकदम भिन्न मिज़ाज का उपन्यास 'सीमाएँ टूटती हैं', फिर उससे एकदम अलग 'मकान' और 'पहला पड़ाव' और अब सबसे अलग 'बिस्रामपुर का संत'। आप चेंज के लिए ऐसा करते हैं या महज़ संयोग के कारण ऐसा हो जाता है ?

मैं पहले भी कह चुका हूँ कि मेरे लिए लेखन अपने आपको मुक्त करने का माध्यम रहा है। केवल सरकारी नौकरी ही नहीं, हम-आप जिस तरह का जीवन जी रहे हैं, उनमें अनेक तरह की विवशताएँ हैं''परिवार के मुखिया की हैसियत से, सामाजिक उत्तरदायित्वों के रूप में, एक विशेष प्रकार की आचारसंहिता और विचारसंहिता का पालन करने की स्थिति में अनेक बंधन हैं, दबाव हैं। लेखन या कला ही एक ऐसा

क्षेत्र है जिसमें मैं उन्मुक्त हो सकता हूँ। तब लेखन में अपनी ही किसी शैली और विषय से बँध जाना भी रचना-कर्म को एक रूटीन जैसा बना देना होगा। इन उपन्यासों में रचनात्मक उन्मुक्ति की इस अवधारणा का आपको आभास मिल सकता है, भले ही आप उससे पूर्णतः आश्वस्त न हों।

आपने कहीं लिखा है कि आपकी दृष्टि में आपका उपन्यास 'मकान', 'राग दरबारी' से अधिक महत्त्वपूर्ण है ?

इस रूप में मैंने नहीं लिखा है। मगर यह ज़रूर है कि 'राग दरबारी' के बारे में आलोचकों द्वारा ऐसी टिप्पणियाँ होती रहीं कि इसमें लेखकीय वक्तव्य आरोपित किए गए हैं। अतः रचना में व्यंग्य संपूर्ण जीवन का अविच्छिन्न अंश बन जाए, ऐसे प्रयोग की दृष्टि से और संभवतः शिल्पगत दृष्टि से भी 'मकान' ज़्यादा सशक्त लगा था। ज्यादा काम्पैक्ट।

'मकान' में शिल्प के स्तर पर कुछ प्रयोग हैं। एक तो उसमें विभिन्न अध्यायों की शुरुआत में तारीखें दी गई हैं। दूसरा यह कि एक चरित्र एक अध्याय में पाठकों से अपनी कथा खुद कहता है जबकि अगले ही अध्याय में यह ज़िम्मेदारी लेखक निभाने लगता है। और यह अदला-बदली चलती रहती है…

'मकान' एक चरित्रप्रधान उपन्यास है। जो प्रमुख पात्र है उसको विश्वसनीय और जीवंत बनाने के लिए एक तरीका हो सकता था कि केवल प्रथम पुरुष में उपन्यास लिखा जाता। उसके अलावा यह विकल्प भी था कि कदम-कदम पर लेखकीय हस्तक्षेप करते हुए उसकी कथा आगे बढ़ाई जाए। तब मुझे लगा कि क्या यह ज़्यादा अच्छा नहीं होगा कि एक अध्याय में वह स्वयं अपने सच को कहे और दूसरे में कथन लेखक के माध्यम से हो। फिर भी आपने देखा होगा कि लेखक की तरफ से राय या टिप्पणियाँ नहीं हैं। जब आत्मकथा के रूप वाला अध्याय होता है, तो वहाँ मैंने मुख्य पात्र को यह मौका दिया है कि वह अपने अनुभव की गहराई में जाकर अपनी बातें कहे।

लेकिन ये जो अध्याय के शुरू में तारीख देने की प्रविधि अपनाई गई है ?

तिथियाँ देने से यह आसानी हो गई कि विवरण के रूप में बहुत सारी स्थितियों को बताने की आवश्यकता नहीं रही, वे स्वतः स्पष्ट हो गईं।

एक खास थीम आपके कुछ उपन्यासों का पीछा करती रहती है। वह यह कि भोग में आकंठ डूबी स्थितियाँ और अंततः उसकी निरर्थकता का बोध। 'अज्ञातवास' में ऐसा सबसे पहले दिखा है जो आपका दूसरा उपन्यास है। और

आपके सबसे नए उपन्यास 'बिस्रामपुर का संत' में भी यह मौजूद है। और 'मकान' में भी यही चीज़ थी। 'मकान' जिसे भोग का सिम्बल कहा जा सकता है, उसके लिए मारामारी है और जब नायक को वह मिल जाता है तो वह उसमें दाखिल ही नहीं होना चाहता...।

'अज्ञातवास' में तो स्पष्ट तरीके से यह बात है। 'बिस्रामपुर का संत' में ऐश्वर्य की निरर्थकता या जीवन की व्यर्थता का जो बोध होता है वह किसी आध्यात्मिक भाव के कारण नहीं है, बल्कि वह भौतिक परिस्थितियों में पैदा हुई असफलता की वजह से है। वहाँ जो व्यर्थता का बोध है वह 'बोध' कम है आवेग ज़्यादा है। यही बात 'मकान' में भी है। उसमें मुख्य चरित्र एक लत का शिकार है और उससे वह असंतुष्ट भी है। यहाँ तक कि वह अपनी ही जीवन-शैली को पूरा का पूरा खारिज करना चाहता है। तो जब उसको मकान एलॉट हो जाता है तो वह उसमें नहीं जाता है। यहाँ पर मैंने चेष्टा यह की थी कि बिना कहे हुए आभास हो कि एक आध्यात्मिक ध्वंस की स्थिति बनी है।

इस संदर्भ में यह भी उल्लेख करना चाहूँगा कि भिन्न-भिन्न सामाजिक स्थितियों के होते हुए भी तीनों उपन्यासों के मुख्य चरित्र दुखांत को प्राप्त होते हैं। 'अज्ञातवास' के रजनीकांत को उपन्यास के अंत में हार्ट अटैक होता है, 'मकान' में नारायण बनर्जी की दुर्घटना से मृत्यु होती है और 'बिस्रामपुर का संत' में कुँवर जयंतीप्रसाद आत्महत्या करते हैं...और तीनों ही चरित्र अपने-अपने ढंग से विलासी हैं। 'अंत' तीनों का आखेट करता है। क्या ऐसे साम्य के पीछे कोई दार्शनिक या आध्यात्मिक भावभूमि काम करती रहती है ?

अप्रत्यक्ष तरीके से यह चीज़ काम कर रही हो, हो सकता है; मगर सचेतन रूप से मैंने इस प्रकार की कल्पना नहीं की थी।

'पहला पड़ाव' उपन्यास लिखने की आधारभूमि क्या थी ?

वह तो स्पष्ट है कि पृष्ठभूमि में मज़दूरों का समुदाय था। मेरा अपना मकान बन रहा था। मेरे अपने ही गाँव का एक एम०कॉम० पास लड़का था, उसको मैंने मैनेजर मुकर्रर कर लिया। सत्ते की जो प्रवृत्ति है उसकी और वास्तविक चरित्र की प्रवृत्ति में कोई बहुत अंतर नहीं था। इस प्रकार एक पढ़ा-लिखा लड़का है। उसके पास कोई काम नहीं है। काम की कोशिश में है, दौड़-धूप कर सकता है। उसका मकान बनाने के काम में इस्तेमाल किया गया। उसकी अंतःक्रिया होती है मकान बनाने वाले मज़दूरों के साथ। वह सब मैं देख रहा था और धीरे-धीरे मेरे दिमाग में एक कथा बनती गई।

जसोदा भी एक सशक्त चरित्र के रूप में उपन्यास में उभरी है। क्या यह भी वास्तविक जीवन में···

आपको आश्चर्य होगा कि जसोदा जैसा कोई भी चरित्र वास्तविक जीवन में मेरे सामने नहीं आया। मज़दूर लड़कियाँ काम करती थीं। उन्हीं की विभिन्न छवियों से जसोदा बनी।

'पहला पड़ाव' जैसा आप चाहते थे, वैसा लिख सके ?

'पहला पड़ाव' को लेकर मेरे दिमाग में बिलासपुरी मज़दूरों की कथा लिखने का विचार था यानी उनकी जो छत्तीसगढ़ के क्षेत्र से उत्तर प्रदेश आदि में इमारती काम करने के लिए आते हैं। लेकिन इन मज़दूरों को लेकर जो विस्तार होना चाहिए था, उनकी स्थिति को जो ट्रीटमेन्ट दिया जाना चाहिए था, वह नहीं आ पाया।

'पहला पड़ाव' के बाद एक लंबे अंतराल के बाद आपका उपन्यास 'बिस्रामपुर का संत' आया, जबकि आप 'पहला पड़ाव' के बाद 'पहला पड़ाव' का दूसरा भाग भी तो लिखने वाले थे ?

मेरा ऐसा विचार था। पर 'पहला पड़ाव' का दूसरा भाग लिखने के लिए मुझे कुछ तैयारी करनी थी। छत्तीसगढ़ क्षेत्र का अध्ययन करना था। आज से करीब सौ वर्ष पहले महात्मा घासीराम हुए थे जिन्होंने उस क्षेत्र के संपूर्ण दलित वर्ग को संगठित करके उनके द्वारा जो अनेक पारंपरिक कार्य कराए जाते थे उनसे उन्हें विलग कराया। परिणामस्वरूप वहाँ के भूमिधरों ने उन्हें अपने खेतों से निकाल दिया और वे काम की तलाश में उ०प्र०, दिल्ली, पंजाब तक फैले। तब भी गाँव में उनकी जड़ें बनी रहीं। उसी पुराने आंदोलन के कारण इनमें आज भी शराबखोरी आदि की आदतें बहुत कम हैं। सचमुच विस्थापितों का यह अत्यंत आश्चर्यजनक समुदाय है। इस पर यदि कथा रचनी है तो ज़ाहिर है, कुछ बुनियादी तैयारियाँ करनी होंगी। अध्ययन, शोध की ज़रूरत होगी। दुर्भाग्यवश साधन, समय और कुछ हद तक एकाग्रता के अभाव में ऐसा नहीं कर सका। अगर अपने स्वास्थ्य को देखते हुए मुझे लगा कि मैं यह काम कर सकता हूँ तो शायद अब भी इसे करूँगा। पर मुझे नहीं लगता कि यह तत्काल हो सकेगा।

'पहला पड़ाव' में एक इंजीनियर साहब हैं, वकील साहब हैं, राजनीति है, ट्रेड यूनियन है, मज़दूर हैं, मध्य वर्ग का सत्ते है लेकिन जसोदा की जो तकलीफ है, उसका जो संघर्ष है, वह निहत्था है। एक निराशावादी नज़रिया नहीं है यह ?

इसे आप चाहे निराशावाद कह लीजिए या यथार्थ कह लीजिए।

उपन्यास के अंत में नायक सत्ते कहता है कि वह इस लौहजाल को तोड़ने के लिए कानून की पढ़ाई करेगा। क्या वाकई कानून की पढ़ाई से यह तंत्र बुनियादी तौर पर बदला जा सकता है···जसोदा जैसे लोगों की मुक्ति संभव है ?

पहली बात स्पष्ट कर दूँ कि यह मेरी धारणा नहीं है, सत्ते की धारणा है। शिक्षा वह क्षेत्र है जिसमें सत्ते अपने को कमज़ोर समझता है। उसके दिमाग में यह बात आती है कि वह पढ़-लिखकर समाज की जटिलताओं को समझ सकेगा। वह अपनी कमज़ोरी का कारण अपनी अधकचरी शिक्षा को समझता है।

लेकिन सत्ते का उक्त कथन उपन्यास का अंतिम पैराग्राफ है, दूसरे इस तरह तो यह उपन्यास सत्ते की कहानी हो जाता है जबकि वह बिलासपुरी मज़दूरों की कहानी है···

नहीं, वह मूलतः सत्ते की ही कहानी है; मगर सत्ते के आसपास अकेला सत्ते नहीं है, एक लंबा-चौड़ा संसार भी है। और इस संसार में बहुत ज़्यादा जगह लेते हैं मज़दूर।

आपका नया उपन्यास 'बिस्रामपुर का संत' आया। इसकी काफी प्रशंसा भी हो रही है। कहा जा रहा है कि 'राग दरबारी' से भी श्रेष्ठ है। क्या आप इस फैसले से सहमत हैं ?

देखिए, इन दोनों उपन्यासों की तुलना नहीं हो सकती। 'राग दरबारी' बिलकुल दूसरी तरह का उपन्यास है।

'बिस्रामपुर का संत' की प्रशंसा में कई बार कहा जा रहा है कि यह इसलिए भी महत्त्वपूर्ण है कि यह एक संजीदा कृति है और इसमें श्रीलाल जी अपने व्यंग्य के कवच से बाहर निकले हैं···

व्यंग्य एक शैलीगत विशेषता है, उससे कोई खास फर्क नहीं पड़ता है। शरत्‌चंद्र को लें, उनका 'श्रीकांत' पढ़िए, बड़ी ही व्यंग्यात्मक भंगिमाएँ हैं विवरण की। तो क्या इसी आधार पर 'श्रीकांत' को हलका उपन्यास माना जा सकता है।

छपने से पहले इस उपन्यास को लेकर आप संतुष्ट नहीं लग रहे थे। यह केवल आपकी लेखकीय विनम्रता थी ?

विनम्रता की बात नहीं थी। ऐसे समय में यह उपन्यास लिखा जाना शुरू हुआ जब मेरी पत्नी बहुत ही रुग्ण थीं और यह छह वर्ष लंबी अवधि थी। मैं अधिकांश समय उन्हीं के साथ बिताता था। उसी बीच, उन्हीं के साथ रहते हुए, लखनऊ और लखनऊ के बाहर दूसरी जगहों पर रहकर यह उपन्यास लिखा जाता रहा। ऐसा नहीं हो पाया

कि मैंने उसे रमकर के एक साथ लिखा हो। टुकड़ों-टुकड़ों में, रुक-रुककर, दूसरे प्रकार के मानसिक व्यवधानों को झेलते हुए यह लिखा गया। तो मुझमें इस प्रकार का आत्मविश्वास नहीं आ पा रहा था कि मैं इस उपन्यास के साथ न्याय कर सका हूँ।

इस उपन्यास के फ्लैप पर लिखा है कि यह भूदान आंदोलन पर केंद्रित रचना है। कई लोगों को ऐसा नहीं लगता। आपका क्या कहना है ?
भ्रम मेरी उस गलती के कारण हुआ कि उपन्यास के समाप्त होने के बाद मैंने भूदान की पृष्ठभूमि पर एक टिप्पणी जोड़ दी है। उस टिप्पणी को भुला देना चाहिए। उपन्यास में भूदान की समालोचना या उसका इतिहास लिखना मेरा उद्देश्य नहीं था। वह केवल पृष्ठभूमि है। क्योंकि हमारा मुख्य चरित्र भूदान आंदोलन के समय में उससे संलग्न रहा है। बाद में भी वह ऐसी जगह रहने जाता है जिसका संबंध भूदान से है। मुख्य कथा तो इस मुख्य चरित्र के अंतर्बाह्य व्यक्ति की, उससे जुड़े व्यक्तियों के साथ उसके संबंधों की है।

उपन्यास में मुख्य चरित्र जयंतीप्रसाद सिंह का आत्महत्या वाला प्रसंग अद्भुत तरीके से लिखा गया है। आत्महत्या क्या उनकी पाप-मुक्ति का प्रयास है या जयंतीप्रसाद के पास कोई विकल्प नहीं बचा था जीवित रहने का ?
विकल्प तो था पर उनको लगा कि जीवित रहने का कोई अर्थ नहीं है।

जयंतीप्रसाद सिंह का यथार्थ किस बृहत्तर यथार्थ की कहानी कहता है ?
आपने थोड़ी देर पहले मेरे उपन्यासों में बार-बार आने वाली जिस भोग की व्यर्थता का बोध वाली बात उठाई थी, शायद वही यहाँ भी है। अंततः जयंतीप्रसाद भौतिक महत्त्वाकांक्षाओं की व्यर्थता महसूस करते हैं। यह बात दूसरी है कि एक उच्चतर आध्यात्मिक अनुभव की प्राप्ति में वे पूरी तरह सफल नहीं हुए हैं।

लेकिन भोग की इच्छा लगातार उनका पीछा करती रही है, सुंदरी के रूप में, जयश्री के रूप में। यह कैसी आध्यात्मिक तलाश है जो तृष्णा का भारी बोझ लादे हुए है ?
आध्यात्मिक तलाश वह जानबूझकर नहीं करता है। वास्तविक जीवन में प्रत्येक व्यक्ति के भीतर उदात्त और अनुदात्त दोनों प्रवृत्तियाँ एक साथ मौजूद रहती हैं। अपने ऊपर व्यंग्यात्मक दृष्टि डालने की प्रवृत्ति उसमें है और वही भौतिक आकांक्षाओं की व्यर्थता का बोध कराती है।

उपन्यास को आप कितनी बार लिखते हैं ?
कम से कम तीन बार तो लिखना ही पड़ता है।

सबसे अधिक ड्राफ्ट किस उपन्यास के हुए ?
मैं समझता हूँ, 'राग दरबारी' भी तीन-चार बार लिखा गया था। 'बिश्रामपुर का संत' बहुत बार लिखना पड़ा।

कौन-सी चीज़ें आपको एक ही कृति को पुनः लिखने के लिए विवश करती हैं ?
दो चीज़ें। एक तो उपन्यास लिखने में जो उपकथाएँ होती हैं उन्हें मैं पहले से पूरी तरह सोचता नहीं हूँ, उनका आविष्कार लिखते समय ही होता है। बाद में पहले की घटनाओं का भी रूप बदलना पड़ता है और कभी-कभी वे घटनाएँ खारिज भी कर दी जाती हैं। दूसरी चीज़, जहाँ मुझको भाषागत कृत्रिमता नज़र आती है या पता चला कि भावना का आवेग उसमें ज़्यादा है या अनावश्यक विशेषणों की भरमार हो रही है तो उसको मैं काटता-छाँटता हूँ। कोशिश करता हूँ कि वह देखने में, पढ़ने में बहुत ही साधारण मालूम दे, हाँ, ध्वनि उसकी असाधारण हो।

जैसा कि आपने कहा कि कहानी को आप दोयम दर्जे की विधा मानते हैं उपन्यास की तुलना में, फिर भी आपने कहानियाँ लिखीं ?
मेरे कहने का अर्थ यह नहीं कि मुझे कहानियों से परहेज़ है या उनके प्रति मुझमें कोई आकर्षण नहीं। दूसरे यह भी था कि हिंदी में पाँचवें या छठे दशक में कहानियों के बहुत-से आंदोलन चले, उनको लेकर जो घालमेल था उससे मुझे लगता था कि इस समय कहानियाँ लिखना केवल कहानियाँ लिखना नहीं है। उसे लिखने का अर्थ है किसी आंदोलन में शामिल होना, जो स्वभाववश मेरे लिए बहुत पसंदीदा स्थिति नहीं थी।

क्या आपके साथ ऐसा भी हुआ है कि किसी थीम, जिस पर आपने कहानी लिखने का विचार किया हो और वह उपन्यास में रूपांतरित हो गई हो या कोई उपन्यास लिखने की योजना बनाई हो, न लिख सके और उसकी 'कहानी' बन गई ?
ऐसा 'अज्ञातवास' के साथ हुआ है। और कुछ कहानियाँ भी ऐसी हैं जिन्हें आप पढ़ जाइए तो लगेगा कि ये कहानी कम हैं, उपन्यास के लिए तैयार किए गए नोट्स ज़्यादा। जैसे 'परीदीन की प्रेमकथा'।

1964-65 के बाद आपके कहानी-लेखन में एक लंबा अंतराल आता है, करीब बारह वर्षों का। कौन-सी वजहें थीं ?
इस अवधि में लगातार उपन्यास-लेखन में प्रवृत्त रहा हूँ। उसमें इतना ज़्यादा रचा-बसा रहा कि लघु रचनाएँ, चाहे वह कहानी हो या व्यंग्य-निबंध, लिखने का अवकाश नहीं

मिला। यह वह अवधि है जब 5-6 वर्षों में 'राग दरबारी' समाप्त किया। उसके तुरंत बाद 'सीमाएँ टूटती हैं' लिखा। यह समाप्त हुआ तो 'मकान' लिखने लगा।

आपके उपन्यासों में यादगार चरित्र हैं। 'राग दरबारी' में तो अनेक याद्‌गार चरित्र हैं। उनके अतिरिक्त 'सूनी घाटी का सूरज' का रामदास, 'मकान' का नारायण बनर्जी, 'सीमाएँ टूटती हैं' की चाँद, 'पहला पड़ाव' की जसोदा और सत्ते, 'बिस्रामपुर का संत' तो जयंतीप्रसाद सिंह पर केंद्रित ही है। लेकिन आपकी कहानियों में ऐसे चरित्रों की उपस्थिति कम है।

मुझे ऐसा लगता है कि इसका संबंध कहानी की मूल प्रकृति से है कि एक छोटी कहानी में आप किसी चरित्र का सांगोपांग विस्तार नहीं कर सकते, उसे संकेतों में ही व्यक्त कर सकते हैं। 'ईवान इलिच की मृत्यु' जैसी कहानियों के अपवाद भी हैं, पर टालस्टाय की इस कहानी को आप लघु उपन्यास भी कह सकते हैं।

व्यंग्य आपकी रचना का मूल स्वर रहा है, पर कहानियों में व्यंग्य की आज़माइश कम है ?

बहुत-सी कहानियाँ आपको ऐसी मिलेंगी जिसमें व्यंग्य का स्वर परिस्थिति में अंतर्निहित हुआ है। मेरी आरंभिक कहानियाँ, 'अपनी पहचान' और बाद की 'दंगा', 'सुरक्षा', 'शिष्टाचार' आदि ऐसी ही कहानियाँ हैं ।

'राग दरबारी' में जो व्यंग्य है वह हास्य की चरम सीमा तक ले जाता है मगर कहानियों में जैसे 'सुरक्षा' में जो व्यंग्य है वह अवसन्न कर देने की सीमा तक ले जाता है। व्यंग्य की कौन-सी युक्ति अधिक श्रेष्ठ है ?

रचना की माँग के आधार पर दोनों पद्धतियों को मैंने अपनाया है, जानबूझकर।

आपने उपन्यास लिखे, कहानियाँ भी। उनमें स्त्री-पुरुष के बीच आसक्ति तो है लेकिन 'सीमाएँ टूटती हैं' के अपवाद को छोड़ दें तो गहरे प्रेम का चित्रण नहीं मिलता है। कहीं ऐसा तो नहीं कि रूमानियत का यह अभाव आपके रूमान विरोधी दृष्टिकोण के कारण हुआ हो ?

नहीं। भावुकता के अतिरेक से बचना या उसको मूल्य के रूप में स्वीकार न करना यह एक बात हुई। लेकिन आप जो बात कर रहे हैं, शायद मेरे लेखकीय व्यक्तित्व की संरचना में ऐसा हो। मैंने सचेत रूप से प्रेम को बहिष्कृत किया हो या उससे परहेज़ दिखाया हो, ऐसा नहीं है।

जीवन में और विचारों में 'रूमानियत' को लेकर आपकी क्या धारणाएँ हैं ?

मेरा खयाल है कि जिस रूमानियत का आप ज़िक्र कर रहे हैं, मेरे जीवन में उसका

कुछ अतिरेक ही रहा है, भले ही वह मेरे साहित्य में न उभरा हो।

व्यंग्य को लेकर आपकी स्थापना है कि व्यंग्य विधा नहीं, एक शैली है, इसे थोड़ा स्पष्ट करेंगे ?

भारतीय साहित्य की परंपरा में व्यंग्य अभिव्यक्ति की एक भंगिमा है। अभिधा, लक्षणा, व्यंजना में व्यंजना का प्रयोग करते समय आपका जो आधार होता है वह व्यंग्य है। इस रूप में भारतीय साहित्य में व्यंग्य को कभी वैसी विधा नहीं माना गया जिस रूप में नाटक या कविता आदि थे। पाश्चात्य साहित्य में ज़रूर यह एक विधा के रूप में रहा मगर बीसवीं शती तक आते-आते वहाँ भी यह एक विधा के रूप में समाप्तप्राय हो गया। हुआ यह कि व्यंग्य के सभी महत्त्वपूर्ण तत्त्व सामान्य लेखन में घुल-मिल गए। कहानी में, कविता में, उपन्यास में उन सभी विशेषताओं का समावेश संभव हो गया जो प्राचीन समय में व्यंग्य के उपादान माने जाते थे। लेकिन जब मैं यह कहता हूँ तो इसका मंतव्य यह नहीं कि व्यंग्य नाम की चीज़ ही समाप्त हो गई। आज भी व्यंग्यात्मक शैली में लिखी गई कहानी या उपन्यास का रस दूसरा होगा, दूसरी शैली में लिखी गई रचना का दूसरा।

व्यंग्य के दो स्वरूप माने जाते हैं, त्रासदीपूर्ण व्यंग्य और हास्य-व्यंग्य, आपकी दृष्टि में कौन अधिक महत्त्वपूर्ण है ?

मैंने, जिसे हाई कॉमेडी कहते हैं, उसी में ज्यादातर कृतियाँ लिखी हैं, कम से कम 'राग दरबारी' का वही मूड है।

व्यंग्य लेखक के रूप में आपके प्रिय इलाके कौन-से हैं ?

इसको तो आलोचकीय दृष्टि से आप स्वयं देखिए, मगर मेरा जो सबसे पहला संग्रह है—'अंगद का पाँव', उसके छपने पर एक टिप्पणी अज्ञेय जी ने लिखी थी। उसमें उन्होंने इस बात को लक्ष्य किया था कि विषयवस्तु की दृष्टि से हिंदी में जिन रूढ़ विषयों के ऊपर मज़ाक किया जाता रहा है, व्यंग्य लिखा जाता रहा है, उससे अलग जाकर साहित्य, कला, संगीत के क्षेत्र में और जीवन के अन्य विविध पक्षों की विसंगतियों को लेकर लिखा जाने वाला संभवतः यह हिंदी का पहला संग्रह है। इस प्रकार मेरा उत्साहवर्द्धन किया गया।

एक बड़े लेखक के रूप में आप भारतीय समाज की मुख्य चुनौतियाँ क्या पाते हैं ?

बड़े लेखक की बात जाने दें, व्यक्तिगत रूप से मेरी दृष्टि में सबसे बड़ी चुनौती राजनीतिक दिशाहीनता की है जिससे लगभग सभी पार्टियाँ ग्रस्त हैं। वे अपने चुनाव

घोषणा-पत्र भले ही अलग-अलग निकालें लेकिन किसी के घोषणा-पत्र से यह स्पष्ट नहीं होता है कि उस पार्टी के विचार से समग्र रूप से समाज का क्या स्वरूप होना चाहिए। सभी पार्टियों के तात्कालिक लक्ष्य हैं। इसी का परिणाम है कि समाज के सर्वांगीण विकास की कोई दिशा नहीं दिखाई दे रही है।

विभिन्न राजनीतिक पार्टियों के बारे में आपके विचार जानना चाहता हूँ। पहले कांग्रेस के बारे में बताएँ ?

कांग्रेस से कोई विशेष उम्मीद नहीं है। उसके पुराने नेता संपन्न हैं और अपनी स्थिति से संतुष्ट हैं। समाज को दिशा देना या परिवर्तन का काम ऐसे लोगों से संभव नहीं है। दूसरी तरफ कांग्रेस में कोई नया समर्थ नेतृत्व विकसित होता हुआ नज़र नहीं आ रहा है। एक बात यह भी कि आज़ादी मिलने के बाद आर्थिक विकास के बारे में, विभिन्न वर्गों के अंतर को कम करने को लेकर कांग्रेस का एक नज़रिया कमोबेश था, लेकिन आज वह भी नहीं है।

सोनिया गांधी से आपकी उम्मीदें ?

कांग्रेस के दूसरे नेताओं, जैसे सीताराम केसरी के मुकाबले सोनिया गांधी निश्चय ही अधिक डायनेमिक पड़ती हैं; लेकिन जब तक किसी नेता के पास नीतियाँ और एक सामाजिक चिंतन नहीं होगा तब तक वह देश को किसी दिशा में ले जा पाएगा, मैं आशा नहीं करता।

भारतीय जनता पार्टी को लेकर क्या कहना चाहेंगे ?

मुझे लगता है, बी०जे०पी० अतीत की पार्टी हो गई है। अतीतोन्मुखी ही नहीं, उसका भविष्य भी अतीत में पहुँच चुका है। जिन राज्यों में इसकी सरकार रही है—और आज केंद्र में भी—यह पार्टी अपनी योजनाओं और कार्यक्रमों से यह स्पष्ट इंगित नहीं दे सकी है कि एक आदर्श समाज के किस स्वरूप को वह प्रतिष्ठित करना चाहती है। हमारे उत्तर प्रदेश का तो यही अनुभव है कि सभी मंत्रालय समन्वित रूप से किसी आदर्श समाज के लिए प्रयासशील न होकर अलग-थलग ढंग से तदर्थता—ऐड हाकिज़्म—के आधार पर विभिन्न योजनाओं की फुलझड़ियाँ छोड़ते चलते हैं। ऐसा नहीं कि यह खामी बी०जे०पी० में ही हो; और पार्टियों में भी रही है; पर बी०जे०पी० ने खुद चुनावों में जनता से दावा किया था कि हमें एक बार आज़माकर देखा जाए। हम वही देख रहे हैं।

अटल बिहारी वाजपेयी के नेतृत्व पर टिप्पणी···

बतौर प्रधानमंत्री उनके द्वारा कोई भी ऐसी चीज़ हमें नहीं प्राप्त हो रही है जिनको

लेकर कहा जाए कि उससे भारतीय समाज आगे जाएगा या उसकी मूलभूत समस्याओं के समाधान का रास्ता खुलेगा।

उनकी कविताएँ कैसी लगती हैं ?

उनकी कविताएँ मैंने पढ़ी नहीं हैं और उन्हें पढ़ने को मैं उत्सुक भी नहीं हूँ।

संयुक्त मोर्चा, तीसरा मोर्चा···

मैंने शुरू में ही कहा कि भारत में जितनी राजनीतिक पार्टियाँ हैं मुझे उनसे हताशा हो चली है। पिछड़े वर्ग की जो समस्याएँ हैं उनका निराकरण होना चाहिए, यहाँ तक ठीक है। मगर संपूर्ण समाज को लेकर व्यापक स्तर पर हमारे सरोकार भी स्पष्ट होने चाहिए। पर वे खंड-खंड में एक समस्या को व्यक्त करके उसके बारे में तात्कालिक निदान प्रस्तुत करते हैं। जैसे आरक्षण का एक मुद्दा है। आप उसे स्वीकार कर लें। लेकिन इसके बाद भी समाज का सर्वांगीण आर्थिक विकास या बेरोज़गारी की समस्या का निदान नहीं हो पाता। आरक्षण बेरोज़गारी निवारण की तात्कालिक और दीर्घकालीन योजना का आंतरिक अंग होना चाहिए, न कि एक स्वतंत्र कार्यक्रम। भारतवर्ष में ऐसी अनेक जटिल समस्याएँ हैं।

मुझे वामपंथी पार्टियों का भी कोई स्पष्ट कार्यक्रम, जिसे सुसमन्वित योजनाओं में बाँटा गया हो, सामने आता हुआ नहीं दिखता। आज से कुछ वर्ष पहले जब ग्लोबलाइज़ेशन नहीं था, वामपंथी पार्टियों का आर्थिक ऐजेंडा ज़्यादा स्पष्ट रूप से सामने मौजूद था। मगर आज ग्लोबलाइज़ेशन के दौर में उनकी पारंपरिक आर्थिक नीतियों की क्या स्थिति है ? वे बदली हुई परिस्थितियों में किस प्रकार देश का विकास सोच रही हैं, यह स्पष्ट नहीं है।

भारतीय लोकतंत्र का भविष्य ?

भारतवर्ष में अराजकता और अस्त-व्यस्तता को शताब्दियों तक झेलने की असाधारण क्षमता रही है। इसी आधार पर आप कह सकते हैं कि भारतीय लोकतंत्र का भविष्य वही है जो उसका वर्तमान है।

इधर हिंदी में दलित विमर्श केंद्र में हैं। दलित लेखकों की मान्यता है कि गैर-दलितों द्वारा दलितों के जीवन पर लिखा गया लेखन वस्तुतः दलित लेखन नहीं है। क्योंकि वे उस अनुभव के भोक्ता नहीं हैं।

यदि अच्छे साहित्य का मूलाधार प्रत्यक्ष अनुभव ही माना जाए तो आप इससे सहमत हो सकते हैं। मगर प्रत्यक्ष अनुभव की भी अनेक सीमाएँ हैं। हो सकता है कि मैं अपनी बाल्यावस्था में विशेष प्रकार के अनुभवों से गुज़रा होऊँ लेकिन बीस वर्ष बाद

वे केवल पूर्ववर्ती स्मृति मात्र रह जाएँ, प्रत्यक्ष अनुभव की जो प्रखरता होनी चाहिए वह न रहे उनमें, या उनमें अत्युक्ति की विकृति आ जाए। दरअसल रचना में अनुभव की प्रत्यक्षता अनिवार्य नहीं है, इसलिए यह असंभव नहीं है कि जो चीज़ एक दलित लेखक अपने अनुभव के सहारे आपके सम्मुख प्रस्तुत करना चाहता है, उसे दूसरे समुदाय का कोई लेखक उससे ज़्यादा प्रखर, ज़्यादा विचलित करने वाले ढंग से अपने परोक्ष अनुभव, पर प्रखर संवेदना के आधार पर प्रस्तुत कर दे।

मगर वस्तुस्थिति यह है कि हमारे यहाँ चाहे दलित लेखक द्वारा लिखा गया हो या गैर-दलित लेखक द्वारा, दलित साहित्य बहुत ही कम मात्रा में रचा गया है। कुछ समय के बाद की आप कल्पना करिए जब इस तरह का लेखन प्रचुर मात्रा में आपके सामने होगा, तभी आलोचना के स्तर पर इस विचित्र थ्योरी की मीमांसा हो सकेगी कि दलित साहित्य की उत्कृष्टता की कसौटी लेखक के जन्मना दलित होने की अनिवार्यता है ?

सौंदर्य को लेकर आपकी अवधारणा ?

मैं कोई सौंदर्यशास्त्रीय विवेचन नहीं दे सकता। पर मेरे लिए सौंदर्य केवल बाहरी रूप, आवरण नहीं है। वह तो होना ही चाहिए मगर उसी के साथ-साथ समग्र रूप से किसी स्थिति अथवा व्यक्तित्व में यह क्षमता होनी चाहिए कि उसका आकर्षण दीर्घजीवी हो। जो सौंदर्य जल्द ही घटना शुरू हो गया, वास्तविक सौंदर्य नहीं है। उसमें निरंतरता का अहसास होना चाहिए। दूसरे, इस प्रकार का प्रश्न जब उठता है तो अकेले अपने जीवन की बात मेरे मन में नहीं आती, पूरा परिवेश, पूरा समाज, यह सब भी आता है।

आपके लिए सुख का क्या अर्थ है ?

मेरा एक लेख है—'जीवन का एक सुखी दिन'। उसमें मैंने सब निषेधात्मक पक्षों को लिया है कि आज यह नहीं हुआ, आज वह नहीं हुआ। आधुनिक जीवन के जितने खिझाने वाले पक्ष हैं, उनकी सूची दे दी है कि यह नहीं हुआ तो दिन अच्छा बीता। लेकिन सुख का जो पॉजिटिव पक्ष होता है, वह बहुत ही आध्यात्मिक विषय है। सच्चाई यह है कि इस प्रश्न के मेरे दिमाग में कई उत्तर हैं जिनका एक बातचीत में विश्लेषण करना मेरे लिए मुश्किल होगा। अब एक पहलू तो यही है कि नितांत अभाव, कमियों के होते हुए भी एक दार्शनिक स्तर पर सुख की कल्पना की जा सकती है। जैसे जिस समय महात्मा गांधी लंबे-लंबे अनशन कर रहे थे, भूखे-प्यासे थे तो क्या कहा जाए कि वे बहुत दुखी थे ? या सुखी थे ? हाँ, सहज ढंग से कहा जा सकता है कि सुख यह है कि कोई ऐसी आकांक्षा न हो जो आपको कचोटती हो,

ऐसा कोई तात्कालिक अभाव न हो जिससे आपके ऊपर दबाव पड़ रहा हो, मनुष्य या प्रकृति द्वारा सृजित ऐसा कोई कारण न हो जो आपको शारीरिक अथवा मानसिक कष्ट दे रहा है। यहाँ भी आप देख रहे हैं कि कोई पॉजिटिव बात नहीं है, निषेधात्मक चीज़ें ही हैं। इसी रूप में मैं भौतिक सुख की कल्पना करता हूँ।

पॉजिटिव चीज़ें मसलन संगीत, अच्छा संग, प्रकृति आदि…
एक समय था जब ये सब चीज़ें मुझे उत्साहित करती थीं मगर धीरे-धीरे शायद इस समय मेरी प्रवृत्ति बदल रही है। मुझे लगता है कि शायद इन सबके बिना भी एक ऐसे मनोलोक की सृष्टि की जा सकती है जिसमें संतोष, आत्मिक शांति यानी सुख का अनुभव हो सकता है। हो सकता है कि यह अवस्था के कारण हो…

जिस मनोलोक की सृष्टि की बात आप कर रहे हैं उसकी रचना में बाह्य जगत् के भी उपादान हैं या वह पूरी तरह आत्यंतिक और निरपेक्ष सृष्टि है ?
चारों ओर जो हताशा का वातावरण बन रहा है—राजनीतिक, सामाजिक, आर्थिक परिदृश्य पर, उसके भीतर रहते हुए आपको कुछ न कुछ ऐसी युक्तियाँ खोजनी पड़ेंगी जिनसे आप संतोष और सार्थकता का अनुभव कर सकें, अन्यथा आप खीझ की स्थिति में रहेंगे। इनसे बचने के लिए संगीत, विविध कलाएँ, अच्छे मित्रों का साथ, ये स्थूल आधार मदद करते हैं। मगर कुछ समय बाद ये अपना जादू खोने लगते हैं। तब आपको अपने भीतर, कह लीजिए कि आध्यात्मिक स्तर पर, कोई खोज करनी पड़ती है। मैं आध्यात्मिक शब्द का प्रयोग कर रहा हूँ, किसी धार्मिक अनुष्ठान की बात नहीं कर रहा हूँ।

एक समय तो ऐसा था ही जब आपको संगीत से गहरा लगाव था। मेरे खयाल से वैसा उत्साह भले न हो लेकिन लगाव अभी है, आपको किस तरह का संगीत पसंद है ?
संगीत अगर अच्छा हो तो सब तरह का पसंद है मगर मुख्यतः शास्त्रीय संगीत, खयाल की गायकी ज़्यादा आकर्षित करती है।

कोई ऐसी ध्वनि, संगीत से इतर कोई ध्वनि आपको आकर्षित करती है ?
कुछ ध्वनियाँ तो मुझे बहुत ही आकर्षित करती हैं। जैसे रात को और अलस्सुबह खिड़की के बाहर बारिश की आवाज़। इसी प्रकार खास तौर पर जाड़े में, हलकी हवा की आवाज़ मेरे लिए अत्यंत उत्तेजक है।

पसंदीदा रंग कौन-से हैं ?
फूलों को छोड़कर चटख रंग मुझे पसंद नहीं। मेरे पास शायद ही कोई कमीज़, कुर्ता

या ऐसी शर्ट होगी जो गाढ़े रंग की हो। हलका भूरा, हलका नीला, स्लेटी, सफेद, कुछ इस प्रकार के रंग मुझे ज़्यादा आकर्षित करते हैं।

लोकगीतों को लेकर आपका रुझान या स्वीकृति कम है।

ऐसा हुआ है कि लगभग आधी सदी से मैंने कान में यदा-कदा पड़ने वाली धुनों को छोड़कर लोकगीत सुने नहीं। अवसर नहीं मिला। 1950 के आसपास डा० केसकर के सूचना प्रसारण मंत्री बनने के बाद ऑल इंडिया रेडियो पर शास्त्रीय संगीत का बोलबाला हो गया था। बड़ा अद्‌भुत अनुभव होता था। रात के 9.30-10 बजे के करीब किसी भी स्टेशन पर आप लगा दीजिए, कोई न कोई रात का राग आ रहा होता। सुबह के वक्त भी अलग-अलग स्टेशनों से अलग-अलग प्रकार के संगीत के उत्कृष्ट कार्यक्रम आया करते थे। यह संयोग की बात थी कि ज़िंदगी के शुरुआती दिनों में शास्त्रीय संगीत अधिक सुनने को मिला, उसी में मन रचता-बसता गया जबकि उसी अनुपात में लोक संगीत सुनने के अवसर खत्म होते गए। धीरे-धीरे इसी प्रकार का मानसिक संस्कार बनता गया।

लोकसंगीत सुनने के अवसर कम रहे लेकिन उसे पाने की, सुनने की ललक, उत्कट इच्छा भी नहीं उठती थी ?

मेरा स्वभाव है कि मुझमें किसी भी चीज़ के लिए ज़ोरदार ललक नहीं उठती है । जैसे शास्त्रीय संगीत में मेरी जितनी रुचि थी, उसके हिसाब से मेरे पास अच्छा-सा म्यूज़िक सिस्टम होना चाहिए था और ऐसा मैं प्राप्त भी कर सकता था लेकिन उसकी मैंने कोई चेष्टा नहीं की। दरअसल मेरे भीतर ऐसे साधनों के लिए तीव्र उत्कंठा की कमी है।

आपके व्यक्तित्व की सबसे बड़ी शक्ति क्या है और सबसे बड़ा दुर्गुण क्या है ?

दुर्गुण मैं बड़ी आसानी से बता सकता हूँ। वह यह कि मैं किसी भी विषय के ऊपर एकाग्र होकर लंबे समय तक काम नहीं कर पाता हूँ। शक्ति अगर है तो यह कि मैकेनिकल और तकनीकी चीज़ों को छोड़कर नई चीज़ों, नए व्यक्तियों, नए विचारों के प्रति मुझमें तीव्र जिज्ञासा रहती है। इन सबको जानने, समझने या कहूँ, किसी नए मानवीय अनुभव के लिए मेरा दिमाग ज़्यादा खोजपूर्ण है।

ऐसी कोई चीज़ जिससे आप मुक्त होना चाहें ?

पान-तम्बाकू की लत थी, लगभग तेरह वर्ष पहले छोड़ दी। रहा सुरापान, मैं चाहता हूँ उससे भी पूरी तौर से मुक्त हो जाऊँ। लंबे-लंबे समय तक उससे मुक्त रहा भी।

मैं सुरापान को अपने व्यक्तित्व की समग्रता में हमेशा असंगत पाता रहा हूँ। इसी से आगे के लिए आशान्वित हूँ।

खाने में आपकी पसंद क्या है ?

खाने में कोई विशेष रुचि नहीं हैं। मैं शाकाहारी हूँ। दूसरी संस्कृतियों के भोजन, एग्जाटिक फूड में मेरी विशेष दिलचस्पी नहीं है। शाकाहारी भोजन जो भी ठीक ढंग से बना हुआ हो, वही अच्छा लगता है। मिर्च-मसाले ज़्यादा पसंद नहीं, पर 'ब्लैंड' चीज़ें भी उतनी ही कम पसंद हैं।

दोस्त कैसे अच्छे लगते हैं ?

पारस्परिक निष्ठा और निश्छलता तो होनी ही चाहिए, इसके अलावा जिन विषयों में मेरी रुचियाँ हैं, साहित्य, संगीत, इतिहास, नाटक, सिनेमा आदि में उनकी रुचि हो ताकि संवाद बन सके। इसके अतिरिक्त लेखक-कलाकार तो आते ही हैं मुकाबले दूसरे व्यवसाय के लोगों के। साथ ही वंश के लोगों से, रिश्तेदारों से भी मेरे बराबर मैत्रीपूर्ण संबंध रहे हैं। साथियों का एक वर्ग वह भी है जो गाँव के हैं और बरसों से जिनके साथ संबंध बने रहे हैं। उनके साथ बैठकर अवधी में गाँव-घर की बातें करने का अटूट आकर्षण है। इसके अवसर भी मुझे बराबर मिलते रहते हैं।

कैसी स्त्रियाँ आपको सुंदर लगती हैं ?

आपका यह प्रश्न सुनकर मेरे दिमाग में कई चेहरे कौंधे और लगता है कि चेहरे का कोई ऐसा मॉडल नहीं है जो सभी में समान रूप से मौजूद हो। फिर भी जो रूप की सुंदरता है, वह तो कुछ हद तक होनी ही चाहिए। घरेलूपन की कद्र करता हूँ पर मात्र घरेलूपन उबाऊ चीज़ है। जीवन की विराट् संभावनाओं से कुछ खींचने की जिसमें रुचि हो, चाहे वह साहित्य-संगीत-कला का क्षेत्र हो या किसी व्यावसायिक विशिष्टता का, वही मुझे ज़्यादा आकर्षित कर सकती है। अत्यंत बहिर्मुखी प्रवृत्ति न तो मुझे पुरुष मित्रों में अच्छी लगती है, न नारी मित्रों में ही। और कहने की शायद ज़रूरत नहीं, व्यवहार में निष्कपटता भी सौंदर्य का लक्षण है।

इन गुणों की कसौटी पर किसे खरा पाया आपने ?

इसे दिखावा न समझें तो मैं अपनी दिवंगत पत्नी का ज़िक्र कर सकता हूँ। इसके अलावा, मेरा सौभाग्य रहा है कि पुरुष मित्रों की तरह इस कोटि की नारी मित्रों को लेकर भी मैं सर्वथा विपन्न नहीं। पर उनका नाम न लेना ही बेहतर होगा क्योंकि उसके बाद हो सकता है कि आपके प्रश्न साक्षात्कार को छोड़कर जिरह के दायरे में पहुँच जाएँ।

उपर्युक्त हलके-फुलके मूड के प्रश्नों के बाद यह पूछना अजीब लगेगा कि आपकी दृष्टि में साहित्य के सरोकार क्या हैं ?

किसी लेखक के लिए उसका देशकाल और समग्र परिवेश इसका जवाब तैयार करता है। उदाहरणार्थ, साहित्य और कला के संदर्भ में स्विट्ज़रलैंड या अन्य किसी संपन्न पश्चिमी देश के रचनाकार के सामने रचनाधर्मिता के वे मुद्दे नहीं उठते जो भारतवर्ष जैसे समस्याग्रस्त देश के रचनाकार के सामने हैं। रवीन्द्रनाथ ठाकुर के अध्यात्म, प्रेम, ऋतु आदि विषयक गीतों और कविताओं का पूरा रसास्वादन कर चुकने पर भी, आज के भारतीय समाज के लेखक की हैसियत से उस प्रकार का रचनाकर्म करने की मुझमें प्रवृत्ति नहीं है। फैज़ के शब्दों में, 'और भी गम हैं ज़माने में मोहब्बत के सिवा'।

लेखक का विचारधारा से क्या रिश्ता होता है ?

लेखक अपने सामान्य जीवन के व्यापारों में किसी भी विचारधारा से प्रतिबद्ध रहे, यह उसका हक है। पर रचनाकार की हैसियत से, विचारधारा से लेखक की प्रतिबद्धता उसको राह खोजने की, चुनौतियों से जूझने की, भटकने की कठिनाइयों से बचा लेती है। यदि लेखक वास्तव में अत्यधिक संवेदनशील और प्रतिभाशाली न हुआ तो वह उसके एक रूढ़िग्रस्त इकहरेपन में फँसने का खतरा भी पैदा कर सकती है।

आपकी विचारधारा क्या है ?

जिसे आप दक्षिणपंथ कहते हैं, उससे मैं बहुत दूर हूँ। मैं भारतीय परिस्थितियों में रचनाकर्म की पहली शर्त उसकी समाजधर्मिता को मानता हूँ और इस सिद्धांत को कि रचनाकार की मूल प्रतिबद्धता केवल उसकी रचना के प्रति होती है, एक अस्पष्ट और वायवीय वक्तव्य समझता हूँ। लेकिन पिछले कई दशकों में राजनीतिक उठापटक के दौरान साहित्य में प्रगतिशील विचारधारा की जो गति बनी है और उसे अपने बचाव के जितने मैकेनिज़्म खोजने पड़ रहे हैं, उससे मैं बहुत आश्वस्त नहीं हो पा रहा हूँ। संक्षेप में, भले ही राजनीति की भाषा में इस रुख को संदिग्ध माना जाए, मैं सड़क के बीच कुछ कदम पर बाईं ओर खड़ा हूँ।

आज आप मुड़कर अपने अब तक के लेखन को देखते हैं तो कैसा लगता है ?

शायद प्रत्येक लेखक का यह अनुभव हो, मुझे यही लगता है कि अब तक जितना हुआ वह तटवर्ती लेखन भर है, अभी धारा के बीच जाकर लहरों का मुकाबला करना बाकी है।

('तद्भव-1', जनवरी, 1999 में प्रकाशित)

सामान्य आदमी के प्रति लेखकीय बेचैनी

परमानंद श्रीवास्तव से बातचीत

(31 दिसंबर, 2000 को हम सबके आदरणीय रचनाकार श्रीलाल शुक्ल ने अपने जीवन के 75 वर्ष पूरे किए। इस अवसर पर शुभकामनाओं के साथ यह विचार भी मुखर हुआ कि क्यों न श्रीलाल जी का एक विशिष्ट साक्षात्कार 'कथाक्रम' में प्रकाशित किया जाए। प्रायः साक्षात्कार के लिए हतोत्साहित करने वाले श्रीलाल जी किसी तरह राज़ी हुए और बातचीत के लिए डॉ० परमानंद श्रीवास्तव को स्वीकृति मिली। साक्षात्कार कई बैठकों में संपन्न हुआ।…और यह पाठकों को भी समृद्ध करेगा, ऐसा विश्वास है। 'कथाक्रम परिवार' महान् रचनाकार श्रीलाल शुक्ल के सुयश-सुस्वास्थ्ययुक्त समृद्ध तथा सक्रिय दीर्घायुष्य की कामना करता है।—संपादक)

श्रीलाल जी, इस विशेष अवसर पर बातचीत शुरू करते हुए मुझे वे दिन याद आ रहे हैं जब आपका और मेरा पहला-पहला परिचय हुआ था। प्रारंभिक संपर्क के वे दिन आपको भी याद होंगे।

निश्चित रूप से। छात्र-जीवन में छपी हुई आरंभिक रचनाओं की बात छोड़ दें तो मेरी पहली साहित्यिक रचना 'स्वर्णग्राम और वर्षा' 'निकष' नामक पत्रिका के पहले अंक में संभवतः 1953 के अंक में छपी। इसके संपादकों में धर्मवीर भारती भी थे। वर्षा में ग्राम्य जीवन के प्राकृतिक परिदृश्य और रूमानी गीतात्मकता के बरक्स यह यथार्थ पर टिका हुआ एक 'डाउन टू अर्थ' व्यंग्य था। इस पर दूसरे अंक में जो प्रतिक्रियाएँ आईं उनमें एक प्रतिक्रिया परमानंद श्रीवास्तव नाम के सज्जन की थी, जिन्होंने विशेष तौर पर उस रचना को रेखांकित किया था। मैंने धर्मवीर भारती से पूछा कि यह कौन हैं ? भारती ने बताया, ये गोरखपुर में रहते हैं और पढ़ते हैं अभी। तबादला होने पर गोरखपुर गया तो आपसे भेंट हुई।

मैं एम०ए० प्रीवियस में था। लेकिन वह समय ऐसा था…भारती ने आगे चलकर 'धर्मयुग' में जितनी जगह मुझे गंभीर आलोचना के लिए दी…उतनी और किसी ने नहीं दी। पूरे दो पृष्ठ मुझे दे देते थे…उसी क्रम में मैंने 'राग दरबारी' पर लेख लिखा—'ढाँचे के बाहर'।…और अगले वर्ष जब इस उपन्यास पर 'साहित्य अकादमी' पुरस्कार मिला तो भारती ने कुँवर नारायण का लेख

छापा...इस टिप्पणी के साथ कि इस उपन्यास पर हमने परमानंद श्रीवास्तव की समीक्षा छापी थी, जो संभवतः पहली समीक्षा थी। अब यह कृति साहित्य अकादमी द्वारा पुरस्कृत हुई...तो हम कुँवर नारायण की समीक्षा छाप रहे हैं।

जब आपसे मेरी मुलाकात हुई तो मैं बसंतपुर नाम के मुहल्ले में रहता था।...मगर 'सत्तानबे, बसंतपुर, गोरखपुर' ये मेरा पता पत्र-पत्रिकाओं में छपने लगा था। 1953 में रामवृक्ष बेनीपुरी ने मेरी कविता प्रकाशित की थी। तब मैं बी०ए० का विद्यार्थी था। मेरी कविता के बगल में गिरिजाकुमार माथुर की कविता छपी थी। मैं क्या बताऊँ, कैसा लगा। मुझसे लोग कहते हैं, आप कैसे लेखक बने...मैं कहता हूँ कि लेखक बनने के अलावा और कुछ बन ही नहीं सकता था। एक ऐसा समय कि किसी नए लिखने वाले की अगर किसी पत्रिका ने नोटिस ले ली तो वो लेखक हो गया। रामवृक्ष बेनीपुरी को वह कविता क्यों पसंद आई...उसमें दिन के डूबने का चित्र है...

वह कविता याद है ?

याद तो नहीं है...मगर प्रसंग यह है कि बछड़ा जो है वो तुड़ाके भाग रहा है...बछड़ा सूरज है...बेनीपुरी जिस प्रकार के गद्य के लिए जाने जाते हैं...गेहूँ और गुलाब...उनको यह बिंब अच्छा लगा होगा।

यह बिंब तो रामबहादुर सिंह 'मुक्त' टाइप का लगता है...आपने रामबहादुर सिंह 'मुक्त' की कविताएँ पढ़ी हैं ?

पढ़ी तो नहीं।

ठीक है, मैं पढ़वाऊँगा आपको...अद्भुत काव्य है उनका।

तो 'निकष' के माध्यम से जब परिचय की युक्तियाँ बनीं तो आपका अर्दली मेरे यहाँ पहुँचा। मेरा पता डिस्कवर करने के लिए। मैं घर आया तो चाचा ने कहा कि एक अर्दली आया था और किसी का पता दे गया है। मैं समझ गया इसका मतलब आप गोरखपुर आ चुके हैं...और तब हमारी पहली मुलाकात हुई। उस मुलाकात का एक विशेष पक्ष भी है...जिससे शुरुआत में ही जानने-समझने में मदद मिली। मेरे पिता बाँसगाँव में मुख्तार थे।

मुख्तार माने रेवेन्यू वकील...किसी राजा के यहाँ मुख्तार नहीं।

माँ की मृत्यु हो चुकी थी। यह समय था हमारी भेंट का। बाँसगाँव के कई समारोहों में मैं आपके साथ रहा। बाँसगाँव...भदेस...दबंग ठाकुरों का गाँव। जब 'राग दरबारी' छपा...उसमें शिवपालगंज का प्रसंग आया तो मैंने कई

लोगों से कहा कि हो न हो इसकी पृष्ठभूमि में बाँसगाँव ही है। आपके व्यक्तित्व का जो रंग एकदम शुरू में मैंने देखा···जीवन में इतने संघर्ष के बाद भी जो सहज मुक्ति दिखाई देती है वह आपकी प्रकृति में है। याद होगा श्रीलाल जी, आपके पास एक गाड़ी थी, जिससे आप मुझे ले जाते थे···

हिंदुस्तान फोर्टीन···

हाँ···अभी 'परिचय' में जो मेरी आत्मकथा जैसा कुछ छपा है, उसमें उसका उल्लेख है। आप कहते थे कि मैं इंस्पेक्शन कर लूँगा···तुम पिताजी से मिल लो। एक दिलचस्प घटना याद पड़ती है। रात हो गई है, राप्ती नदी पार कर रहे हैं···आपका स्वर बहुत अच्छा···शास्त्रीय संगीत के अपने पूरे रंग के साथ। आप गा रहे हैं, 'आगे आती थी हाले दिल पे हँसी, अब किसी बात पर नहीं आती।' अचानक एक पंक्ति बदली तो मेरा ध्यान गया–'आगे आती थी एक इशारे पर, अब किसी बात पर नहीं आती।' ये हुआ तो सहज ढंग से···मगर ध्यान रखिए, आपके यहाँ मुक्ति इस तरह के कौतुक और खिलवाड़ में दिखाई देती है। ये मुक्ति···हमने कई बार देखी। साहित्य अकादमी में दस वर्ष साथ रहे। कई तरह से व्यक्तित्व को समझना हुआ।

बाँसगाँव में एक बार आपका कालिदास पर एक व्याख्यान हुआ। उसके बाद पंडितों में जो प्रतिक्रिया देखी···उनको बड़ा अचंभा हुआ कि एक अफसर किस्म का आदमी आ गया है। इसके पास कालिदास इतने समृद्ध रूप में कैसे मौजूद हैं। फिर एक अवध का रंग···एक देसीपन···नौकरशाही ने तो कभी आपको ग्रसा नहीं। श्रीलाल जी, इसके बारे में बताएँ तो बेहतर होगा कि शुरू-शुरू में एक व्यंग्य लेखक की कृति आती है···व्यंग्य के रूप में देखते हैं। व्यंग्य हो और कहानी भी तो व्यंग्य ही दिखता है। पर क्या संभावना उस व्यंग्य कथा या व्यंग्य निबंध में रही होगी कि वो आगे चलकर विविध रंग के उपन्यास लिख सके। 'राग दरबारी' एक उदाहरण है। 'पहला पड़ाव' दूसरा उदाहरण है। और 'मकान' ? मैं तो 'मकान' को एक विलक्षण कृति मानता हूँ। 'मकान' में अगर प्रत्यक्ष अनुभव भी हो तो उससे कितनी महान् कृति बन सकी है···प्रत्यक्ष अनुभव है नारायण के चरित्र में। मैं अभी एक प्रसंग देख रहा था···ध्यान से देखिएगा। 'ये तानें बेकार हैं, इनके सहारे कोई राग में नहीं भीग सकता। तानों का काम तो बहुत बाद का है, यूँ समझो राग का समुद्र लहरा रहा है···तानें वे लहरें हैं जो किनारे पर खड़े आदमी को लुभाने के लिए नहीं होतीं। वे उसके लिए हैं जो पहले से पानी में उतरा हुआ है और तैर रहा है।' अभी-अभी आपने एक प्रसंग उठा दिया था कि केवल प्रत्यक्ष अनुभव और

भोगा हुआ यथार्थ ही काफी नहीं है। फिर क्या काफी है जो कृति को कृति बनाता है। जाहिर है बहुत-सी जानकारियाँ होंगी, मगर इनमें एक विस्मय का ऐसा तत्त्व ज़रूर है जो आपको एक खोज की ओर ले जाता है। मैं सबसे पहले यही जानना चाहूँगा। कई लेखक एक ही रंग में लिखते रहते हैं। आप में कई प्रस्थान बिंदु हैं। 'आदमी का ज़हर' वह लिख सकते हैं। 'मकान', 'पहला पड़ाव' भी। 'पहला पड़ाव' पढ़ते हुए लगा कि 'आदमी का ज़हर' को कहाँ रखूँ। क्या इसकी कोई पूर्व पीठिका है ! अपराध जगत् में प्रवेश करने की···उसके रहस्य जानने की। आपका लेखन एक निरंतर प्रस्थान और निरंतर खोज है, यह ध्यान देने की ज़रूरत है। आप···यात्रा के इस बिंदु पर आकर अपनी रचना-प्रक्रिया के विन्यास को कैसे देखते हैं ?

इसका कोई बना-बनाया उत्तर मेरे पास नहीं है। मगर सोचते हुए, इसका विश्लेषण करने की चेष्टा करते हुए···मुझे लगता है कि और पीछे जाना पड़ेगा। मैं लखनऊ जिले के एक गाँव का रहने वाला हूँ। जैसा आप जानते हैं। गरीब परिवार था, मगर दरिद्र परिवार नहीं था। साहित्य, कला और विभिन्न प्रकार की दूसरी रोटी, कपड़ा, मकान से ऊपर की जो संस्कृति होती है, उसमें संपन्न परिवार था। मेरे परिवार का एक दूसरा भाग विपन्न नहीं था, बल्कि काफी संपन्न था। मेरे चाचा पं० चंद्रमौलि सुकुल (वह शुक्ल नहीं लिखते थे) टीचर्स ट्रेनिंग कॉलेज, वाराणसी में प्रिंसिपल रहे। उन्होंने केवल लेखन द्वारा 1911 से 1932-33 तक इतनी संपत्ति अर्जित कर ली थी कि तीन-चार मुसल्लम गाँव और कुछ गाँवों में हिस्सेदार की हैसियत से अच्छे ज़मींदार बन सकें और 1933-34-35 तक जब मैं आठ-नौ साल का था तो जब वे बनारस से गाँव आते थे तो अपनी कार से आते थे। उस समय 2500/- की कार मिलती थी। मेरे चचेरे भाई और बहन अपने साथ सुधा, माधुरी, काव्य कलाधर, गंगा, वीणा—इस प्रकार की पत्रिकाओं के झोले भरकर लाते थे। इसके साथ जयशंकर प्रसाद और प्रेमचंद आदि के हस्ताक्षर से युक्त वे पुस्तकें भी आती थीं जो मेरे चाचाजी को उनसे मिलती थीं। आर्थिक कठिनाइयों से दबे हुए मेरे छात्र जीवन में उन्होंने मेरी कोई आर्थिक सहायता नहीं की—न मैंने एक अवसर को छोड़कर कभी माँगी ही। पर उनके परिवार में उपलब्ध ग्रंथों और दूसरे साहित्य से, और स्वयं अपने घर में उपलब्ध पुराने साहित्य से मैंने जो संस्कार अर्जित किया उसके लिए मैं अपने चाचाजी का परम कृतज्ञ हूँ। यही नहीं, गर्मी की छुट्टियों में उन्होंने मुझे संस्कृत साहित्य की कई महत्त्वपूर्ण कृतियों को, जिनमें 'मेघदूत' शामिल है, पढ़ाया भी।

मेरे पिता किसान थे। बहुत छोटी-सी खेती थी उनकी। मेरे दस वर्ष का होने तक उसका भी एक हिस्सा परिवार से छूट चुका था। वे अवध के किसानों के जीवन

में मंदी के दिन थे। इस सबके बावजूद वे सुसंस्कृत व्यक्ति थे। औपचारिक शिक्षा न पाने पर भी उन्हें हिंदी, उर्दू और संस्कृत का कामचलाऊ ज्ञान था। उन्हें बहुत-सी कविताएँ याद थीं। वाचिक परंपरा से उन्होंने इतना प्राप्त कर लिया था कि वह परंपरा मेरा संस्कार बन गई। परिणामतः जब मैं मिडिल स्कूल के पाँचवें दर्जे में आया तब मैंने कविता करनी शुरू कर दी। उस ज़माने में कविता का रंग क्या था ? उस समय सनेही स्कूल का बोलबाला था···और भारतीय स्वतंत्रता आंदोलन के अनुषंग के रूप में हिंदी के कवि-सम्मेलनों का विकास हो रहा था। वे कवि-सम्मेलन रीतिकालीन कविता वाले नहीं थे। उन कवि-सम्मेलनों में सनेही स्कूल के जितने कवि थे, कानपुर के प्रणयेश, हृदयेश, फर्रुखाबाद के वचनेश, सीतापुर के कृपाण और अनूप शर्मा—ये लोग घनाक्षरी-सवैया सुनाते थे मगर इनकी भावना राष्ट्रीयता से ओत-प्रोत होती थी। उन कवि-सम्मेलनों में बारह-तेरह वर्ष की उम्र में मेरी दीक्षा हुई। मैं कविता घनाक्षरी-सवैया में ही सुनाता था। मगर दिमाग में एक वैयाकरण भी बैठा हुआ था। छंद-शास्त्र, अलंकार आदि की सूक्ष्मताएँ भी समझ रहा था। आप विश्वास कीजिए, पंद्रह-सोलह वर्ष तक मैं इन विषयों में काफी गहरे पैठ चुका था।

सनेही जी बड़ी खूबसूरत हिंदी में कविता लिखते थे। मगर वह ऐसी हिंदी थी कविता की जिसे आप हिंदुस्तानी नहीं कह सकते। क्योंकि ये वो लोग थे, मेरे पिताजी की तरह, जिनके लिए उर्दू और हिंदी एक ही चीज़ थी। आपको आश्चर्य होगा कि शुरू में मेरे लिए भी हिंदी और उर्दू एक ही चीज़ थी। मिडिल स्कूल तक मैंने उतनी ही उर्दू पढ़ी थी जितनी हिंदी पढ़ी थी। अंग्रेज़ी मैंने बाद को पढ़ी। हिंदी वाले छात्र कक्षा छह में जब मैथेमैटिक्स की क्लास में जाते थे तो कहा जाता था कि रियाजी का घंटा है। आज भी मुझको एकवचन, बहुवचन बाद को याद आता है, वाहिद···मुतअद्दी पहले याद आता है। यह उस ज़माने का शुद्ध मिडिलची संस्कार है। हिंदी-उर्दू का झगड़ा तो दुर्भाग्यवश मुझे अपनी प्रौढ़ावस्था में झेलना पड़ा। मेरे पिताजी की जो पुरानी पोथियाँ धरी हैं उनमें···रुपया तुड़ाया···दो पैसे की तमाखू···एक पैसे की गोभी···ऐसे जो हिसाब लिखे हैं वो उर्दू में लिखे हैं। उर्दू की इबारत में ज़्यादा रवानगी है, हिंदी की इबारत अपेक्षाकृत श्रमसाध्य है। ऐसे वातावरण में मैंने आँख खोली।

सनेही जी का दीपक के ऊपर प्रसिद्ध छंद है—

करने चले तंग पतंग जलाकर
मिट्टी से मिट्टी मिला चुका हूँ।
तम तोम का काम तमाम किया
दुनिया को प्रकाश में ला चुका हूँ।।

अब चाह सनेही सनेह की है न
सनेह से जी को जला चुका हूँ।
मरने का मुझे अब शोक नहीं
पथ सैकड़ों को दिखला चुका हूँ।।

आप यह भाषा देखिए जो उन दिनों की कविता का इकहरापन छोड़कर, नई संपन्नता के साथ, फिर से आधुनिक कविता में आ रही है। इन कवियों का छायावाद की घटाटोपवादी भाषा से कोई ताल्लुक नहीं है। इस पर परमानंद जी, कभी सोचना चाहिए कि कवित्त, घनाक्षरी, सवैया और द्विवेदी युग में संस्कृत वृत्तों पर लिखी जाने वाली कविता, मैथिलीशरण गुप्त की बाजीराव देशपांडे टाइप की—जिसमें बहुत सहज भाषा में लिखा जाता है या रूप नारायण पांडे की, *'अहह अधम आँधी, आ गई तू कहाँ से। प्रलय घन घटा-सी छा गई तू कहाँ से'*। छंद मालिनी है संस्कृत का मगर भाषा देखिए। ऐसा सहज काव्य अकेले त्रिलोचन ने नहीं लिखा है, पहले भी लिखा गया है। इसके विपरीत 'राम की शक्तिपूजा' की वे आरंभिक, आतंककारी पंक्तियाँ। परिणाम यह हुआ कि जो कानपुर का घनाक्षरी-सवैया स्कूल था उसमें संस्कृत अपने तत्सम रूप में इस तरह घुस गई कि वह छायावादी पदावली की धोवन बन गई। एक अर्थ में अच्छा हुआ क्योंकि उसने कवित्त, सवैया के कल्ट को ध्वस्त कर दिया।

सब बड़े-बड़े कवि भी मंच पर कविता पढ़ते थे। उस समय आज की तरह मंच और लिखित साहित्य में इतना बड़ा अंतर नहीं था। उन्हीं मंच के कवियों के बीच निराला आकर वनबेला या राम की शक्तिपूजा सुनाते थे और इन दूसरी प्रवृत्ति के यानी मंचीय कवियों के साथ प्रशंसित होते थे। उर्दू में आज भी यह द्वित्व नहीं है। कैफी आज़मी, शहरयार, अली सरदार जाफरी जैसे शायर फिल्मों में भी गीत लिख सकते हैं, मंचों पर भी प्रशंसित हो सकते हैं और साहित्य में भी उच्च स्थान पा सकते हैं। मगर हिंदी में यह द्वित्व तब आया जब संस्कृत की तत्सम शब्दावली को लेकर अजीबोगरीब किस्म की कविता लिखी जाने लगी। मैं जब किशोरावस्था में था तब कवि-सम्मेलनों में हिंदी कविता का यही वातावरण था। पर यह केवल एक पक्ष है। उसी समय बच्चन, भगवतीचरण वर्मा, दिनकर, अंचल, नरेंद्र शर्मा, शिवमंगल सिंह 'सुमन', गोपालसिंह नेपाली आदि कवियों की रचनाएँ प्रकाशित होकर और कवि सम्मेलनीय मंचों से पढ़ी जाकर इतना जबरदस्त प्रभाव छोड़ने लगीं कि कवित्त, सवैया वाला कल्ट एकदम से दब गया और धीरे-धीरे खत्म हो गया। सच तो यह है कि ऐसी यांत्रिक कविता का खात्मा होना ही था। उन दिनों बच्चन अत्यंत लोकप्रिय थे, पर साहित्य में गंभीरतापूर्वक उनके काव्य का आलोचनात्मक नोटिस नहीं लिया जाता

था। शायद 1954-55 तक बच्चन की कविता पर एक भी गंभीर टिप्पणी नहीं मिलती। वे अच्छे कवि थे, मगर स्थिति कुछ ऐसी ही थी, जैसी आज शिवानी जी की है।

हाईस्कूल तक आते-आते, यानी 1942-43 तक मेरी कविता (या आज सोचें तो छद्म कविता) भी उस उत्तर छायावादी फैशन से प्रभावित हुई और मैंने कुछ गीत और कुछ ऐसी लंबी प्रकृतिपरक कविताएँ लिखीं जो—हँसिएगा नहीं—गुरुभक्त सिंह भक्त से वैसे ही प्रभावित थीं, जैसे 'भक्त' जी की कविताएँ 'वड्र्सवर्थ' से। बहरहाल, आरंभिक संस्कार ऐसे ही बने।

मैं पहली बार अपने विकास या विकासहीनता के बारे में कुछ बता रहा हूँ। यह कवि-सम्मेलनीय दौर 1945 तक चला होगा। वहाँ काव्यपाठ के उपलक्ष्य में मुझे पुस्तकों के रूप में बहुत पुरस्कार मिले। उससे मेरे साहित्य अध्ययन की राह भी खुली। मुझे याद है, गंगा पुस्तकमाला के मालिक दुलारेलाल भार्गव की पत्नी श्रीमती सावित्री दुलारेलाल ने 1940 में बाराबंकी में एक कवि-सम्मेलन में मेरे काव्यपाठ के फलस्वरूप गंगा पुस्तकमाला की दुकान में मुझे बुलाया और कहा कि अपनी इच्छा की जितनी किताबें चाहो, ले लो। मैंने झोला-भर किताबें लीं। उनमें प्रेमचंद की 'रंगभूमि' के दो भाग थे—भगवतीचरण वर्मा की 'एक दिन' नाम की कविता-पुस्तक थी। 'साकेत' भी था जो खादी की जिल्द से बँधा था। आपको आश्चर्य होगा कि विद्यार्थी जीवन समाप्त करते-करते मेरे गाँव अतरौली में मेरा अच्छा-खासा निजी पुस्तकालय बन गया था। 'शेखर : एक जीवनी' भी मेरे पास थी।

मैं जब इंटरमीडिएट में आया तो लखनऊ में लालकुआँ मुहल्ले की एक कोठरी जैसे कमरे में, जिसका कुछ आभास सुअरों से आक्रमित एक गली के रूप में 'सूनी घाटी का सूरज' में हुआ है, रहना शुरू किया। मैं अपने छोटे भाई के साथ रहता था। जाड़ों में कच्चे फर्श पर एक दरी बिछाकर हम सोते थे और उसी कमरे में एक अँगीठी जलाकर खाने के लिए कुछ पका लिया करते थे।

उस समय सड़क के दूसरी तरफ श्री सूर्यकांत त्रिपाठी 'निराला' डॉ० रामविलास शर्मा के साथ रह रहे थे। केवल एक अजूबे की तरह उनके दर्शन करने के लिए भी हम कभी-कभी जाते। उसी ज़माने में रामविलास शर्मा के छोटे भाई मुंशी से मेरा संपर्क हुआ। मेरी प्रकृति प्रेम आदि-आदि की कविताएँ वे सुन चुके थे। मुंशी ने उस ज़माने में मेरी बड़ी ब्रेन वाशिंग की (यह 1943-44 की बात है।)। प्रगतिशील साहित्य के सिद्धांतों को उन्होंने मेरे दिमाग में जज़्ब कराने की कोशिश की। एक रजिस्टर में मैंने सामान्य छंदों में वर्षा ऋतु से संबंधित लगभग पचास कविताएँ लिखी थीं। मगर वे कविताएँ ठाकुर गुरुभक्त सिंह 'भक्त' के स्टाइल वाली थीं। उन कविताओं में एक

में कई पंक्तियों में जंगल की उन वनस्पतियों के नाम भरे पड़े थे जो वर्षा की बूँदें पाकर लहलहा उठी हैं। मुंशी वह रजिस्टर ले गए। मेरा दुर्भाग्य है या शायद सौभाग्य कि आज तक मुझे वह रजिस्टर नहीं मिला। अपने पुराने महान् लेखन में से अगर मैं कुछ छपवाना चाहता तो शायद केवल उसी को।

मैंने सुना है कि स्थानीय ग्रामीण जीवन में वनस्पतियों आदि की मेरी जानकारी पर मित्र मुद्राराक्षस ने 'राग दरबारी' संबंधी अपने लेख में काफी कमज़ोरियाँ पाई हैं। काश, वह रजिस्टर आज मौजूद होता तो इस विषय पर मुद्राजी से शास्त्रार्थ करने में कितना मज़ा आता।

यह महत्त्वपूर्ण है, क्योंकि इससे एक प्रस्थान बिंदु बनता है।

मुंशी की इस बात से मैं सहमत था कि मैं जब कोई कविता या कहानी लिखूँगा तो नायिका के स्तनों पर नहीं लिखा जाएगा। ज़िंदगी के जिस दौर से मैं गुज़र रहा था उसमें इसकी गुंजाइश नहीं थी। मगर लिखना है तो आपको सिर्फ यही और ऐसा ही लिखना है, इस सिद्धांत से मैं सहमत नहीं था। साहित्य शब्द ही सहित से बना है, इसके भीतर सब प्रकार की आवाजाही की, निकलने की, पैठने की गुंजाइश है। मैं कालिदास जैसी कविता नहीं लिखूँगा; यह तय है। उनकी जो सेंसिबिलिटी है उससे मैं आनंदित हो सकता हूँ, आश्वस्त नहीं। मगर किसी को मैं यह अधिकार नहीं दूँगा कि वह कहे कि कालिदास जैसी कविता मत लिखो। मेरी प्रवृत्ति होगी तो लिखूँगा, नहीं होगी तो नहीं लिखूँगा। जो भी लिखूँगा मेरा व्यक्तित्व और मेरा अनुभव उसमें अभिव्यक्त होगा।

इंटरमीडिएट फर्स्ट इयर में मुंशी के साथ हम लोगों की कई शामें इन्हीं विषयों पर बात करते हुए बीतीं। मुंशी मार्क्सवाद का अध्ययन करके जिस विचारभूमि से बात कर रहे थे उससे मैं तब अछूता था। मैं अपनी इंस्टिंक्ट या सहज बुद्धि से बात करता था। स्वाभाविक है कि उन्हें मेरे तर्क कुतर्क जैसे लगें। फिर भी मुंशी की बात का कहीं न कहीं असर रहा।

इसलिए अपने काव्यबोध पर, उस उम्र में जितना संभव था, मुझमें आत्मालोचन की शुरुआत हुई और 1945 तक आते-आते यानी कवित्त, सवैया, उत्तर छायावादी गीतात्मकता और लंबी कविताओं के इकहरे विधान से मुक्ति पाते-पाते एहसास हुआ कि यह काव्य नहीं काव्याभास है। तब तक कालिदास, तुलसीदास, रवींद्र, गालिब और शेक्सपियर तथा रोमांटिक रिवाइवल के कवियों से परिचित हो चुका था—हिंदी, उर्दू, संस्कृत, अंग्रेज़ी के अलावा बाँग्ला की भी कामचलाऊ जानकारी हो चुकी थी।

नतीजा यह हुआ कि 1945 में जब मैंने इलाहाबाद विश्वविद्यालय में बी०ए० में प्रवेश लिया तो एक उदीयमान कवि अपने पूरे होशोंहवास के साथ अपने को अस्त

कर चुका था। उसे विश्वास हो गया था कि कविताई बड़ा उलझा हुआ काम है, उसके बूते का नहीं।

इस बीच पढ़ाई के लिए पैसा कमाने के निमित्त मैंने बहुत लिखा; बीस कवियों पर—कबीर से लेकर निराला तक बीस आलोचनात्मक निबंधों की एक पुस्तक तैयार की जिस पर तीन सौ रुपए मिलने की आशा थी, पर प्रकाशक उसमें मेरे ऊपर लेखक की हैसियत से मेरे एक गुरु का नाम देना चाहता था जो मुझे भाया नहीं। 'आठ अगस्त' नाम का एक उपन्यास लिखा जिसे अपने वाइस चांसलर श्री अमरनाथ झा की सिफारिश के साथ दुलारेलाल भार्गव के पास ले गया। वे छापने को तैयार थे, पैसा देने को नहीं। एक दूसरा उपन्यास भी तैयार किया—फ्रांसीसी लेखक सिमेनान की-सी फुर्ती से—वह भी बाँझ निकला। यह अमर साहित्य अब अतरौली में पड़ी किताबों और कागज़ों के बीच नष्ट हो चुका है—वास्तव में पड़ोस के एक संघर्षशील शिक्षार्थी के हाथों चोरी से लखनऊ में रद्दी के मोल बिक चुका है और मैं निश्चिंत हूँ। शुरू जवानी में अखाड़े के बीच कुश्ती लड़ते हुए जब आप बार-बार पीठ के बल लद्द-लद्द गिर रहे हों तो उस दृश्य का फोटो अलबम सजाकर रखने का कोई तुक नहीं है।

जहाँ तक याद पड़ता है, उन दिनों की केवल दो कहानियाँ जीवित हैं : 'सर का दर्द' और 'अपनी पहचान'। वे मेरे संग्रह 'यह घर मेरा नहीं' में संगृहीत हैं। एक तीसरी कहानी 'शहीद', 'निकष-2' में छपी थी; राजेंद्र यादव ने कहीं उसका ज़िक्र भी किया है, पर वह मुझे उपलब्ध नहीं है।

(इस प्रकार श्रीलाल जी अपनी रचना-यात्रा के जिस चरण तक पहुँचे हैं, उसमें कविता से उनके हटने का और कथा की ओर उनके मुड़ने का और कथा में भी जो आपको दो तत्त्व दिखाई देते हैं, यानी उन्होंने जब व्यंग्य लिखना शुरू किया और निबंध और कथा प्रकाशित होनी शुरू हुई तो दो चीज़ें याद आती हैं : एक तो संस्कृत में जो श्रेष्ठ है उसको याद रखने की क्षमता, दूसरी ओर जो आधुनिकतम स्पिरिट है—व्यंग्य-लेखन, ये दोनों समझ-मिल करके उनके आरंभिक लेखन को भी प्रभावित कर रही थीं। संस्कृत का ज्ञान, जीवन का विपुल अनुभव और आधुनिकता का प्रखर बोध···चीज़ों से ज़िरह करना और पड़ताल करना—वह जो एक रचनाकार की विलक्षण यात्रा है यही हमारी बातचीत का केंद्र है।)

श्रीलाल जी, इस अनुभव-पूँजी के साथ जब आप सीधे 'राग दरबारी' तक आते हैं तो इसके पीछे प्रेरक शक्ति क्या थी ?

वास्तव में व्यंग्य के विषय में बहुत ज़्यादा सैद्धांतिक रूप से सोचे बिना मेरी

अवधारणा रही है कि अभिधात्मक लेखन किसी भी रचनात्मक विधा में हो, वह उन्नीसवीं शताब्दी तक चुक गया है। जिसे प्रकृतिवादी लेखन कहते हैं, मैं उसी क़ो अभिधात्मक लेखन कहता हूँ। आपने देखा होगा, जो मेरा पहला उपन्यास 'सूनी घाटी का सूरज' है, हालाँकि वह एक अर्थ में त्रासद कथा है, मगर जो चरित्र हैं, चरित्रों की भंगिमाएँ हैं, बातचीत के तौर-तरीके हैं उन सबमें एक व्यंग्यात्मक प्रवृत्ति दिखाई पड़ती है। मुझे ऐसा लगा कि व्यंग्य कोई एक स्वतंत्र विधा नहीं है और आज भी मैंने अपने इस विचार को 'अज्ञेय : कुछ राग, कुछ रंग' के एक व्याख्यान में स्थापित करने की चेष्टा की है। व्यंग्य वचन की एक भंगिमा है। जैसे-जैसे हम लोगों की भाषा की शक्ति उर्वर होती जाएगी वैसे-वैसे अभिधात्मकता का क्षरण और व्यंग्यात्मकता का उन्नयन होगा। आज मैं इस चीज़ को एक साहित्यिक सिद्धांत के रूप में मान भी सकता हूँ। पर तब मैं इस पर बिना सोचे ही अमल कर रहा था। आपने देखा होगा, चाहे 'सूनी घाटी का सूरज' हो या उसके दो वर्ष बाद लिखा 'अज्ञातवास'; 'राग दरबारी' का नाम इसलिए नहीं ले रहा हूँ क्योंकि वह एक अलग चीज़ है; इन सबमें भी चरित्रों में, पात्रों में, स्थितियों में, घटनाओं में व्यंग्यात्मकता अधिक है। यह जो प्रकृतिवादी लेखन है उससे इसका कोई रिश्ता नहीं है।

जिन दिनों मेरा लेखन शुरू हो रहा था उन दिनों मेरी ही उम्र के ज़्यादा स्थापित लेखक प्रायः रोमांटिसिज़्म में डूबे हुए थे। भारती, सर्वेश्वर आदि के नाम इस प्रसंग में लिए जा सकते हैं। नियमित लेखन के उस आरंभिक दौर में मैं छोटे-छोटे कस्बों में डिप्टी कलेक्टरी करता हुआ पड़ा था। कुछ पत्रिकाएँ मेरे पास आती थीं, कुछ पुस्तकें पढ़ लेता था, मगर साहित्यिक गतिविधियाँ कहाँ क्या हैं, इससे पूर्णतया अनजान था। मगर अपने एक छोटे दायरे में लेखन की जो पद्धतियाँ, जो छवियाँ और जो आडंबर विकसित हो रहे थे, उनसे परिचित रहने की चेष्टा करता था। तभी मैंने व्यंग्यात्मक निबंध लिखने शुरू किए। 'अंगद का पाँव' की रचनाएँ 1956-57 के दिनों की हैं। उसके पहले केशवचंद्र वर्मा ने 'लोमड़ी का मांस' से लेकर 'मीरा : एक प्रगतिशील कवयित्री' तक जो व्यंग्य लिखे हैं वे '53-'54 के हैं। उन दिनों केशव ने व्यंग्य की अद्भुत रचनाएँ लिखीं, बाद में परसाई ने उस क्षेत्र को पूरी तौर से विकसित किया। केशव केवल व्यंग्यात्मक स्थिति को पकड़ते थे, परसाई ने सामाजिक विडंबनाओं के ऊपर ज़ोर दिया और इस प्रकार अपने लेखन को एक अद्भुत ऊँचाई और सार्थकता दी। परसाई की अपनी गरिमा है पर जो एक चीज़ परसाई ने नहीं की थी, मैंने जानबूझकर की थी। वह यह कि व्यंग्य और हास्य के क्षेत्र थे पत्नीवाद, महँगाई जैसे पिटे विषयों से अलग जाकर मैंने शायद दूसरी बार साहित्य, संगीत, कला, शिकार आदि विषयों पर व्यंग्य-लेखन किया। इस पर वात्स्यायन ने टाइम्स ऑफ

इंडिया में एक लेख भी लिखा जो बाद में मेरे और उनके परिचय का एक कारण बना।

दूसरी बार मैंने इसलिए कहा कि पहली बार हिंदी में इस तरह का लेखन अन्नपूर्णानंद ने किया था, जैसे 'अकबरी लोटा', जिसमें एक साथ पुरातत्त्व का आडंबर और पर्यटकों की मूढ़ता सामने आती है।

श्रीलाल जी, अपने अगले विकास तक पहुँचने के लिए व्यंग्य से जो आपका विशेष अर्थ और प्रयोजन था...उससे ट्रेजिडी भी जुड़ती है और कभी-कभी दोनों चीजें मिलकर एक अनोखा रंग ही पैदा होता है। यह सारा विवेक भी आपके भीतर है। इसलिए कई बार जो त्रासद नहीं दिख रहा है वह भी त्रासद है, यह भी आपके चरित्रों में दिखता है।

बिना सैद्धांतिक समझ के केवल सहजबोध के आधार पर या इंस्टिक्ट के सहारे व्यंग्य के विषय में मैंने जो समझ विकसित की थी उसका आज क्या स्वरूप है ? नोबेल पुरस्कार विजेता सालबेलो जब 'हरजोग' या 'हंबोल्ट्स गिफ्ट' लिखते हैं तो व्यंग्य उसका मूल स्वर है। दोनों उपन्यास हैं। हिंदी में आज भी बहस चल रही है कि व्यंग्य विधा है या शैली। सलमान रुश्दी के उपन्यास क्या हैं ? या गुंटरग्रास के ? या मेरा उपन्यास 'पहला पड़ाव' ? या ममता कालिया का 'बेघर' ? 'पहला पड़ाव' का मुख्य पात्र एक लड़का है, उसने थर्ड डिवीजन में एम०ए० पास कर लिया है। एक मकान बन रहा है उसमें वह मुंशी बन गया है। वहाँ उसका संपर्क होता है रायपुर, बिलासपुर से आने वाले मज़दूर तबके के लोगों से। पहले वह उनको मज़ाक में ट्रीट करता है, मज़दूरनें आती हैं, वह उनके सौंदर्य पर मुग्ध होता है, दूर से उनके वक्षस्थल को देखता है, उनके नितंब देखता है। श्रीमती मैत्रेयी पुष्पा ने, जिनका मैं सम्मान करता हूँ, उसकी नज़र से देखी जाने वाली इन नारियों को श्रीलाल शुक्ल की हूरें कहा है।

वास्तव में यह लेख उनकी बहुत खराब राइटिंग है।

उनकी समझ में नहीं आया कि एक तेईस-चौबीस साल का लड़का, जो सेक्स से वंचित है जब एक सुंदर भूरी आँखों वाली, गोरी जाँघों वाली औरत को सामने देखेगा तो उसकी क्या प्रतिक्रियाएँ होंगी।

वह बहुत जटिल चरित्र है और मैंने इस पर लिखा भी है। वह जटिलता अनुभव जगत् में विलक्षण है।

मैं कहना चाह रहा था कि 'पहला पड़ाव' में व्यंग्य आरोपित नहीं है, उसका आंतरिक स्वर है। 'राग दरबारी' को मैंने ऐलानियाँ इस मूड में लिखा था कि बजाय इसके कि

छोटी चिकोटियाँ काटी जाएँ, क्यों न पूरे समाज को एक साथ उपहासात्मक प्रवृत्ति के साथ पेश कर दिया जाए।

वैसी पठनीयता तो किसी दूसरे उपन्यास में याद नहीं आती। 'राग दरबारी' की पठनीयता, लोकप्रियता और सामान्य पाठक के मन में उसके संपूर्ण पाठ की उपस्थिति। थियेटर और फिल्म के लिए एक दूसरी तरह की अनुभूति। किसी पान वाले से पूछिए 'राग दरबारी' जानते हो, बता देगा। दूसरे तमाम व्यवसाय में लगे लोग इसको जानते हैं। इस अर्थ में वह एक बाधा भी बना कि 'मकान' जैसे उपन्यासों की ओर लोगों का ध्यान कम गया।

जहाँ व्यापक रूप से आलोचनात्मक पठन-पाठन नहीं होता है वहाँ ऐसे मिथक बन जाते हैं। भगवतीचरण वर्मा का जो वास्तविक औपन्यासिक उत्कर्ष शुरू हुआ वह 'भूले-बिसरे चित्र' से शुरू हुआ। मगर 'चित्रलेखा', जो उनकी आरंभिक कृति है, आज तक भगवतीचरण वर्मा के साथ जुड़ी हुई है। एक उत्तर छायावादी कवि थे नरेंद्र शर्मा। आपको आश्चर्य होगा कि बाद के वर्षों में उन्होंने आध्यात्मिक रस की कविताएँ लिखीं। मगर उनका जो उत्कर्ष है वह 'प्रवासी के गीत' में देखा जाता है। तो इससे न लेखक को चिंतित होने की आवश्यकता है और न पाठक को। यह ज़रूर है कि 'राग दरबारी' में मैंने व्यंग्य को हथियार की तरह इस्तेमाल किया है। आगे चलकर मेरी बुद्धि का जो थोड़ा बहुत विकास या ह्रास हुआ उसके आधार पर मुझको लगा कि 'मकान' या 'पहला पड़ाव' में जो व्यंग्य अनुस्यूत है वह ज़्यादा सार्थक है।

'मकान' बिलकुल अलग तरह का उपन्यास है। क्या वास्तविक जीवन के अनुभवों से उसका कोई तालमेल है ?

नहीं, केवल एक प्रसंग को छोड़कर। 1971 के आरंभ में मेरा कानपुर से लखनऊ तबादला हुआ। मेरा परिवार कानपुर में था। लखनऊ में कुछ अर्से तक मकान नहीं मिला। उन दिनों मेरे पास सरकारी काम भी लगभग नहीं के बराबर था। मैं जाड़ों की दोपहरी में उस समय लखनऊ के एकमात्र अच्छे होटल कार्लटन में एक ब्रांडी लेकर अकेला बैठता और वहीं की स्टेशनरी पर 'मकान' के लेखन की शुरुआत हुई। शुरू में यह मकान की मामूली तलाश थी, पर दो महीने बाद मुझे लगा कि यह विवरणात्मक या व्याख्यात्मक उपन्यास नहीं है। यानी मकान, मकान नहीं है, अपने अस्तित्व की खोज है। आपने देखा होगा कि उपन्यास में जब सितारवादक को मकान मिल जाता है तो वह उस मकान में जाना नहीं चाहता है। वह एक आध्यात्मिक खोज-सी है। 'मकान' उपन्यास में इतनी अंतर्ध्वनियाँ हैं कि मुझे लगता है इन्हें मुझे कुछ और उभारना चाहिए था।

यहाँ से आगे चलते हुए आप 'बिस्रामपुर का संत' तक आए हैं। इस उपन्यास में एक तरह का आविष्कार है । उसके एक चरित्र कुँवर जयंतीप्रसाद के बारे में बहुत कहा गया है; साथ ही 'बिस्रामपुर का संत' के साथ जो भूदान का संदर्भ जुड़ा और एक परिशिष्ट भी लिखा आपने, इस भूदान को किस दृष्टि से देख रहे थे आप ?

मुझे पता नहीं कि यह परिशिष्ट देना मेरी गलती थी या नहीं। 'बिस्रामपुर का संत' में भूदान पृष्ठभूमि में है। मुख्य विषय तो व्यक्तिगत महत्त्वाकांक्षा, कुंठा, वैयक्तिक ह्रास आदि हैं। फिर भी 1998 या आगे की जो नवीनतम पीढ़ी है उसे इस अद्‌भुत आंदोलन की थोड़ी-सी जानकारी हो जानी चाहिए, यह मुझे ज़रूरी लगा। इस कारण मैंने परिशिष्ट लिखा, पर 'बिस्रामपुर का संत' की बहुत-सी प्रशंसात्मक आलोचनाएँ आने के बाद भी मुझे खेद है कि इस परिशिष्ट के कारण और पहले संस्करण में जो पब्लिशर्स ब्लर्ब दिया गया था उसके कारण लोगों ने उसे भूदान आंदोलन का उपन्यास मान लिया। अब अगर हमारे समालोचकों की यह समझ है कि पुस्तक का मूल्यांकन प्रकाशकीय टिप्पणी या किसी प्रसंग में जोड़ी गई परिशिष्ट के आधार पर करें तो मैं क्या करूँ ?

हम लोग 'बिस्रामपुर का संत' की बात कर रहे थे। उसमें कुँवर जयंतीप्रसाद सिंह आते हैं। उनको लेकर कुछ छवियों की चर्चा भी होती है ?

ज़रा खुलकर कहिए।

यानी किसी राजा या किसी ऐसे चरित्र का अनुमान मिलता है···

उपन्यास की एक प्रति मैंने श्री रामकृष्ण त्रिवेदी को अर्पित की थी जो गुजरात के गवर्नर रह चुके हैं। उन्होंने पढ़कर मुझको फोन किया कि श्रीलाल, तुम्हारा उपन्यास बहुत अच्छा है, मगर इस एक गवर्नर को तैयार करने के लिए तुमने न जाने कितने गवर्नरों की काकटेल बनाई है। उनकी यह बात सही है।

इसमें जो दो स्त्रियाँ आती हैं जयश्री और सुंदरी। यह तो ठीक है कि कामुक व्यक्ति का लक्ष्य बनने के बाद उनके भीतर कुछ परिवर्तन हुए होंगे, मगर सुंदरी अधिक संभावनापूर्ण चरित्र लगता है। जयंतीप्रसाद के बेटे के साथ उसका संबंध जुड़ता है जिसको स्वीकृति मिलने का क्षण कभी नहीं आता लेकिन एक जो बीच का दुविधा वाला क्षण है वह महत्त्वपूर्ण है। उसकी संभावना को लेकर आप क्या सोचते हैं ?

परमानंद जी, जब मैं उपन्यास लिख रहा था तब आपने यह बात क्यों नहीं उठाई ? अब आज उस संभावना पर सोचने से क्या फायदा !

उपन्यास पढ़ते हुए जब इस स्थिति के करीब मैं पहुँचा तो मैंने स्वयं को बहुत विचलित पाया। बहरहाल, हमने सुना है कि आपने एक नया उपन्यास लिखा है। उसमें क्या मुद्दा उभरकर सामने आ रहा है ?

यह उपन्यास 'तद्भव' में प्रकाशनीय है। उसका एक ड्राफ्ट मैं लिख चुका हूँ। अभी अंतिम रूप नहीं बना है। रचनाधीन कृति के बारे में बोलना उसको नष्ट करना है। लगता है कि फोटो तैयार होने के पहले कैमरे की रील को एक्सपोज़ किए दे रहा हूँ। यह प्रसंग यहीं छोड़ा जाए।

(इस वार्तालाप का संबंध लघु उपन्यास 'राग विराग' से है।)

2

आपने अपनी रचना-यात्रा में शुरुआती दौर के ब्रजभाषा प्रभाव काल का उल्लेख किया है। कवित्त, सवैया, घनाक्षरी के इस्तेमाल से लेकर सनेही स्कूल के देशप्रेम आदि विषयों तक। उस अर्थ में एक गद्य लेखक के रूप में आप पर बालमुकुंद गुप्त के 'शिवशंभु का चिट्ठा', शिवपूजन सहाय के उपन्यास 'देहाती दुनिया', निराला के 'कुल्ली भाट', 'चतुरी चमार', उग्र के 'चंद हसीनों के खुतूत' का क्या प्रभाव पड़ा होगा ! 'बिल्लेसुर बकरिहा' पर तो आपने मेरे ही अनुरोध पर लिखा भी है, इसलिए मैं और चाहूँगा कि आप इन लेखकों के गद्य या कथा गद्य पर कुछ कहें।

कविता के विषय में जहाँ मैं ग्यारह-बारह वर्ष की आयु तक आसक्त हो चुका था, गद्य के प्रति मेरा आकर्षण पाँच-छह साल बाद विकसित हुआ।...तभी लगा कि गद्य के क्षेत्र की संभावनाएँ और उपलब्धियाँ, पद्य या, थोड़ा व्यापक अर्थ में कहें तो, कविता से कम नहीं हैं। बालमुकुंद गुप्त के निबंधों से मैं तभी परिचित हो चुका था जब मैं चौदह साल से कम उम्र का था।...पर शिवपूजन सहाय जी के नाम से परिचित होते हुए भी उनका साहित्य अभी मैं चार वर्ष पहले ही पढ़ पाया हूँ। दुर्भाग्यवश, उग्र का लेखन—उनकी आत्मकथा को छोड़कर—मैं आज तक नहीं पढ़ सका हूँ। निराला का 'कुल्ली भाट' और 'बिल्लेसुर बकरिहा' मैंने लगभग उन्हीं दिनों में पढ़ा था जब ये कृतियाँ प्रकाशित हुई थीं। उनकी साहित्य-गरिमा तो बाद में समझ में आई, पर किशोरावस्था में जब मैंने ये कृतियाँ पढ़ीं तो मुझे अत्यंत प्रबल रूप से इस कारण आकर्षक लगीं कि ये लखनऊ-उन्नाव-रायबरेली यानी बैसवाड़ा के जन-जीवन की रचनाएँ थीं, जो मेरे ही परिवेश को व्यक्त करती थीं। मुझे लगता है कि निराला की इन और ऐसी ही रचनाओं के प्रति डॉ० रामविलास शर्मा के आकर्षण का भी यही सह-अनुभूति वाला कारण था।

अपने प्रश्न में आपने प्रेमचंद का ज़िक्र नहीं किया है।…पर अट्ठारह साल की उम्र तक आते-आते मुझे हिंदी गद्य की विभिन्न भंगिमाओं का आभास हो चुका था। प्रेमचंद की शिल्पहीन भाषा, जो वास्तव में सर्वोच्च शिल्प का उदाहरण है, मैं उनके अन्य लेखन के अलावा 'रंगभूमि' में देख चुका था। 1942 में अज्ञेय के 'शेखर : एक जीवनी' के पहले भाग को पढ़कर उस समय जितना अभिभूत हुआ था, लगभग उतना ही आज भी हूँ। बाद में रेणु, अमृतलाल नागर, निर्मल वर्मा जैसे लेखकों को पढ़कर मैंने समझा कि सशक्त गद्य लिखना केवल शिल्प की बात नहीं है, उसके पीछे गहरी संवेदना और गंभीर वैचारिकता भी अनिवार्य है।

आपकी साहित्याभिरुचि शायद कुछ इस तरह विकसित हुई है कि उसे केटेगरीज़ में सीमित करना मुश्किल होगा। पर आपको निर्मल वर्मा का उपन्यास 'अंतिम अरण्य' ऐसा लग सकता है कि आप उस पर लिखना चाहें और अज्ञेय पर तो पूरी पुस्तक ही लिखें।…जबकि दोनों को लेकर कुछ प्रबल पूर्वग्रह, लंबे समय से और इन दिनों भी, हैं। आपके भी कुछ पूर्वग्रह होंगे, उनके बावजूद ?

प्रकारांतर से आपका प्रश्न साहित्य में विचारधारा या पक्षधरता को लेकर है। सैद्धांतिक स्तर पर ही नहीं, व्यावहारिक स्तर पर भी भारत जैसे अगाध वैविध्यपूर्ण देश में विचारधारा के नाम पर साहित्य के व्यापक परिवेश को परिसीमित करना मेरी दृष्टि में एक आत्मघाती कदम होगा। कल्पना करें कि इस विशाल हिंदी प्रदेश के साहित्य में केवल प्रगतिवादी और जनवादी अवधारणा के आधार पर लिखा जाने वाला ही साहित्य स्वीकारा जा रहा हो और उसमें जैनेंद्र, अज्ञेय, निर्मल वर्मा व कुँवर नारायण जैसे लेखकों का स्थान ही न हो तो उस साहित्य की क्या गति होगी। माना कि वर्गभेद और दरिद्रता से पीड़ित हमारे देश के साहित्य और साहित्यकारों के कुछ विशेष दायित्व बनते हैं, किंतु इसका यह अर्थ नहीं है कि साहित्य और कलाओं में दूसरी कोटि के अनुभवों और वैयक्तिक संवेदनाओं के लिए कोई जगह ही न छोड़ी जाए।

आपने एक व्याख्यान में प्रेमचंद का सबसे महत्त्वपूर्ण उपन्यास 'रंगभूमि' को माना है, 'गोदान' को नहीं—जबकि 'गोदान' में ट्रेजेडी और महाकाव्य का एक अलग तरह का संगठन देखा जाता है। किसान-चेतना की महागाथा के रूप में भारतीय उपन्यास की पहचान जो बनती है, उसमें 'गोदान' कहाँ है ?

'रंगभूमि' के विषय में मैंने यही कहा था कि प्रेमचंद की कृतियों में यह एक 'अंडर रेटेड' उपन्यास है। 'गोदान' में जिस किसान-चेतना की महागाथा का ज़िक्र आप कर रहे हैं वह भारतीय उपन्यास के लिए अनोखी नहीं थी। पिछली शताब्दी के उपन्यास,

फकीर मोहन सेनापति कृत 'छह बीघा ज़मीन' से लेकर प्रेमचंद के अंतिम दिनों तक भारतीय उपन्यास यूरोपीय परिदृश्य के विपरीत मध्यवर्ग की महागाथा का नहीं, ग्राम-गाथा का रूप ले चुका था। डॉ० नामवर सिंह ने इस तथ्य को विशेष रूप से लक्षित किया है। पर 'रंगभूमि', मुझे लगता है, भारतीय उपन्यास में अपने प्रकाशन के समय एक अद्भुत घटना जैसा था, वैसा ही जैसा कि एक दूसरे प्रसंग में, अपने प्रकाशन के समय 'शेखर : एक जीवनी' था। औद्योगीकरण के दुष्परिणामों और उसकी चपेट में आने वाले छोटे भूस्वामियों की जो कल्पना प्रेमचंद ने आज से लगभग तीन-चौथाई शताब्दी पहले की थी उसकी सार्थकता अब आज समझ में आ रही है। यही नहीं, 'रंगभूमि' में धर्म, जाति और वर्ग के स्तर पर जितना व्यापक समाज और उसकी अंदरूनी कशमकश कथा-साहित्य में आई है वह होरी और मेहता के अलग-अलग संसारों के बावजूद 'गोदान' तक में नहीं मिलती है। यह सही है कि गहरी संवेदना के स्तर पर 'गोदान' की उत्कृष्टता 'रंगभूमि' से ऊपर है।...पर तत्कालीन वृहत्तर भारतीय समाज के महाकाव्य के रूप में मैं आज भी 'रंगभूमि' को अप्रतिम मानता हूँ।

प्रेमचंद के बाद रेणु का 'मैला आँचल' शायद सबसे महत्त्वपूर्ण प्रस्थान है। आपने स्वयं उसे एक तरह का औपन्यासिक चमत्कार कहा है। इसमें आपको क्या सबसे महत्त्वपूर्ण व संभावनापूर्ण लगता है। क्या आज़ादी के बाद के बदलते ग्रामीण अंचल की विसंगतियों पर लेखक की विलक्षण पकड़ या महज़ आंचलिकता का रंग ? एक उपन्यासकार के रूप में आपके लिए 'मैला आँचल' का क्या महत्त्व है, मसलन नागार्जुन के उपन्यासों की तुलना में ?

'मैला आँचल' का नागार्जुन के ग्रामधर्मी उपन्यासों से मुकाबला करना वाज़िब नहीं है। अपनी दूसरी गुणवत्ताओं के बावजूद मुझे नागार्जुन के उपन्यास काफी इकहरे जान पड़ते हैं।...जबकि रेणु का 'मैला आँचल' महाकाव्य के अनेक आयामों को समेटे हुए है। एक ओर उसमें लोक-संस्कृति की गीतात्मकता (लिरिसिज़्म) और उससे जुड़ा उल्लास है तो दूसरी ओर ग्राम्य जीवन की दुर्गति का दारुण परिदृश्य। राजनीतिक पार्टियों के छल-छद्म के आरंभिक दौर की स्थितियाँ हैं और उसी के साथ आदिवासियों के विद्रोह की ऊर्जा भी है। निर्मल वर्मा ने 'मैला आँचल' पर जो टिप्पणी लिखी है, उसे छोड़कर मुझे लगता है हिंदी में अभी तक 'मैला आँचल' की बहुआयामिता पर विस्तार से विचार किए जाने की अब भी बड़ी ज़रूरत है।

'अज्ञातवास' से 'बिस्रामपुर का संत' तक के रचनात्मक लेखन में कई तरह के प्रस्थान होंगे—इसमें विचारधारा की क्या भूमिका रही है और कथा या गल्प की

बदलती अवधारणाओं की क्या भूमिका रही है ? इधर के आलोचक 'बिस्रामपुर का संत' को उत्तर-आधुनिक टेक्स्ट की तरह पढ़ना चाहते हैं—यह केवल जीवन पर्यवेक्षण की पद्धति के कारण या विचारधारात्मक बदलाव के कारण। इस व्याख्या को आपने किस रूप में लिया ?

आपके इस प्रश्न का उत्तर देना मेरे लिए कुछ कठिन है, क्योंकि एक प्रकार से अपनी ही कृतियों पर मुझसे आलोचनात्मक दृष्टि की माँग की जा रही है। फिर भी···। वास्तव में विचारधारात्मक समस्या का मेरे लेखन में व्यावहारिक स्तर पर हमेशा यही समाधान रहा है कि हमारा साहित्य, भारतीय समाज का विशिष्ट स्थिति में वर्ग और जाति के कारण उत्पन्न हुए तनावों और दुर्गतियों के प्रति तटस्थ नहीं रह सकता। दूसरे शब्दों में, कमज़ोर और शोषित के प्रति अगर हमारा साहित्य उपेक्षा का भाव रखता है तो अनेक प्रकार की सौंदर्यशास्त्रीय विवेचनाओं के बावजूद उसमें खोट रहेगा। मेरे व्यक्तित्व की संरचना में इस वैचारिक और संवेदनात्मक प्रवृत्ति का ही परिणाम है कि 1957 में लिखे गए 'सूनी घाटी का सूरज' से लेकर मेरे नवीनतम उपन्यास 'बिस्रामपुर का संत' में सामान्य आदमी के प्रति लेखकीय बेचैनी बराबर प्रकट होती रही है। 'अज्ञातवास' नाम का छोटा उपन्यास भी, जो अभिजात वर्ग की एक उल्लासपूर्ण शाम का चित्रण करता है, एक छोटे खेतिहर के विद्रोही बेटे को, लज़ीज़ खाने में कंकड़ की तरह, पूरी ताकत से पेश करता है। इसमें विचारात्मक बदलाव और उत्तर-आधुनिक अवधारणाओं को खोजने की ज़्यादा गुंजाइश नहीं है।

कुछ समय पहले सलमान रुश्दी की इस टिप्पणी को लेकर काफी हो-हल्ला मचा और तेज़ प्रतिक्रियाएँ हुईं कि संभावनाएँ अब लिखे जा रहे भारतीय अंग्रेज़ी लेखन में ही हैं—भारतीय भाषाओं के लेखन में नहीं। यह महज़ जानकारी की सीमा के कारण या अंतर्राष्ट्रीय बाज़ार के दबाव के कारण। पूरे परिदृश्य पर आपकी प्रतिक्रिया ?

अंग्रेज़ी लेखकों की कथा-लेखन संबंधी अवधारणा में, चाहे वह भारतीय हो या विदेशी, हमारी अवधारणा से बड़ा अंतर है। भारतीय लेखक भी जब अंग्रेज़ी में लिखते हैं तो सामान्यतया उनकी निगाह में विदेश और भारतीय उच्च-मध्य वर्ग का बाज़ार रहता है। तभी शोभा डे और खुशवंत सिंह जैसे लेखकों का इधर का कथा-साहित्य, जो मूलतः 'पल्प फिक्शन' है, व्यापक रूप से स्वीकार्यता प्राप्त करता है। हम भारतीय लेखक जिन समस्याओं से जूझ रहे हैं, पाश्चात्य समाज में उनकी कोई अहमियत नहीं है। इसीलिए भारतीय लेखकों द्वारा लिखा जाने वाला अंग्रेज़ी कथा-साहित्य अपने स्वर और स्वभाव में भारतीय भाषाओं के कथा-साहित्य से इतना अलग जान पड़ता है।

अभी तक भारतीय भाषाओं के लेखक और उधर अंग्रेज़ी कथा-साहित्य लिखने वाले भारतीय लेखक एक-दूसरे के प्रति उदासीनता दिखाते हुए अपने-अपने क्षेत्र में सक्रिय थे। अब सलमान रुश्दी और खुशवंत सिंह जैसे लेखक भारतीय भाषाओं के साहित्य पर आक्रमण करते हुए उसकी गुणहीनता का फतवा देने लगे हैं। पता नहीं ऐसा क्यों ? पर कहीं ऐसा तो नहीं कि अनुवादों के माध्यम से जो भारतीय साहित्य अब पश्चिम को उपलब्ध होने लगा है उसके सामने अंग्रेज़ी में भारतीय लेखकों द्वारा इस समय लिखे जाने वाले 'सतही साहित्य' को चुनौती मिलने लगी है। अन्यथा कोई कारण नहीं है कि अपने ही शिल्प की जकड़ में उलझे हुए प्रत्येक नए उपन्यास के साथ और भी ज़्यादा उबाऊ रूप में प्रस्तुत होने वाले रुश्दी, भारतीय साहित्य में इतनी कम जानकारी होने के बावजूद उसके खिलाफ फतवा देना शुरू करें।

इस संबंध में भारतीयों द्वारा अंग्रेज़ी में लिखे जाने वाले कथा-साहित्य पर वीरेंद्र यादव के विस्तृत लेख की चर्चा ज़रूरी है। वीरेंद्र की स्थापनाओं से मैं सामान्यतः सहमत हूँ।

इधर दलित-विमर्श, दलित-लेखन, स्त्री-विमर्श और स्त्री-लेखन का भी आकलन विचारणीय माना जा रहा है। कभी-कभी दोनों को एक ही केटेगरी में खपा लेने और आगे बढ़कर उनका प्रवक्ता बन जाने की एक नई होड़-सी भी दिखाई पड़ती है। राजेंद्र यादव ही अकेले प्रवक्ता नहीं रह गए हैं। आपका इस बारे में क्या रुख है ?

मैं दलित साहित्य को साहित्य की एक विशेष धारा के रूप में नहीं देख पाता। मुझे लगता है कि उसे एक विशेष साहित्यिक प्रखंड के रूप में देखना सही नहीं है। हमारे समाज में दलितों और पिछड़े वर्गों को संपूर्ण समाज का सामान्य अंग बनकर सभी नागरिकों की तरह रहने का अधिकार और अवसर मिलना चाहिए, पर अनेक ऐतिहासिक, सांस्कृतिक कारणों से दुर्भाग्यवश ऐसा नहीं हो पा रहा है। इस स्थिति में प्रश्न केवल दलितों की दर्दनाक स्थिति पर मात्र दलितों द्वारा लिखे जाने वाले साहित्य का ही नहीं है, प्रश्न उनकी सर्वांगीण सामाजिक अस्मिता, विकास और भारतीय समाज में सहज एकीकरण का है। यह साहित्यिक समस्या नहीं है। यह पूर्णतया राजनीतिक या सामाजिक समस्या है। जिसका समाधान साहित्यिक खींचतान द्वारा संभव नहीं। दलित साहित्य को अगर एक स्वतंत्र इकाई के रूप में मान्यता दी जानी है तो उसे साहित्य के आधार पर नहीं बल्कि उस पूरे विकासीय पैकेज के आधार पर मिलनी चाहिए जिसके अंतर्गत दलितों और पिछड़े वर्गों के सामग्रिक अभ्युत्थान की परिकल्पना की गई हो।

शुरू-शुरू में दलित समाज की समस्याओं के प्रति मैं बहुत सचेत था। अब

लगता है, स्वयं दलित लेखकों ने उनसे संबंधित लेखन को लेकर मेरा रास्ता रोक दिया है। उनका कहना है कि यदि मैं दलित नहीं हूँ तो उनके विषय में जो लिखूँगा, वह मिथ्या लेखन होगा। उनका यह भी कहना है कि यदि मेरे लेखन में इनके प्रति सहानुभूति प्रकट होती हो तो वह मिथ्या सहानुभूति होगी क्योंकि जन्म से ब्राह्मण होने के कारण मैं मनुवादी हूँ जो उनके प्रति सहानुभूति रख ही नहीं सकता। और रखता भी हूँ तो उसकी उन्हें ज़रूरत नहीं। ऐसी स्थिति में राजेंद्र यादव जैसे लेखक भले ही दलितों के अलंबरदार होने की खुशफहमी पा लें, होगा यही कि दलित उन्हें उनकी जाति के आधार पर ही खारिज करते रहेंगे। जिन्होंने महात्मा गांधी तक को खारिज कर दिया उनकी निगाह में राजेंद्र यादव क्या चीज़ हैं ?

निकट के मित्र अनुभव कर सकते हैं कि एक गृहस्थ के-से पारिवारिक जीवन का निर्वाह आपने बहुतों की तुलना में अधिक ज़िम्मेदारी से किया है। ज़ाहिर है, अनेक जटिल तनाव और दबाव भीतर-भीतर पीड़ित करते होंगे। एक लेखक के रूप में आप इस तनाव से क्या रचनात्मक अनुभव ग्रहण करते हैं। मुहब्बत के सिवा जो और भी गम हैं वे कहाँ तक आपके भीतर तनाव पैदा करते हैं ?

जिस दबाव का आप ज़िक्र कर रहे हैं उसका मैंने कभी सचेत रूप में अनुभव नहीं किया। बचपन में जो कठिनाइयाँ मैंने झेली थीं उन्हें देखते हुए बाद की सुविधापूर्ण नौकरी और सुखद पारिवारिक वातावरण—ये मेरे लिए इतने मूल्यवान सिद्ध हुए कि उन दिनों गृहस्थ जीवन में आने वाली कठिनाइयों को मैं सहज जीवन-क्रम का अंग मानकर स्वीकार करता गया। वैसे भी, भारत में किसी का गरीब होना, या कुछ सालों के लिए गरीबी का तजुर्बा करना ऐसी बड़ी बात नहीं है कि उस तथ्य को छाती पर एक तमगे की तरह लगाकर घूमा जाए।

आपके निजी जीवन में आपकी पत्नी (गिरिजा जी) की निःसंदेह महत्त्वपूर्ण भूमिका रही है। वे ही आपके इस तनाव को भी शायद सबसे अधिक जानती रही हों। पर कम से कम इस संबंध में ऐसी विरल स्निग्धता थी जो चकित करने वाली थी।...दूसरी ओर अलग-अलग बतकही में मित्रों के संग-साथ में आप किसी भी सुंदर स्त्री पर मुग्ध हो सकते हैं, उसके सौंदर्य की अद्वितीयता की व्याख्या कर सकते हैं वैसे ही जैसे कि सुगठित कलाकृति में सुंदरता देख रहे हों। यह केवल गहरी रसिकता के कारण या अपनी खास जीवनासक्ति और सौंदर्याभिरुचि के कारण ?

क्षमा कीजिएगा, मुझे यह प्रश्न कुछ असंगत-सा लगता है। मैं जानता हूँ कि कई ऐसे

हिंदी लेखक हैं, जिन्होंने जानबूझकर पत्नी-प्रेमिका प्रसंग में अपनी एक स्वेच्छाचारी–बोहेमियन छवि निर्मित की है। जहाँ तक मुझे याद है, लिखित या मौखिक रूप में अपने व्यक्तिगत जीवन के इस पक्ष पर मैंने कभी कुछ नहीं कहा है। ऐसी स्थिति में किसी विशेष नारी-सौंदर्य के संदर्भ में अपनी जीवनासक्ति या सौंदर्याभिरुचि की मीमांसा करना एक निरर्थक बात होगी।

वास्तव में मेरी अवधारणा है कि जानबूझकर हम जिस जीवन-पद्धति का चुनाव करें...उसके साथ जुड़ी पारंपरिक मर्यादाओं और शर्तों को हम अगर स्वीकार नहीं करते तो हमें अनेक अवांछनीय तनावों से जूझने के लिए तैयार रहना चाहिए। इसीलिए चाहे सरकारी नौकरी हो या विवाह संस्था का स्वीकार, इन दोनों क्षेत्रों में मैंने निरंतर पारंपरिक मर्यादा निभाने की कोशिश की है और मैं समझता हूँ कि काफी हद तक सफल भी रहा हूँ। ऐसा नहीं है कि इन क्षेत्रों में विचलन के क्षण न आए हों, किन्तु उनका औचित्य सिद्ध करने के बजाय प्रायः उनके प्रसंग में मैंने अपनी कमज़ोरी और फलतः ग्लानि का ही अनुभव किया है। संस्कृत आदि के शृंगारी काव्य और रीतिकालीन कविता के प्रति मेरे आकर्षण के कारण यह हो सकता है कि मेरी अभिरुचि को लेकर कुछ प्रवाद चले हों। पर उस दिशा में मेरी रुचि पूर्णतया साहित्य केन्द्रित या कला केन्द्रित ही रही है।

साहित्य के बारे में एक धारणा यह भी है कि उसे गहरे अर्थों में 'राजनीतिक' भी होना चाहिए। सरल निस्संगता और तटस्थता के विरुद्ध एक प्रतिरोध का सौंदर्यशास्त्र भी उसके आधार पर बन सकता है। क्या 'राग दरबारी' को एक राजनीतिक आशय वाली कृति कह सकते हैं या आप 'पहला पड़ाव' को इस दृष्टि से अधिक गहरे राजनीतिक आशय और अर्थ वाली कृति कहना या कहलाना पसंद करेंगे ?

साहित्य को गहरे अर्थों में राजनीतिक भी होना चाहिए, इस पक्ष पर शायद पूर्णतः सैद्धांतिक आधार पर विचार नहीं किया जा सकता है। देखना होगा कि वह साहित्य विशेष किस प्रकृति के समाज के लिए अभिप्रेरित है। उदाहरणार्थ, स्विट्ज़रलैंड जैसे संपन्न, शांत और राजनीतिक दृष्टि से तटस्थ देश का साहित्य अपने प्रेरणा-स्रोतों और उद्देश्यों में वैसा नहीं हो सकता जैसा कि भारत जैसे समाज का साहित्य, जो कि वर्ग, जाति-भेद, अपराध, विपन्नता और अनेक प्रकार की बीमारियों से जकड़ा हुआ है। यह भी न भूलना चाहिए कि भारतीय समाज की जिस दुर्दशा का मैंने अभी ज़िक्र किया, आज बहुत हद तक उसका कारण राजनीतिक और उसके द्वारा रची गई संस्थाओं से ही संभव है। ऐसी स्थिति में जो साहित्य भारतीय जीवन के यथार्थ का संचयन करेगा, वह राजनीति की जटिलताओं से अछूता नहीं रह सकता। यदि कोई

भी लेखक सामाजिक चेतना से अनुप्राणित है तो उसके लेखन में अनायास ही, आज के संदर्भ में, राजनीति की अंतर्ध्वनियाँ सुनाई पड़ेंगी। 'राग दरबारी' और 'पहला पड़ाव' के प्रसंग में शायद इससे अधिक कुछ कहना आवश्यक नहीं।

इधर राजनीतिक विकृतियाँ चरम पर हैं। लोकतंत्र खत्म होने को लगता है। निराशा के साथ निरर्थकतावाद क्या देश को किसी बड़े खतरे की ओर ले जा रहा है ? वामपंथी मोर्चे की संभावनाएँ कहीं दृश्य पर नहीं हैं। जातिगत उन्माद भीषण है। भाजपा ने सत्ता पर अखंड अधिकार प्राप्त करने के लिए जो रह-रहकर सांप्रदायिकता का उन्माद पैदा करने और मुख्य प्रश्नों को पीछे ठेलने के लिए सांस्कृतिक राष्ट्रवाद का सहारा लिया है, क्या बहुत कुछ फासीवाद का ही रूप नहीं लगता ?

राजनीतिक परिदृश्य की विडंबना यह है कि हमारे यहाँ अब कोई पार्टी ऐसी नहीं बची है जो विचारधारात्मक आधार पर अपनी नीतियाँ तय करती हो और नीतियों के आधार पर अपने कार्यक्रम तैयार करती हो। स्वयं वामपंथी पार्टियों तक ने उत्पादन के साधनों को निजी हाथों में छोड़ने की नीति अपनाकर सैद्धांतिक रूप से अपनी मूल अवधारणाओं से अपने को अलग कर लिया है। इस विडंबना का एक दूसरा पहलू यह है कि भाजपा, जिसके वृहत्तर रूप को संघ परिवार के नाम से जाना जाता है, केंद्र में साझा सरकार के बावजूद अपनी सामाजिक धारणाओं में भयानक रूप से रूढ़िवादी होती जा रही है। इसे आप फासीवाद के एक चरण के रूप में ले सकते हैं। एक उदाहरण लें। उत्तर प्रदेश के मुख्यमंत्री ने अभी हाल में कानूनी तौर पर सौंदर्य प्रतियोगिताओं का निषेध करने का इरादा ज़ाहिर किया है। उन्होंने यह नहीं सोचा कि ये प्रतियोगिताएँ किस प्रकार के बाज़ारवाद और कैसे सामाजिक, सांस्कृतिक, आर्थिक कारणों की उपज हैं। उन कारणों की जड़ में जाकर उनके विरुद्ध प्रतिरोधात्मक स्ट्रेटजी पर विचार किए बिना जब वे सौंदर्य प्रतियोगिता नाम के इस अंतिम परिणाम पर रोक लगाने की बात करते हैं तो वे एक सामाजिक चिंतक की भूमिका नहीं निभाते···वे एक फासीवादी नैतिक पुलिस का जामा पहन लेते हैं। इसमें कोई संदेह नहीं कि प्राचीन भारतीय संस्कृति के नाम पर हाहाकार मचाने वाले विहिप या बजरंग दल जैसे अनेक संगठन आज तक नहीं स्पष्ट कर पाए हैं कि जिस भारतीय संस्कृति का वे झंडा उठा रहे हैं, उसका आदर्श और वास्तविक स्वरूप क्या है ? वर्णव्यवस्था, जाति-प्रथा, दहेज आदि कुप्रथाओं के विषय में उनकी क्या सोच है··· और वे क्या कर रहे हैं। जब वे केवल 'वाटर' जैसी फिल्म की शूटिंग का विरोध या 'मोहब्बतें' में अमिताभ बच्चन के गायत्री मंत्र पाठ पर आपत्ति दिखाते हैं तो वे केवल अशिक्षा और उग्रता से उत्पन्न फासीवाद का उदाहरण प्रस्तुत करते हैं। इसका

भारतीय संस्कृति और उसकी समन्वयधर्मिता से कोई लेना-देना नहीं है।

जैसी स्थितियाँ हैं, बाज़ार का जैसा प्रभुत्व है, माध्यमों का जैसा वर्चस्व है—उसके सामने आगे का लेखन टिकेगा या नहीं ? समझौते का रास्ता अपनाकर या प्रतिरोध की सार्थक युक्तियाँ विकसित करते हुए ?

साहित्य की एक ऐसी विशेषता है जो दूसरे माध्यमों को उपलब्ध नहीं है। वह विशेषता है—यांत्रिकता का निषेध। किसी कविता को अपनी स्मृति से बाहर लाकर बोलना, गुनगुनाना या मन ही मन दोहराना, इसके लिए आपको किसी उपस्कर की ज़रूरत नहीं। बड़े से बड़े जीवनानुभव का सिरहाने रखी किसी किताब को पलटकर तत्काल साक्षात्कार करना जितनी आसानी से संभव है, उतनी आसानी टी०वी०, रेडियो या ऐसे किसी नेटवर्क आदि के साथ संभव नहीं। इसके लिए साधन, उपस्कर चाहिए। फिर, साहित्य जो संस्कार व्यक्ति को देता है वह दूसरे माध्यमों से प्राप्त संस्कार के मुकाबले अधिक दीर्घगामी है। इसलिए मुझे लगता है कि अनेक प्रकार के संचार-माध्यमों के विकास के बावजूद साहित्य की विशिष्ट स्थिति खंडित नहीं होगी। यह भी है कि आगे आने वाले वर्षों में विश्वस्तर पर विशेषकर भारत में निरक्षरता में कमी आएगी। साक्षरों और शिक्षितों का वृहत्तर समुदाय अपने आपको दूसरे माध्यमों की उपलब्धता के कारण साहित्य से वंचित नहीं रखेगा क्योंकि हर हालत में उनके लिए साहित्य ही उनका प्राथमिक माध्यम रहेगा।

('कथाक्रम', जनवरी-मार्च, 2001 में प्रकाशित)

पचहत्तर वर्ष पार

नागेंद्र से बातचीत

पचहत्तर पार भी सृजन की सक्रियता के पीछे कौन-सी प्रेरणा है ?

वही जो पहले थी, अनुभवों का एक जटिल समूह है; उसके पीछे जीवन और संसार के गहरे सरोकार हैं, जिन्हें अभिव्यक्ति देना है। वे पिछले लेखन को नाकाफी समझते हैं, वे अधूरेपन की कचोट पैदा करते हैं, निरंतर कुछ नया लिखने के लिए उकसाते हैं। इस प्रक्रिया में उम्र की कोई भूमिका है, ऐसा मैंने कभी अनुभव नहीं किया।

इस सृजन-यात्रा के जो साथी रहे हैं, इस अवसर पर किनके साथ रहना चाहेंगे ?

जिसे आप सृजन-यात्रा कहते हैं, समाज के साथ गहराई से जुड़ी होने के बावजूद मूलतः नितांत एकाकी प्रक्रिया है। उसमें किसी के सहचर बनने का सवाल नहीं उठता। पर लेखन की दुनिया के कई मित्र हैं, जिनकी कमी बराबर खलती है। इस प्रसंग में मुझे खास तौर से सर्वेश्वर, रघुवीर सहाय, विजयदेवनारायण साही और धर्मवीर भारती याद आते हैं।

अपने अब तक लिखे में क्या है जिसे अब आप खारिज करना चाहेंगे ?

भाव और अंतर्वस्तु के स्तर पर संभवतः कुछ भी नहीं है। पर पिछले लेखन में ऐसा बहुत कुछ है जिसका पुनरीक्षण करने का मन करता है, ऐसा शायद सभी रचनाकारों के साथ होता है। अगर पिछले लेखन को लेखक 'परफेक्ट' मान ले तो शायद आगे कुछ लिखने की उसे ज़रूरत न होगी।

अब तक लगातार सक्रिय रचनात्मक जीवन जिया है। इस यात्रा में कुछ असंतोष है ?

असंतोष है, पर मुख्यतः अपनी क्षमता से। हर रचना के प्रकाशन के बाद प्रायः लगता है कि निशाना 'बुल्स आई' को बेधने में चूक गया, भले ही वह उससे लगभग सटकर, सूत-दो सूत के अंतर पर ही बैठा हो। तभी एक बार फिर हथियार उठाने की ज़रूरत महसूस होती है।

साहित्यिक जीवन की सबसे सुखद और सबसे निराशाजनक घटना ? क्षण ?
सुखद घटना थी 1970 के आरंभ में, जब मैं चौवालीस वर्ष का था और तब तक के पुरस्कृत लेखकों में उम्र के लिहाज़ से संभवतः सबसे कनिष्ठ था, 'राग दरबारी' के लिए अप्रत्याशित रूप से साहित्य अकादमी पुरस्कार की घोषणा। यह मुझे मिलने वाला पहला पुरस्कार था और एक तरह से मेरे प्रति पहली सार्वजनिक स्वीकृति। मेरे मनोबल के लिए यह इसलिए भी काफी कीमती था कि जहाँ उन दिनों इस उपन्यास की अनेक प्रशंसात्मक समीक्षाएँ आ रही थीं वहीं दूसरी ओर कुछ विशिष्ट आलोचकों की निंदात्मक टिप्पणियाँ भी थीं जो मेरे लिए गहरे आत्मालोचन का कारण बनी थीं। जब मुझे मालूम हुआ कि निर्णायकों में पं० हजारीप्रसाद द्विवेदी और भगवतीचरण वर्मा जी भी थे तो इससे निश्चय ही मेरा मनोबल बढ़ा।

निराशाजनक घटना : मेरे उपन्यास 'पहला पड़ाव' का मेरी दृष्टि से अधूरा रह जाना। वास्तव में मेरी योजना एक शिक्षित बेरोज़गार युवक की ज़बानी छत्तीसगढ़ से आने वाले इमारती मज़दूरों को केंद्र में रखकर एक कथा कहने की थी। उपन्यास के प्रस्तावित दो भागों में 'पहला पड़ाव'—जो एक तरह से स्वतः पूर्ण उपन्यास है—मज़दूरों को वांछित केंद्रीयता नहीं देता, उसके लिए दूसरा भाग ज़रूरी था। उसे मैं बिलासपुर और रायपुर के क्षेत्र में जाकर लिखने वाला था। पर पत्नी की दीर्घकालीन बीमारी के कारण ऐसा नहीं हो सका। इस तरह एक संभावनाशील रचना के कृतित्व से मुझे वंचित रह जाना पड़ा।

उम्र के इस पड़ाव पर क्या इच्छा होती है ? व्यक्ति श्रीलाल शुक्ल और लेखक श्रीलाल शुक्ल की ?
इच्छाओं की कोई सीमा नहीं होती, फिर भी मैंने आजीवन अपने को इच्छाओं से मुक्त रखने की ही कोशिश की है। तभी मैंने, जहाँ तक मुमकिन था, पूरी तौर से अकुंठित जीवन जिया है। फिर भी लेखकीय आकांक्षाएँ बची हैं, यह कि पहले से कहीं ज़्यादा सार्थक और उत्कृष्ट लेखन कर सकूँ, ऐसा लेखन जो हिंदी क्षेत्र के लोगों की पाठकीय उदासीनता को तोड़े, उन्हें एहसास कराए कि साहित्य भी उनके लिए ज़रूरी चीज़ है।

एक अवस्था के बाद ठहराव आता ही है। आप अपने बारे में क्या महसूस करते हैं ? भावी योजना ?
लंबे अर्से तक एक विचार-समूह के साथ रहते-रहते अजाने ही उसके लिए विशेष आग्रह बन जाता है और चिंतन रूढ़ होने लगता है। इस दृष्टि से इस उम्र में वैचारिक ठहराव आने का भय तो है ही। फिर भी मेरी कुछ बचत शायद इस तथ्य से हो रही हो कि मैं इस स्थिति के प्रति सचेत और कुछ हद तक सतर्क भी हूँ।

रही भावी योजना की बात, उसे भावी पर ही छोड़ दीजिए।

आपका (लेखन का) जैसा मूल्यांकन हुआ, इस पर…?
मेरे लिए मूल्यांकन का स्वर उतने महत्त्व का नहीं है जितना यह तथ्य कि पाठकों और आलोचकों ने मुझे कभी उपेक्षित नहीं किया। वैसे, मूल्यांकन की प्रकृति को लेकर भी कुल मिलाकर मैं अपने को भाग्यशाली समझता हूँ।

क्या दिनचर्या रहती है आजकल ? वे कौन-से क्षण हैं जब आप उन्मुक्त महसूस करते हैं ?
दिन के दस बजे तक तो सब नियमित है; जल्दी उठना, लंबा प्रातःभ्रमण, नाश्ता, नहाना-धोना। उसके बाद दोपहर के खाने तक अनिश्चित; अपराह्न में लेटकर पढ़ना, कभी-कभी ऊँघना या सोना भी। शाम के बाद मित्रों से गपशप या ऐसी पढ़ाई जो गहन न हो। लिखने का कोई नियमित समय नहीं, पर जब लिखता हूँ तो दिन में नौ बजे के बाद, और अपराह्न से लेकर देर शाम तक। उपन्यास मैं प्रायः लखनऊ से बाहर रहकर एकांत स्थलों में लिखता हूँ और तब दिन में सात-आठ घंटे काम कर लेता हूँ। कुल मिलाकर वर्ष में सबसे कम समय लिखने को देता हूँ। सबसे ज़्यादा समय पढ़ने और लोगों से मिलने-जुलने को। रात में मैं लिखने का काम नहीं करता, वह आमोद और विश्रांति के लिए बनी है।

जीवन फिर से जीने को मिले तो फिर क्या बनना और कहाँ बसना चाहेंगे ?
इस बारे में कभी सोचा नहीं, और आपके सवाल के बावजूद, सोचना भी नहीं चाहता।

('हिंदुस्तान', 31 दिसंबर, 2000 में प्रकाशित)

□□